Madeline Hunter

Professeure d'histoire de l'art à l'université, Madeline Hunter est auteure de romances historiques à succès. Traduite dans douze langues, elle a été récompensée deux fois d'un RITA Award pour ses histoires profondes et sensuelles. Elle vit aujourd'hui en Pennsylvanie, avec son mari et leurs deux fils.

Le visiteur du soir

Aux Éditions J'ai lu

Le manuscrit du déshonneur
N° 8959
Les joyaux de la discorde
N° 12311
Sous le charme d'une inconnue
N° 12657
La quête de Davina
N° 12961

LES INSOUMISES

1 – Audrianna
N° 9823
2 – Verity
N° 9895
3 – Celia
N° 10005
4 – Daphné
N° 10026

LES SÉDUCTEURS

1 – Le maître de la séduction
N° 11658
2 – Le pire des adversaires
N° 11674
3 – Une si jolie fleur
N° 11751

MADELINE
HUNTER

L'HÉRITAGE DU DUC – 1

Le visiteur du soir

Traduit de l'anglais (États-Unis)
par Élisabeth Luc

J'AI LU

J'AI LU
POUR elle

Si vous souhaitez être informée en avant-première
de nos parutions et tout savoir sur vos auteures préférées,
retrouvez-nous ici :

www.jailu.com

Abonnez-vous à notre newsletter
et rejoignez-nous sur Facebook !

Titre original
HEIRESS FOR HIRE

Éditeur original
Zebra Books
Published by Kensington Publishing Corp.

Je dédie ce roman à mes fils,
Thomas et Joseph.

1

— *Vous l'avez tué ?*

Une voix résonnait vaguement dans sa tête, distante et étouffée. Pas celle de sa conscience, qui le tourmentait si souvent avec ces mêmes mots. C'était un timbre différent, celui d'une femme.

— *J'en doute. Aide-moi.*

— *Il me paraît bien mort, pourtant.*

— *Je t'assure qu'il est encore en vie. Tiens, prends ceci pendant que je…*

Les murmures se firent plus proches, au point qu'une douleur lui vrilla les tempes. Chaque mot prononcé lui faisait l'effet d'un coup de tonnerre.

— *Je devrais appeler Jeremy.*

— *On n'a pas besoin de Jeremy. Regarde…*

Encore des coups de tonnerre dans sa tête.

— *Comme si la situation n'était pas déjà assez difficile…*

— *Nous ne sommes pas en faute. Approche la lampe, que je vérifie que tout va bien. Allez, donne-moi cette lampe… On n'a pas affaire à un voleur ordinaire, à en juger par son apparence.*

— *Qu'est-ce que vous faites ?*

Une claque, deux claques.

— *J'essaie de le réanimer pour savoir de qui il s'agit et ce qu'il fait ici.*

Le brouillard feutré se dissipa, balayé par du liquide qui lui fit retrouver sa pleine conscience. Il s'humecta les lèvres. Ce n'était pas de l'eau, mais du whisky.

Il ne rouvrit pas immédiatement les yeux, pour s'accoutumer à la douleur lancinante qui pulsait dans sa tête. Il avait les jambes en coton, les bras endoloris. Lorsqu'il voulut bouger, il s'en trouva incapable. Très vite, il se rendit compte qu'il avait les mains liées dans le dos. On l'avait ligoté !

Enfin, il ouvrit les yeux et découvrit le canon d'un pistolet à quelques centimètres de son visage. En remontant le long du bras qui tenait l'arme, il croisa le regard sombre et furibond d'une jeune femme brune et très belle. Elle semblait maîtriser le maniement d'une arme à feu et espérer qu'il lui donne une bonne raison de tirer.

Bon sang… Cette soirée ne se déroulait décidément pas comme prévu.

— On dirait qu'il se réveille, déclara Beth en brandissant un chandelier, au cas où elle devrait le frapper.

— Pose-moi ça ! Il est ligoté, et j'ai mon pistolet.

— Il a l'air grand. La corde risque de céder et il aura vite le dessus sur nous. Mieux vaut que je sois prête à riposter.

— Rassure-toi, il ne m'agressera pas.

Il n'était pourtant pas venu pour rien, songea Minerva. Lorsqu'il leva les paupières et tira sur ses liens, elle lui accorda un peu de temps afin qu'il estime la situation.

Il était habillé avec élégance, même si sa cravate visiblement coûteuse était maculée de sang. Si son visage était plutôt séduisant, ses traits taillés à la serpe lui donnaient une mine un peu sévère. Quelque chose mit la jeune femme en alerte. Ce gentleman avait une allure quelque peu... officielle. S'il s'était introduit chez elle, ce n'était certainement pas pour lui dérober quelques shillings.

Plusieurs émotions l'assaillirent tandis qu'elle braquait son arme sur l'inconnu. La peur, un sentiment de vulnérabilité... Les tourments qui la hantaient depuis plus d'un an revinrent à la charge. Elle qui croyait les avoir bannis à jamais...

Enfin, deux yeux saphir se rivèrent sur le pistolet, avant de plonger dans le regard de la jeune femme. Une fois encore, il tira sur ses liens.

— Minerva Hepplewhite, je présume ? Je m'appelle Chase Radnor. Pardonnez-moi ces présentations peu orthodoxes.

Beth en eut le souffle coupé.

— C'est bizarre, pour un cambrioleur, de se soucier de l'étiquette, non ? railla-t-elle.

— Vous pouvez me détacher, reprit Radnor. Je ne prends jamais de risques face à un pistolet. D'ailleurs, je ne représente aucun danger.

— Vous êtes entré par effraction, et j'ai la ferme intention de vous garder ligoté le temps de réunir des informations sur vous, répliqua Minerva.

— Vous ne ferez que retarder ma mission. À présent, détachez-moi. J'ai quelque chose d'important à vous dire, qui expliquera ma présence.

Minerva était agacée par sa façon de titiller sa curiosité. Elle s'en voulait d'être aussi nerveuse. Et s'il lui annonçait que l'enquête sur la mort d'Algernon était relancée ? Ou encore que le braconnier impliqué dans cet accident de chasse avait été retrouvé ? À moins qu'il ne soit carrément venu l'arrêter, pour l'emmener en prison…

Minerva se ressaisit. À quoi bon envisager le pire ? Rien chez cet intrus n'indiquait qu'il était informé de son ancienne identité et de son passé.

— Expliquez-vous d'abord, lui ordonna-t-elle en tenant son pistolet à deux mains. J'ai tendance à ne pas accorder foi aux propos d'un cambrioleur.

Visiblement furieux, Radnor tira de plus belle sur ses liens.

— Je suis venu vous faire part d'une information très bénéfique pour vous.

— Laquelle ?

— Vous avez fait un héritage. Il s'agit d'une forte somme d'argent.

Chase détestait qu'un plan élaboré avec tant de soin échoue aussi lamentablement. Il grimaça dès que la servante nommée Beth se mit à tamponner sa blessure à la tête à l'aide d'un linge pour nettoyer la plaie. Il avait perdu beaucoup de sang. Dans l'armée, il avait appris que la tête saignait abondamment, quelle que soit la gravité de la lésion.

Hélas, la douleur lancinante était toujours là.

Assis sur un tabouret, il se laissait soigner par la robuste domestique. Postée à trois mètres de lui, Minerva Hepplewhite observait la scène, alanguie sur un divan. Elle avait posé son arme sur une table.

Elle semblait maîtresse de la situation, et cette belle assurance avait le don d'agacer Chase.

— Expliquez-vous ! ordonna-t-elle. Si vous aviez une information à me transmettre, il suffisait de frapper à ma porte et de présenter votre carte de visite.

Comment répondre à cette question ?

— Je voulais une preuve que vous étiez bien Minerva Hepplewhite. Je ne peux prendre le risque d'un quiproquo.

Intriguée, la jeune femme fronça les sourcils.

La dénommée Beth appliqua sans ménagement un cataplasme sur son cuir chevelu, puis elle s'écarta, laissant un parfum de rose bon marché dans son sillage.

— La plaie ne saigne presque plus, annonça-t-elle. Dites à votre valet de faire attention en vous lavant les cheveux. Il n'aura qu'à tremper votre chemise dans de l'eau salée pour en ôter les taches de sang. Pour votre manteau, en revanche…

Elle esquissa un geste d'impuissance. Les deux femmes échangèrent un regard, puis Beth quitta la bibliothèque en refermant la porte derrière elle.

— Comment m'avez-vous trouvée ? s'enquit Minerva Hepplewhite.

— C'est mon métier.

— Ah, vous êtes détective ! N'est-ce pas une étrange mission ? Je croyais que le travail des détectives consistait à démasquer l'amant ou la maîtresse d'une personne mariée, avant de l'informer de son infortune.

C'était effectivement un aspect de ses activités – pas le plus palpitant, certes, et Chase s'efforçait d'éviter ces enquêtes. Hélas, les adultères étaient légion.

— Je ne suis pas détective. Je suis un simple gentleman qui mène des enquêtes discrètes de temps à autre.

— Si cette nuance subtile vous conforte dans l'idée que vous n'êtes pas un détective, grand bien vous fasse.

Chase se leva. Aussitôt, une douleur lui vrilla la tête, mais moins violente que précédemment.

— Parlez-moi donc de cet héritage, reprit-elle.

Elle portait un peignoir dont le col et le bas ourlés de dentelle avaient connu des jours meilleurs. Un peu informe, le vêtement soulignait néanmoins ses courbes tout en s'étalant sur le tissu délavé du divan.

— Le duc de Hollinburgh a légué une fortune à une dénommée Minerva Hepplewhite qui réside à Londres.

Il eut la satisfaction de la voir écarquiller les yeux, puis elle se mit à rire.

— Quelle idée absurde ! Ce doit être une plaisanterie. Pourquoi le duc de Hollinburgh me léguerait-il une fortune ?

— Croyez-moi, c'est une question qui me taraude. Vous deviez être… une bonne amie ? Une maîtresse ?

La mine perplexe de la jeune femme fit place à un large sourire.

— Une maîtresse ? répéta-t-elle avec un geste désinvolte et gracieux. Ai-je une tête à avoir gagné les faveurs d'un duc ? Avez-vous croisé un valet dans l'entrée ? Une voiture coûteuse dans la cour ?

À l'image de son peignoir élimé, la bibliothèque ne comptait que des meubles fonctionnels et usés. Ce modeste logement de Rupert Street n'était pas digne de la maîtresse d'un duc, loin de là… du moins, en apparence.

Elle croisa le regard de Chase. Elle avait le don de capter l'attention d'un homme, et semblait l'inviter à pénétrer son âme pour savoir si elle mentait ou si elle disait la vérité. Chase n'était pas insensible à son charme si particulier. Cette assurance déconcertante la rendait fascinante.

— Monsieur Radnor, non seulement je n'ai pas été la maîtresse de ce duc, mais je ne l'ai jamais rencontré.

Cette déclaration compliquait considérablement la mission de Chase.

Époustouflée, Minerva s'efforçait d'assimiler la nouvelle : un duc, une fortune ?

— Il doit y avoir une erreur, persista-t-elle.

— Minerva Hepplewhite n'est pas un nom très courant, répondit Chase. Je vous ai trouvée en publiant une annonce dans le *Times*. L'un de vos voisins m'a indiqué votre adresse.

Sous le choc, elle se leva et se mit à arpenter la pièce, oubliant presque la présence de Radnor près de la cheminée. En se retournant, elle fut impressionnée par sa carrure. Il était grand et brun. Sa posture altière suggérait un passé militaire. Avec ses traits taillés à la serpe, il devait avoir fière allure en uniforme, sur un champ de bataille. Quant à ses yeux bleus, ils évoquaient tantôt la profondeur de l'océan, tantôt la pâleur d'un glacier.

Il émanait de lui une autorité incontestable, le genre d'homme auprès de qui certaines femmes recherchaient soutien et protection, voire un peu plus. M. Radnor avait une présence indéniable. Elle fut tentée de croire tout ce qu'il lui disait uniquement pour s'attirer ses faveurs.

— Quel est le montant de cet héritage ?

— Il s'agit d'une somme de dix mille livres.

Elle écarquilla les yeux, puis se détourna pour se ressaisir.

— Et de parts dans une entreprise où le duc avait investi, ajouta Chase face à son dos tourné. De gros revenus assurés.

Pour la première fois de sa vie, elle crut défaillir. Apprendre une telle nouvelle dans des circonstances aussi étranges… Elle retrouva aussitôt ses esprits.

— Qui êtes-vous ? demanda-t-elle en faisant volte-face. Pourquoi vous a-t-on chargé de me contacter ?

Il s'appuya sur le manteau de la cheminée et adopta une posture des plus aristocratiques.

— Le duc était mon oncle, expliqua-t-il. Son héritier principal – mon cousin – m'a demandé d'aider le notaire à localiser les autres héritiers, afin que le patrimoine soit réparti dans les plus brefs délais.

Ainsi, Chase était le neveu du défunt duc. Elle avait beau tenter de l'imaginer dans un salon mondain, elle le voyait plutôt tel un centurion romain. À en juger par la façon dont son pantalon moulait ses formes, il avait des jambes puissantes qui se prêtaient à un tel uniforme.

— Comment le duc est-il décédé ?

Chase ne répondit pas immédiatement, ce qui ne fit qu'attiser la curiosité de la jeune femme.

— Son domaine à la campagne est doté d'un parapet qui permet de déambuler sur le toit. Le soir, il aimait y monter pour prendre l'air. Hélas, il a… chuté.

La jeune femme frissonna en entendant sa légère hésitation et son changement de ton. Elle maîtrisa la panique qui menaçait de la submerger et parvint à garder une contenance.

— Un accident, donc...

— Probablement.

— Vous n'en êtes pas certain ?

— Il y aura sans doute une enquête. Un duc a des privilèges, même dans la mort.

Elle s'avança vers lui et s'arrêta à plus d'un mètre pour plonger dans son regard.

— Selon moi, vous ne croyez pas à la thèse de l'accident. Vous croyez que quelqu'un l'a poussé dans le vide, déclara-t-elle en faisant un pas de plus. Et vous me soupçonnez peut-être de ce meurtre...

L'espace d'un instant, elle crut déceler dans son regard une lueur complice, indiquant qu'elle ne s'était pas trompée.

— Pas du tout, mentit-il. Bon. Pour obtenir cet héritage, vous devrez vous présenter chez le notaire qui gère le testament du duc.

Il sortit une carte de la poche de son manteau :

— Voici son nom ainsi que l'adresse de son étude.

Cela semblait si simple... Hélas, cet héritage pouvait entraîner la jeune femme sur un terrain dangereux.

— Inutile de me raccompagner, conclut Chase. Je connais le chemin.

Tandis qu'il s'éloignait, la jeune femme examina la carte de visite.

— Ah ! Une dernière chose..., dit-il en se retournant. Le notaire risque de vous interroger sur votre passé pour s'assurer que vous êtes la bonne personne. Le testament mentionne Minerva Hepplewhite, anciennement connue sous le nom de Margaret Finley, du Dorset, veuve d'Algernon Finley.

Sur ces mots, il disparut, laissant la jeune femme abasourdie.

Elle aurait juré que nul ne connaissait son histoire à Londres – à part Beth et son fils Jeremy, bien sûr. Personne.

Et pourtant ce duc, le duc de Hollinburgh, savait pertinemment qui elle était.

À la réflexion, M. Radnor n'était certainement pas entré dans sa maison pour vérifier son identité, comme il le prétendait. Il existait des moyens bien plus simples. En réalité, il avait des soupçons sur elle.

Peut-être était-il déjà au courant de l'accusation de meurtre qu'elle avait fuie en quittant le Dorset.

Le lendemain matin, Chase sortit de son appartement et traversa St. James's Square en direction d'un dédale de bâtisses situées en bordure de Whitehall.

Robert Peel lui avait écrit pour fixer un rendez-vous à 8 heures. Il n'y avait personne en vue dans les environs. Était-ce courant ou le ministre britannique de l'Intérieur, fils de manufacturier, commençait-il toujours sa journée de bonne heure ?

Si cette requête avait été émise par le prédécesseur du ministre, Chase aurait refusé. Il n'aimait pas Sidmouth, et n'appréciait pas la façon dont il avait usé de son pouvoir durant son mandat. Trop d'agents mal encadrés avaient semé le trouble dans le pays. Peel, en revanche, avait réussi à apaiser la situation. Il avait déjà présenté une réforme pénale au Parlement.

Un homme bien, jusqu'à présent. Son père avait fait fortune dans le textile, entre autres entreprises, et procuré à son fils une éducation qui lui avait permis de gravir les échelons de la société. Il était promis à un brillant avenir. Certains voyaient en lui le prochain William Pitt, qui avait été le plus jeune Premier ministre du pays, d'autant qu'il avait les faveurs de Wellington. Un jour, il hériterait d'une fortune considérable, mais aussi du titre de baronnet obtenu par son père.

En s'engageant sous les voûtes du Treasury Passage, il repéra une silhouette, tout au fond. De corpulence moyenne, l'homme était coiffé à la dernière mode. Seul son nez aquilin ressortait sur un visage aux traits fins. Chase comprit que l'heure matinale du rendez-vous leur évitait d'être vus. Ils ne parleraient pas dans le bureau du ministre.

Dès qu'il l'eut salué, Peel remarqua son pansement sur la tête.

— Je suppose que votre adversaire est dans un pire état que vous.

Non, la femme qui m'a fait cela n'a pas une égratignure, et encore moins de remords. Durant la nuit, il avait longuement réfléchi à Minerva Hepplewhite, à la façon dont elle l'agaçait et le fascinait à la fois. Cependant, s'il avait raison à propos de la mort de son oncle, elle demeurait la coupable la plus plausible. Non seulement cet héritage le suggérait fortement, mais l'assurance dont elle faisait preuve était confondante. Il se promit de ne jamais la sous-estimer.

— Ce n'est qu'une égratignure.

— Marchons un peu, voulez-vous ? fit Peel.

Ils revinrent sur les pas de Chase.

— J'espère que vous pourrez résoudre une énigme qui me tourmente, déclara le ministre. Il s'agit de la mort de votre oncle.

Peel était venu aux funérailles, comme son père, avec qui le défunt duc était en affaires.

— Si les choses s'étaient passées normalement, si son héritier avait hérité de tout, les gens diraient « Quel dommage qu'il soit tombé ! » et l'affaire s'arrêterait là, enchaîna le ministre. Or ce testament défraie la chronique et donne lieu à des ragots. Tant d'argent... et si peu qui revient à la famille...

— La nouvelle est déjà de notoriété publique ?

— Vos tantes et quelques cousins n'ont pas caché leur déception.

— Mon oncle était libre de disposer à sa guise de sa fortune personnelle, non ?

— Bien sûr, mais les membres de la famille sont vent debout. Sans parler de ces circonstances ambiguës, ces héritières mystérieuses. Une clarification s'impose.

Le testament citait en effet trois noms inconnus, trois femmes dont la famille Radnor n'avait jamais entendu parler. En une semaine, Chase n'en avait retrouvé qu'une seule. Après l'ouverture du testament, la famille avait traité ces inconnues de tous les noms d'oiseaux.

Qui étaient ces femmes pour l'oncle Frederick ? Minerva affirmait ne pas avoir été sa maîtresse. C'était peut-être aussi le cas des deux autres. Et si elles n'avaient pas rencontré le duc, elles non plus ? Elles étaient peut-être mortes, comme l'espéraient les Radnor.

L'oncle Frederick était-il donc excentrique et pervers au point de léguer une portion rondelette de sa fortune à trois femmes qui n'avaient aucun rapport avec lui ? Chase ne rejetait pas cette idée, mais comment son oncle connaissait-il ces trois personnes ?

— Si vous trouvez que des explications s'imposent, je n'affirmerai pas le contraire.

— Ce n'est pas moi qui le dis. C'est le roi en personne. Moi, j'ai tendance à laisser faire. Hélas, le Premier ministre est d'accord avec lui. D'autres ministres et plusieurs ducs sont venus me voir, et même mon propre père. Ils disent tous que le duc n'a pas pu tomber tout seul.

Ils débouchèrent du Treasury Passage et poursuivirent leur promenade dans la rue.

— J'imagine que vous êtes monté sur le toit pour examiner les lieux. Qu'en pensez-vous ?

— Je n'ai pas mené de recherches assez poussées pour avoir une opinion, répondit Chase. Si quelqu'un doit enquêter, ce sont vos services.

— Certes, mais une telle enquête ne ferait que jeter de l'huile sur le feu. L'opinion publique aurait vent des soupçons et le scandale retomberait sur la famille entière. D'où mon dilemme.

— Vous avez certainement un détective capable de discrétion.

— Une enquête officielle ferait éclater l'affaire au grand jour. Les agents dont je dispose ne sont pas connus pour leur délicatesse. Votre famille serait jetée en pâture.

Peel s'arrêta et se tourna vers lui pour ajouter :

— Vous avez de l'expérience en la matière, avec votre passé de militaire, notamment. Vous êtes l'homme de la situation, m'a-t-on affirmé.

— Si vous me suggérez de mener l'enquête, je me dois de vous signaler que je ne suis pas objectif, en tant que membre de la famille.

— J'espère bien que vous ferez preuve de subjectivité. Le duc était comme un père pour vous. Vous étiez même son neveu préféré. Vous voulez certainement savoir ce qui s'est passé. En réalité, je pense que vous comptiez mener votre enquête personnelle, quoi qu'il arrive.

Bien sûr qu'il avait l'intention de découvrir la vérité ! De là à devenir agent du Home Office...

— Ma situation risque d'influer sur les conclusions de mon rapport.

— Vous suggérez que si le rapport désigne un de vos proches ou nuit à la bonne réputation de votre oncle, vous serez tenté de fermer les yeux ou de gérer la situation comme le fait tout gentleman ? traduisit Peel. Effectivement...

Son sourire entendu semblait demander à Chase : « Est-ce vous qui l'avez tué ? »

— Votre intégrité ne sera jamais remise en question, poursuivit Peel. Vous êtes un homme de caractère, même si vos méthodes sont parfois peu orthodoxes.

Il était évident que Peel s'était renseigné sur lui. Sans doute avait-il reçu des informations que Chase aurait préféré garder secrètes.

— Quoi que je puisse découvrir, certaines personnes penseront au pire.

— Ne nous inquiétons pas de ces gens-là, répliqua le ministre, mais de certaines personnes désireuses d'étouffer l'affaire. Naturellement, vous ne serez pas employé officiellement. Votre travail restera confidentiel et je serai le seul à lire votre rapport. En contrepartie, je me chargerai des importuns.

— Et si des mesures moins discrètes s'avéraient nécessaires ? Nous parlons d'un potentiel homicide.

Peel le dévisagea brièvement.

— Si vous jugez qu'une action officielle est nécessaire, nous suivrons vos recommandations.

Ils firent demi-tour et se remirent en marche.

— Je peux donc considérer que la question est réglée ? s'enquit le ministre. J'aimerais envoyer quelques messages indiquant qu'une enquête non officielle est en cours.

Chase réfléchit. Peel se déchargeait sur lui d'une affaire délicate, mais il avait déjà l'intention d'éclaircir le mystère, de toute façon. S'il acceptait, il ne serait pas dérangé dans ses recherches par des agents du Home Office.

C'était peut-être mieux ainsi.

— Vous pouvez écrire au roi et au Premier ministre. Je mènerai l'enquête, et nous verrons où elle me conduit.

2

Le lendemain du soir où elle avait frappé Chase Radnor sur la tête, Minerva versa du café dans trois tasses posées sur la table de la cuisine. Beth servit le porridge et coupa des tranches de pain. Bien éduqué, Jeremy attendit que les deux femmes soient assises avant de dévorer son petit déjeuner.

Minerva considérait toujours le jeune homme comme l'adolescent de quinze ans qu'elle avait connu. Elle avait parfois peine à croire qu'il en avait vingt et un. Il était grand et blond, très élancé. Il avait les cheveux longs car sa mère le préférait ainsi. Elle trouvait cela plus citadin.

— Il fallait m'appeler à la rescousse, déclara-t-il.

— Si tu ne t'étais pas installé dans l'ancienne écurie, tu aurais été présent, marmonna Beth.

— Arrête, maman…

— Je dis simplement que depuis que tu loges à l'arrière, on pourrait se faire trucider en pleine nuit sans que tu en saches rien.

— Au moins, il échapperait au massacre, intervint Minerva. Nous nous sommes fort bien débrouillées seules, Jeremy. Il n'a rien vu venir et n'a compris qu'il avait reçu un coup sur la tête qu'en reprenant conscience. À présent, parlons un peu de cet héritage.

— Volontiers, répondit le jeune homme avec un sourire. C'est une coquette somme. Je rêvais justement d'une belle voiture et d'un attelage de qualité, cette nuit...

— Rêver ne sert à rien, railla Beth. Pour ma part, je n'ai pas fermé l'œil tant j'étais sous le choc. Dix mille livres ! Et ce n'est pas tout, paraît-il. Personnellement, je serais déjà ravie avec une centaine de livres. Vous serez bien plus riche que certaines dames de la haute.

— Nous serons tous riches, corrigea Minerva. Je suis aussi abasourdie que toi, d'autant que je n'ai jamais rencontré ce duc, j'en suis certaine.

— Vous avez dû le croiser, mais vous avez oublié..., suggéra Jeremy.

— Je me souviendrais d'un duc, crois-moi !

— Il doit faire partie de ces excentriques qui lèguent leurs biens à des inconnus, hasarda le jeune homme. Un coup de chance.

— Je ne vois aucune explication. Comme il connaissait mon existence, ce ne peut être un hasard.

— Il en savait bien trop, selon moi, maugréa Beth.

Minerva préféra ignorer ce commentaire pessimiste.

— Un jour, nous aurons le fin mot de l'histoire, mais j'ai l'intention de profiter de ce miracle. Pendant que tu rêvais d'un attelage, Jeremy, j'ai réfléchi à la façon d'utiliser cet argent. J'aimerais vous parler à tous les deux de certains projets.

— Vous comptez vous rendre chez ce notaire pour réclamer votre dû ? s'enquit Beth. J'admets que c'est tentant... Moi aussi, j'ai des ambitions. Il me faudrait des casseroles neuves, pour commencer, et quelques bonnets de nuit. Cela me semble toutefois un peu dangereux. Depuis cinq ans, vous êtes en sécurité ici. Nul n'a jamais rien su de votre mariage et du reste. Vous risquez d'ouvrir une porte que nous pensions fermée à double tour.

Elle adressa un regard entendu à Minerva, qui la considérait comme sa meilleure amie. Dans la maison d'Algernon Finley, Beth travaillait pour la moitié de ses gages afin de pouvoir garder son fils auprès d'elle. Elle avait joué le rôle d'une mère pour la jeune mariée à peine sortie de l'enfance. Bien avant que Minerva trouve un moyen de s'échapper, les deux femmes s'étaient liées d'amitié, même si l'une était la domestique de l'autre.

— Beth, refuser cet héritage ne changera rien à mon passé et au fait que j'ai un nouveau nom. Mes deux identités sont citées dans le testament.

— Ne joue pas les rabat-joie, maman. Minerva sera bientôt riche ! s'exclama Jeremy en levant les bras au ciel.

— Vous feriez mieux de lui raconter la suite, Minerva, avant qu'il me traite de vieille folle alarmiste.

— Le reste ? De quoi parles-tu ?

— En te parlant de la visite de Radnor, j'ai omis quelques petits détails, admit Minerva.

— Petits à quel point ?

— Ils n'ont rien de petit ! intervint sa mère. Ils sont énormes, au contraire.

— Et si j'en décidais moi-même ? s'insurgea le jeune homme, soudain grave.

— Les circonstances de la mort du duc sont assez particulières pour donner lieu à une enquête.

— Vous avez dit qu'il avait chuté du toit de sa maison. C'était donc un accident.

— C'est la théorie la plus plausible.

— Parce que ce n'est peut-être pas le cas ? demanda-t-il, le visage fermé. Vous auriez dû me le dire tout de suite. Cela explique pourquoi Radnor s'est introduit ici par effraction. Il cherchait quelque chose.

— C'est ce que me dicte mon instinct. En cas de doute sur la mort du duc, il n'est que naturel de se tourner vers moi. Je suis inconnue de la famille, et je bénéficie de ce décès. Dans ces conditions, la curiosité de M. Radnor est légitime. À sa place, je m'interrogerais aussi.

— Vous me semblez bien raisonnable, commenta Beth. On dirait que vous lui cherchez des excuses, à ce vaurien.

C'était peut-être le cas... Cette indulgence de Minerva avait-elle un rapport avec la nuit qu'elle venait de passer à rêver de Chase Radnor ? Les effets de sa féminité en sommeil, sans doute. Depuis quelques mois, elle était assaillie par des fantasmes dans lesquels, fort heureusement, Algernon, son défunt mari, ne figurait pas. Elle rêvait au contraire d'hommes qui captaient son regard, ne serait-ce qu'un instant. Un valet, un commerçant avenant, un gentleman déambulant dans la rue... Ils peuplaient son esprit et elle se réveillait frustrée et en nage.

Après son expérience avec Algernon, elle pensait avoir perdu le goût de ces choses, mais la nature humaine semblait l'emporter. Ces rêves la tourmentaient, mais elle était rassurée de voir cette partie d'elle-même renaître malgré tout.

La nuit précédente, avec M. Radnor, son fantasme était allé encore plus loin. Minerva ne parvenait toujours pas à chasser ces images de sa tête, notamment celle des jambes puissantes de Chase…

— Tu comprends à présent mon inquiétude ? demanda Beth à Jeremy.

Le jeune homme semblait pensif. Minerva devinait le cheminement de son raisonnement, qui était semblable au sien.

Quelqu'un avait peut-être poussé le duc dans le vide. Si Radnor ou un juge se mettait en quête du coupable, leur première idée serait de se demander à qui profite le crime. Un enquêteur zélé ne tarderait pas à découvrir que Minerva Hepplewhite, quand elle s'appelait encore Margaret Finley, avait été soupçonnée du meurtre de son époux. Non seulement elle deviendrait une suspecte de choix, mais le dossier d'Algernon serait peut-être rouvert.

— Nous devrions quitter Londres, suggéra Jeremy. Renoncer à cette fortune sera un crève-cœur, mais c'est plus raisonnable.

Et pas seulement pour elle, elle en était consciente. Pour Beth et Jeremy aussi, qu'elle considérait comme sa famille.

Elle leur prit la main avec ferveur.

— Où irions-nous ? De quoi vivrions-nous ? Jusqu'à présent, nous nous en sommes sortis parce que j'avais quelques bijoux à vendre, mais il n'y en a plus.

Au début de leur vie de couple, Algernon lui avait offert les bijoux de sa mère, de sorte que les créanciers n'avaient pu les revendiquer après sa mort.

— Je trouverai du travail, affirma Jeremy.

— Moi aussi, renchérit Beth.

— Non, fit Minerva. Nous n'allons pas plier bagage et disparaître dans la nature. Je vous promets que si l'un d'entre nous se retrouve en danger, nous quitterons l'Angleterre sur-le-champ. Pourvu que j'aie touché une partie des fonds, d'ici là. Sinon, nous devrons partir sans rien. Je vous jure que je ne vous exposerai à aucun risque. Mais je ne m'enfuirai que si j'ai une bonne raison de le faire. Je ferai de mon mieux pour ne pas en arriver là.

— Comment ferez-vous ? s'enquit Beth.

Minerva lâcha les mains de ses amis et se leva.

— Suivez-moi. Je vais vous montrer.

Ils gagnèrent le petit salon qui faisait office de bureau, là où Minerva avait neutralisé Radnor à l'aide d'un chandelier. Jeremy et Beth échangèrent un regard perplexe.

La jeune femme ouvrit un tiroir du secrétaire et en sortit une feuille de papier. La veille au soir, en réfléchissant à un plan, elle y avait tracé un projet d'affiche ou de carte de visite entouré d'un cartouche.

Elle brandit le document sous les yeux ébahis de Beth et Jeremy.

— « Agence Hepplewhite, enquêtes et filatures discrètes », lut Jeremy. Un nom qui marque les esprits.

— Vous songez vraiment à franchir le pas ? demanda Beth. Nous en avons déjà parlé, mais pas sérieusement. C'était juste un rêve.

— Pas pour moi. Cela fait plus d'un an que je songe à cette entreprise, expliqua Minerva.

Nous sommes d'excellents détectives. C'est même mon unique talent. Nous avons fait nos preuves avec Algernon et avons rendu un fier service à Mme Drable en démasquant ce voleur. Je n'en revenais pas moi-même. Si nous avons tardé à fonder officiellement notre agence, c'est uniquement à cause des frais que cela impliquait. Grâce à mon héritage, ce ne sera plus un problème. Nous aurons des cartes de visite, des tenues adéquates et un moyen de transport.

— Je doute que vous quittiez l'étude du notaire avec dix mille livres en espèces dans votre réticule, objecta Beth. Il faudra certainement patienter un long moment avant de démarrer nos activités.

— Les boutiques nous feront crédit sur la foi de mon héritage. C'est assez courant.

— Ce n'est pas très compliqué, déclara Jeremy avec un large sourire.

— Ce n'est pas un jeu, gronda Beth.

— Si, quand on sait s'y prendre.

Et elles connaissaient leur affaire. Elles avaient appris à enquêter dans des circonstances où elles n'avaient pas droit à l'erreur.

— J'ai tout prévu, reprit Minerva. Je vais commander une enseigne en cuivre à fixer sur la porte, puis des cartes de visite pour chacun d'entre nous. Je ferai appel à Mme Drable afin qu'elle nous recommande à des connaissances susceptibles d'avoir besoin de nos services. Cela dit, nous avons déjà notre première cliente.

— Qui cela ? s'étonna Beth.

— Moi.

— J'ai ouvert une porte sur mon passé, selon ton expression, Beth. Je suis consciente des risques. Après l'intrusion de Radnor, j'ai failli céder à la panique. Je ne me rappelle que trop bien ce que l'on ressent à vivre avec une épée de Damoclès au-dessus de la tête.

Elle ne put réprimer un frisson d'effroi.

— J'ai pris conscience que je ne pouvais pas me cacher ma vie entière. Je vais affronter le danger en passant à l'action, au lieu de céder à la peur et de fuir.

Ils se trouvaient dans la bibliothèque. Beth et Jeremy étaient assis sur le divan. Minerva était restée debout près de la cheminée.

— Ce ne sont que des paroles, objecta Beth.

— Le meilleur moyen d'être tranquille est de prouver que je ne suis pour rien dans la mort du duc. Pour ce faire, je dois démontrer que quelqu'un d'autre est coupable. De toute façon, j'aurais mené l'enquête, car ce duc m'a légué une forte somme d'argent. Si quelqu'un l'a poussé dans le vide, je veux savoir de qui il s'agit. Je tiens aussi à découvrir pourquoi il a fait de moi son héritière.

En exposant son point de vue, elle marchait de long en large dans la pièce.

— Vous n'avez donc pas envie de le savoir, vous aussi ?

— Bien sûr, admit Beth.

— À compter de ce jour, l'agence Hepplewhite, enquêtes et filatures discrètes, existe officiellement. Notre première mission sera de répondre à ces questions. Pour nous faire un nom, nous devrons chercher des auxiliaires. Ils seront occasionnels au départ, mais j'espère pouvoir en engager bientôt. Il nous faudra une jeune femme, par exemple. Plus jeune que moi. Les jeunes filles sont souvent très utiles lors d'une enquête.

— Un homme pouvant avoir l'air d'un gentleman serait précieux, intervint Jeremy. Lorsque nous filions M. Finley, nous avons perdu beaucoup de temps, faute de la présence d'un tel personnage.

Minerva acquiesça.

— Tu devras attendre que j'aie touché mon argent pour obtenir ta voiture et ton attelage, Jeremy. Nous circulerons en fiacre. Il est urgent de commander une garde-robe dans les plus brefs délais.

Elle observa d'un œil critique les cheveux longs du jeune homme.

— Une visite chez le coiffeur s'impose, mais pas pour ta première mission.

— Vous envisagez de rester dans cette maison ou d'en louer une plus prestigieuse ? s'enquit Beth. Sans vouloir me plaindre, ma chambre est pleine de courants d'air.

— Nous resterons ici pour l'instant, répondit Minerva en observant la bibliothèque un peu délabrée. Ce bureau est présentable. À la longue, bien sûr…

Elle s'imaginait une somptueuse maison de ville, dans un meilleur quartier, avec un ou deux domestiques supplémentaires.

— Avant que vous dépensiez vos dix mille livres jusqu'au dernier shilling, nous devrions peut-être déterminer comment nous allons nous renseigner sur la mort du duc, proposa Beth.

— J'y ai réfléchi. Dans ce genre d'homicide, le coupable fait généralement partie de la famille.

C'est pourquoi les autorités se sont intéressées à moi quand Algernon a été abattu.

— Il n'est pas facile d'accéder à la famille d'un duc. On ne peut se présenter avec une carte de visite en déclarant mener une enquête.

— Non, mais on peut glaner des informations à distance.

Elle se remit à arpenter la pièce avant d'exposer son plan.

— Jeremy, voici ta première mission. Tu vas trouver où résidait le duc et traîner autour des écuries, parmi les employés, pour recueillir des renseignements.

— Je proposerai mes services de garçon d'écurie. Ils ont souvent besoin d'extras. Au préalable, j'obtiendrai des références dans le quartier.

C'est ainsi que l'agence Hepplewhite, enquêtes et filatures discrètes, se lança avec espoir et enthousiasme dans sa première enquête.

Trois jours après son entretien avec Peel, Chase se rendit à Whiteford House et confia son cheval à un domestique.

— Vous êtes nouveau, commenta-t-il en voyant le jeune homme blond et élancé manipuler l'animal.

— J'ai commencé avant-hier, monsieur, répondit l'autre en rougissant. Je peux le bouchonner, si vous le souhaitez.

— Je ne resterai pas assez longtemps.

Impressionné par cette diligence, Chase se dit que son cousin Nicholas avait trouvé une excellente recrue. Les anciens domestiques ayant empoché leur héritage sous forme de pension, il avait sans doute renouvelé le personnel.

Nichée dans un écrin de verdure, Whiteford House était l'une des plus anciennes demeures de Park Lane. Construite à l'époque où le quartier était encore rural et où la partie occidentale d'Oxford Street se nommait encore Tyburn, elle abritait de vastes jardins. Le dernier duc avait acquis la propriété sur un coup de cœur, en grande partie afin d'empêcher un rival de démolir la maison pour y installer d'autres constructions.

Chase leva les yeux vers la façade conçue par Inigo Jones, selon la légende, un exemple du classicisme importé en Angleterre par l'architecte. Dans ses ornements extérieurs, elle présentait des similitudes avec la célèbre maison des Banquets de Whitehall. Hélas, il n'en était pas de même à l'intérieur. Le dernier duc avait été un excentrique dans l'âme, une caractéristique manifeste dès le hall de réception.

Aucune sobriété classique, mais une accumulation de tableaux et de meubles dans les moindres recoins, les souvenirs de toute une vie. Les armes exotiques côtoyaient les dorures des cadres, et les velours aux teintes chaudes contrastaient avec les murs aux tons pastel. Qu'allait faire Nicholas de tous ces objets, maintenant qu'il avait hérité de la propriété ?

Nicholas étant désormais duc, Chase dut jouer le jeu et solliciter une entrevue en remettant sa carte de visite, avant d'être escorté quelques minutes plus tard vers les appartements de son cousin. Un mois auparavant, dans l'ancienne demeure de Nicholas, ils se seraient dispensés de cette formalité. Le fils aîné du frère aîné du dernier duc ne vivait que d'espoir jusqu'à récemment. Nicholas avait eu la chance de le voir se concrétiser.

Chase trouva son cousin alangui dans un fauteuil, près d'une fenêtre donnant sur le parc. Un registre était ouvert sur ses genoux et il semblait en parcourir les colonnes, l'air soucieux. Il était si concentré qu'il n'entendit pas Chase entrer.

La famille Radnor comptait de nombreux rejetons. Le dernier duc avait cinq frères, qui avaient engendré six garçons. De tous les cousins, Chase et Nicholas étaient les plus complices.

Le seul Radnor à ne pas avoir de descendance masculine était le défunt duc. L'oncle Frederick avait toujours été anticonformiste.

— Mauvaise nouvelle ? s'enquit Chase.

Nicholas leva vers lui ses yeux sombres, puis il referma son registre avec un sourire désabusé.

— C'est terrible, admit-il en balayant du regard les meubles en acajou de ses appartements, les rideaux en soie et le tapis chinois. D'ici la fin de l'année, je serai contraint de vendre des meubles pour régler mes factures. Mes loyers me rapportent à peine de quoi entretenir les maisons de campagne.

— Un régisseur compétent arrangerait peut-être tes affaires.

— Je n'ai plus le temps, soupira Nicholas en désignant son registre. L'absence de clauses relatives aux terres me contraint à envisager de déplacer des familles entières. Le duc n'y a pas songé.

— Il ne s'intéressait guère à ses terres, admit Chase.

— Les investissements financiers, eux, se portent à merveille. Naturellement, il ne m'a rien légué de ces placements ! railla-t-il. À toi non plus, d'ailleurs, ni à aucun d'entre nous. Il a toujours été un peu bizarre, je sais, mais ce testament... Quel tour il nous a joué !

Aucun membre de la famille n'avait été amusé. La lecture du testament n'avait suscité que des commentaires acerbes. Nicholas héritait des terres familiales et d'un ou deux domaines, mais la fortune du défunt avait été le fruit d'investissements judicieux dans la construction, les canaux, le transport, les usines. Tout ce qu'il touchait se transformait en or.

Il n'en avait pas légué un shilling à sa famille.

Chase n'attendait rien, de sorte qu'il n'était pas déçu. En revanche, certains de ses cousins et leurs épouses...

— Tu as des explications ? s'enquit Nicholas. Je sais qu'une semaine à peine s'est écoulée depuis les funérailles, mais le peu d'argent subsistant après la distribution des différents legs sera partagé entre nous. Je ne suis pas le seul à m'inquiéter du montant qui me reviendra.

— La situation évolue lentement.

Chase se garda de révéler que Peel l'avait recruté officieusement pour enquêter sur le décès de l'oncle Frederick. Mieux valait que la famille ignore ce fait car, sinon, sa situation serait tout bonnement impossible.

— J'ai trouvé l'une d'entre elles. Minerva Hepplewhite.

Ce n'était pas grand-chose. Il lui restait deux héritières mystérieuses à identifier, mais il espérait obtenir rapidement des résultats. Il avait pensé que Minerva connaîtrait les deux autres et le mènerait vers elles. Hélas, ce n'était pas le cas.

— Était-elle sa maîtresse ?

— Elle prétend que non.

— Elle ment certainement, affirma Nicholas. Pour éviter les ragots. Elle est jolie ?

Chase avait l'impression que Minerva Hepplewhite se moquait des ragots.

— Disons qu'elle est attirante.

— Ça ne veut rien dire. Je ne suis guère plus avancé.

Chase l'imagina assise sur le divan, drapée d'un peignoir qui soulignait ses courbes, les yeux rivés sur lui.

— Très attirante, corrigea-t-il. C'est plus clair ? Elle est d'une beauté captivante. Quelle importance qu'elle ait été ou non sa maîtresse ? Cette part d'héritage lui revient, qu'on le veuille ou non. Je peux passer à l'héritière suivante.

Mais pas tout de suite, et c'était bien le problème. En enquêtant sur la mort du duc, il aurait moins de temps pour rechercher les deux autres femmes bénéficiaires du testament. Il devrait se rendre à Melton Park, dans le Sussex, pour examiner de près le lieu de la chute et interroger les domestiques. Si cette mort n'était pas accidentelle, il devrait s'intéresser aux partenaires financiers de son oncle.

Il lui faudrait des semaines, voire des mois pour mener ses recherches à terme.

Nicholas se dirigea vers la fenêtre pour contempler le parc, ceint d'une clôture en fer forgé.

— Je pensais que j'aurais des nouvelles sur les circonstances de sa mort par le grand chancelier ou le ministère, par exemple. Est-ce de la délicatesse ou de l'ignorance de leur part, d'après toi ? Je ne suis sûrement pas le seul à m'interroger sur cette chute.

— S'il y a une enquête, elle sera menée discrètement. Tu n'en seras même pas informé, sans doute.

— Je me moque de ne rien savoir d'une enquête éventuelle. Je veux être tenu au courant des résultats et, s'il n'y a pas d'enquête, je veux savoir pourquoi. Quand la question du testament sera réglée, peut-être pourras-tu faire un tour à Melton Park pour glaner des informations ? Si personne d'autre ne trouve cela important, je le ferai moi-même – avec ton aide, bien sûr.

Chase ne contredit pas son cousin, car son intervention pouvait être utile.

— Si tu veux, j'irai là-bas pour voir ce que je peux dénicher.

— J'ai de la chance d'avoir un cousin doué pour ce genre de recherches, commenta Nicholas. Jamais je ne ferais confiance à un détective pour une affaire si délicate... Bon, je vais faire galoper mon cheval en feignant de mener une vie insouciante. Tu m'accompagnes ?

— J'ai un client qui s'impatiente, et je tiens à avancer pour lui.

— Pourvu que ce client ne te détourne pas de l'affaire qui me préoccupe.

— Ce client, c'est toi.

Ils descendirent ensemble vers la porte d'entrée.

— Tante Agnès veut organiser une réunion de famille, déclara Nicholas. Ici même. Elle prétend que c'est parce que je suis désormais le chef, mais je la soupçonne plutôt de vouloir faire des économies.

— J'espère qu'elle ne s'attend pas à un festin de roi.

— J'aimerais que tu sois présent lorsqu'ils vont tous débarquer. Je vais devoir leur expliquer que personne ne touchera un shilling avant des mois. Ils ne se rendent pas compte de la déconvenue qui les attend. J'aurais grand besoin de ton soutien.

— C'est pourtant simple. Convoque le notaire, qui se fera un devoir de les éclairer.

Aux écuries, Nicholas ordonna de préparer son cheval et d'avancer celui de Chase.

— Alors ? Tu viendras ? demanda-t-il sur le pas de la porte.

— Je serai là, ne serait-ce que pour le spectacle.

Chase imaginait déjà le moment où Nicholas, accablé de plaintes et de remontrances par ses cousins, le ferait entrer en scène. Ils ne croiraient jamais son argument implacable : si le duc avait rédigé ainsi son testament, c'était parce qu'il en avait la volonté, point final.

L'oncle Frederick était excentrique et fantasque dans le privé, et radical dans ses activités politiques, qui étaient limitées. Tour à tour généreux et pingre, il avait l'esprit acéré et avait appris plusieurs langues étrangères pour le plaisir – pas l'allemand ou le russe, mais le mandarin et un dialecte du Brésil.

Le duc n'était pas fou, loin de là, et capable de léguer une fortune à des inconnus. Retrouver ces deux autres femmes relevait d'une mission impossible.

Le jeune garçon d'écurie blond amena le cheval de Chase, qui lui remit un shilling avant de monter en selle. Un pied dans l'étrier, il remarqua un détail de l'autre côté de la rue et s'immobilisa.

Une femme flânait le long du parc. Le bord de sa capeline dissimulait son visage et ses vêtements n'avaient rien de remarquable. Mais il était presque certain qu'elle était déjà là lors de son arrivée.

— Monsieur ? fit le garçon d'écurie.

— Gardez-le-moi un instant. Je reviens.

Sous le regard perplexe de Nicholas et de son employé, Chase traversa la rue.

Minerva avait pris soin de ne pas regarder en direction de Whiteford House en passant. Si de nombreux piétons admiraient la façade, elle ne voulait pas attirer l'attention par ses fréquentes allées et venues.

Elle avait aperçu deux hommes devant la maison. L'un d'eux semblait être Chase Radnor. Raison de plus pour rester discrète. Cependant, elle brûlait d'envie de regarder de plus près. L'autre homme était sans doute le nouveau duc. D'après Jeremy, qui avait réussi à se faire embaucher aux écuries, le duc passait ses journées chez lui, mais il sortait vers 15 heures.

Lorsqu'il avait amené le cheval, elle avait profité de ce moment d'inattention de la part des deux hommes pour tourner la tête et examiner l'inconnu.

Il était aussi grand que Chase, et avait les mêmes cheveux bruns. Ses bottes et son manteau étaient de qualité. Ils avaient de nombreux points communs.

Elle se remit en marche d'un pas déterminé et, après trois allers-retours, décida de s'en aller. Soudain, elle perçut une chaleur à son côté, une présence. La tête baissée, elle vit deux bottes noires et eut un mouvement de recul. En levant les yeux, elle croisa le regard de Chase Radnor.

Elle ne l'avait pas entendu approcher.

— On se promène ? se moqua-t-il. Vous êtes un peu loin de chez vous, non ?

Elle s'arrêta net pour lui faire face, tout en gardant un œil sur la façade de la maison, par-dessus son épaule.

— Je viens souvent à Hyde Park. Aujourd'hui, j'ai choisi d'admirer les somptueuses demeures de cette allée.

— J'ai l'impression que vous effectuez une étude approfondie, car vous êtes passée quatre fois au moins. C'est un peu étrange, non ? N'est-ce pas ce que font les cambrioleurs avant d'entrer chez quelqu'un par effraction ?

— Vous parlez en connaissance de cause. Vous êtes un spécialiste en la matière…

— Auriez-vous un intérêt particulier pour Whiteford House, madame Hepplewhite ?

Elle se redressa fièrement et fit mine de s'agacer d'être ainsi interrompue dans sa promenade.

— Aucun, mais je suis impressionnée par la splendeur de l'édifice, rétorqua-t-elle en soutenant à nouveau son regard. Et c'est *mademoiselle* Hepplewhite.

Les prunelles bleues de Chase se mirent à pétiller d'amusement, rendant son visage un peu sévère encore plus attrayant. Minerva ressentit un tel trouble au creux du ventre qu'elle en oublia presque le reste.

— Vous avez décidé d'adopter le personnage d'une célibataire ? Que se passera-t-il si vous souhaitez vous remarier ? Vous devrez alors avouer la vérité.

La jeune femme éclata d'un rire nerveux.

— Seigneur ! Je crois pouvoir affirmer que je ne me marierai jamais. Il paraît que le mariage est la pire des prisons, selon une excellente amie.

En une fraction de seconde, elle retrouva son sérieux et songea à certains aspects de cette prison. Au moment où elle se tapotait les yeux avec un mouchoir, elle vit le duc quitter sa propriété.

Radnor remarqua sa curiosité et se retourna.

— Ah... ce n'est donc pas la maison qui vous intéresse, mais la famille.

Elle afficha un air faussement innocent.

— Je ne vois pas ce que vous voulez dire.

— C'est mon cousin. Observez-le à loisir, dit-il en s'écartant.

Agacée, elle suivit néanmoins son conseil. Le cheval venait dans leur direction, sur la chaussée. Très séduisant, le duc ressemblait à Radnor, avec des traits plus réguliers. Il était robuste sans paraître brutal.

Il les croisa. Ne voyant plus que son dos, Minerva cessa son examen sous le regard appuyé de Radnor.

— Il me semble discret, commenta-t-elle.

— Il est tourmenté par la mort de notre oncle. Il soupçonne un meurtre.

Chase s'inclina.

— Je vais prendre congé. Le garçon d'écurie qui garde mon cheval doit avoir autre chose à faire.

— Et vous ? Qu'en pensez-vous ? s'enquit la jeune femme alors qu'il s'éloignait. S'agit-il d'un meurtre ?

Il se retourna.

— J'en suis pratiquement certain, répondit-il.

3

Minerva laissa Mme Drable réfléchir à la requête qu'elle venait de lui soumettre.

Mme Drable porta une main nerveuse au camée niché à la naissance de ses seins. Avec son teint de pêche et ses cheveux d'un roux flamboyant, elle semblait plus jeune que ses cinquante ans.

— Il y a bien une jeune femme qui irait, dit-elle enfin. Elle n'a pas de situation à l'heure actuelle, et je désespère de la voir en trouver une. Elle sait lire et écrire, n'est pas malhabile, mais elle n'a aucune expérience de ce que vous me décrivez.

— Où est-elle en ce moment ? Je vais lui rendre visite.

L'éducation et l'expérience de cette jeune femme n'avaient aucune importance aux yeux de Minerva. Elle cherchait quelqu'un qui ait soif d'aventure. Un poste au sein de l'agence Hepplewhite n'avait rien d'ordinaire.

— Elle vient de commencer une courte mission d'une semaine tout au plus. Le nouveau duc de Hollinburgh organise une réunion de famille, et la gouvernante a demandé au bureau de placement de lui fournir quelques domestiques supplémentaires. De nombreux membres du personnel sont partis en retraite grâce aux pensions léguées par le défunt duc.

Joli hasard ! Et voilà pourquoi Jeremy n'avait eu aucun mal à se faire embaucher. Ils lui avaient même proposé un poste fixe, après qu'il avait fait ses preuves.

— Bref, soupira Mme Drable, les bons domestiques ne courent pas les rues et on n'a pas coutume de faire ce genre de choses, surtout à si brève échéance. La nouvelle s'est vite répandue et comme Élise était disponible, je l'ai envoyée là-bas. Elle s'appelle Élise Turner.

Par « on », elle désignait le bureau de placement qu'elle dirigeait et qui fournissait des domestiques aux maisons fortunées de la capitale. Minerva l'avait rencontrée en tant que voisine, puis elle était devenue une amie. Un jour, Mme Drable avait fait appel à Minerva pour déterminer qui lui avait volé de l'argent. Les soupçons pesaient sur une femme de chambre récemment embauchée, mais Minerva avait prouvé que le véritable coupable était le propre neveu de Mme Drable.

Elle avait mal supporté cette information, mais lui était reconnaissante de son aide car elle avait failli accuser injustement une innocente.

— Sachez qu'elle n'a aucune référence de son dernier employeur. La gouvernante de Hollinburgh ne l'a acceptée que sur ma recommandation personnelle, et parce qu'ils sont vraiment aux abois.

— Pourquoi n'a-t-elle pas de références ?

Mme Drable afficha une expression amère.

— Son dernier employeur… le mari se comportait mal. La pauvre fille était obligée de le repousser quotidiennement. J'avais placé une cuisinière dans cette maison et elle m'a informée de ces méfaits. Je lui ai dit de conseiller à la jeune fille de partir et de venir me voir. Depuis, elle habite ici, le temps que je lui trouve une autre place. Cependant...

Elle esquissa un geste désinvolte.

— Vient-elle ici chaque soir après son travail ? questionna Minerva.

— Ils ne demandent pas à cette équipe de soutien de loger sur place, mais ils sont disposés à les héberger si nécessaire. Elle préfère rentrer ici. Si vous passez vers 21 heures, elle devrait être présente.

— Je viendrai, conclut Minerva en se levant. C'est très gentil à vous de l'avoir recueillie.

— Son histoire n'est que trop classique, hélas. Une jeune fille qui quitte sa famille pour venir en ville et trouver une situation dans une bonne maison, et qui découvre pour son malheur que son patron n'a rien d'un gentleman... Vous n'imaginez pas le nombre de fois où j'ai dû extirper une servante des griffes d'un goujat !

Minerva ouvrit son réticule.

— Vous devez être très occupée, et j'ai un rendez-vous. Je vais vous laisser, mais non sans vous avoir remis quelques-unes de mes cartes de visite. Je propose mes services d'enquêtrice de façon officielle. Si vous entendez parler de quelqu'un qui pourrait avoir besoin de moi, n'hésitez pas à lui remettre mes coordonnées.

Mme Drable examina une carte.

— En général, ce sont des hommes qui enquêtent. Cependant, une femme détective peut plaire à une femme, car certaines recherches sont un peu délicates. Je parlerai de vous autour de moi. Vous pouvez me citer en référence, si cela vous chante.

— Vous n'imaginez pas à quel point cela me sera utile !

Au moment de prendre congé, Minerva eut une idée un peu audacieuse pour une femme bien née, mais que la directrice de l'agence Hepplewhite ne pouvait négliger.

Nul ne remarquait les domestiques. Le meilleur moyen pour elle d'en apprendre davantage sur cette famille était de se faire embaucher chez le duc.

— Une dernière petite chose, dit-elle. J'aimerais que vous recommandiez une nouvelle employée temporaire à la gouvernante de Hollinburgh.

— De qui s'agit-il ?

— De moi-même. Et je vous garantis que je suis capable d'effectuer les tâches d'une femme de chambre.

Visiblement sceptique, Mme Drable observa à nouveau la carte de visite.

— J'imagine qu'un peu d'argent vous sera utile en attendant que vos affaires soient florissantes, mais vous allez descendre sur l'échelle sociale. Enfin ! Jouer les servantes en dilettante ne revient pas à entamer une carrière dans la domesticité.

— Absolument. Je vous serais très reconnaissante de me rendre ce service. Je reviendrai ce soir pour parler à Mlle Turner.

Plus exaltée que jamais, Minerva émergea dans la rue, ravie de cette entrevue. Non seulement Mme Drable allait lui trouver des clients, mais elle aurait bientôt une nouvelle recrue. Son plan s'annonçait sous les meilleurs auspices. L'information la plus intéressante demeurait néanmoins cette réunion de famille chez Hollinburgh.

Jeremy était en poste, et elle venait de trouver un moyen d'infiltrer les lieux à son tour. Elle serait ainsi aux premières loges…

Dans l'après-midi, Minerva se rendit à l'étude de maître Sanders, le notaire. Elle arborait l'une de ses plus belles toilettes et sa capeline préférée, de couleur bleue et ourlée de rouge. Pourtant, elle n'en menait pas large en pénétrant dans le bureau.

Le notaire était un homme aimable, doux et mesuré dans ses propos. Il avait une certaine expérience, ce que Minerva trouva rassurant, et ne semblait pas trop empressé. Elle se prit à espérer qu'il ne cherche pas à lui attirer des ennuis.

Dans un premier temps, il l'interrogea sur ses relations avec le duc. Le fait qu'elles soient inexistantes ne parut pas le contrarier le moins du monde.

— Une méprise est toujours possible. Auquel cas, je suis sincèrement désolé.

Il parcourut les pages du testament.

— Avez-vous vécu dans le Dorset, mariée à un certain Algernon Finley ?

— Oui.

— Quelqu'un peut-il en témoigner ?

Elle lui parla de Beth et Jeremy.

— Ils vivaient dans la maison de mon mari et me connaissaient déjà, à l'époque.

— Avez-vous encore de la famille dans le Dorset ?

— Mes parents sont morts depuis de nombreuses années. Les autres membres de ma famille ont pour la plupart émigré il y a près de huit ans. Ils n'habitaient pas le Dorset, d'ailleurs, mais un comté voisin.

— D'autres personnes vous ont-elles connue sous vos deux identités ?

— Je ne crois pas. Je suis allée à Londres avec mon mari, mais je ne m'y suis pas fait d'amis et je n'ai pas fréquenté la bonne société.

— Je pense que quelques avis publiés dans les journaux confirmeront qu'il n'y a pas d'autre Minerva Hepplewhite dans la capitale, ayant vécu dans le Dorset sous le nom de Finley. Je crois pouvoir présumer que vous êtes la personne recherchée.

Il prit quelques notes.

— Puis-je savoir pourquoi vous avez changé de nom ?

Minerva s'attendait à cette question.

— Mon mari est mort criblé de dettes, que son patrimoine ne suffisait pas à rembourser. J'ai préféré quitter la région pour échapper aux créanciers qui me traquaient.

— C'est compréhensible.

Il écrivit quelques mots et posa sa plume dans l'encrier.

— Vous avez dû être étonnée d'hériter d'un homme que vous n'avez jamais rencontré. Vous savez, cela se produit plus souvent qu'on ne l'imagine. C'est sans doute votre mari qui connaissait le duc. En rédigeant son testament, celui-ci s'est cru obligé de lui léguer de l'argent. Algernon Finley étant décédé, c'est à vous, sa veuve, qu'il a donné cette somme.

C'était presque plausible, mais Minerva doutait que son époux ait connu un duc sans lui en parler. Il était homme à se vanter de telles fréquentations.

— Comment le duc a-t-il su que je vivais désormais à Londres ?

— Sans doute a-t-il mené une enquête. Enfin, pas en personne, bien sûr… À présent, je vais vous décrire les détails de l'héritage.

La jeune femme était abasourdie que le notaire ne cherche pas à en savoir davantage. Il lui énonça les problèmes éventuels qu'elle rencontrerait.

— Les tribunaux ont déclaré le testament valide, mais quelqu'un risque encore de contester ses termes – un légataire qui se jugerait lésé, par exemple. S'il parvient à démontrer qu'il était dépendant du duc et a des raisons légitimes de recevoir davantage d'argent, il obtiendra gain de cause.

— Vous pensez que cela arrivera ?

— C'est possible, mais ça ne marchera pas. Le duc n'avait rien promis aux membres de sa famille, et aucun ne dépendait vraiment de lui. C'est moi qui ai rédigé ce testament, et j'ai fait en sorte que tout soit dans les règles.

— Dois-je attendre un certain temps pour m'assurer que nul ne conteste ce testament ?

Le notaire secoua la tête.

— En tant qu'exécuteur, mon rôle est d'appliquer les volontés du duc. Vous recevez dix mille livres et un investissement. Ces dix mille livres ont été placées presque un an avant le décès du duc et ne peuvent vous être reprises. Quant à l'investissement… il serait plus sage de patienter et de mettre de côté ses bénéfices éventuels. Six mois, tout au plus. Ce n'est pas très long. Le placement a déjà rapporté quelques centaines de livres qui seront disponibles dans quelques semaines, quand j'aurai réglé les formalités bancaires.

— Je crois que je m'en contenterai dans l'immédiat.

— Qui s'en plaindrait ? s'esclaffa le notaire.

Il chargea ses clercs de rédiger les documents à signer. En attendant, il donna quelques conseils à la jeune femme.

— Je vous contacterai quand votre argent sera disponible. Quant à l'investissement, les autres actionnaires voudront vous rencontrer. Ils proposeront peut-être de racheter vos parts. Prenez le temps d'y réfléchir. Être actionnaire peut rapporter de l'argent, mais aussi en coûter.

— J'accepterai peut-être de vendre mes parts. Quel serait un prix honnête, selon vous ?

Le notaire ouvrit un dossier.

— D'après la dernière évaluation, votre part se montait à un peu plus de trente mille livres, avec un revenu annuel d'environ mille cinq cents livres. C'est l'un des plus modestes investissements du duc, mais l'un des plus rentables.

La jeune femme en eut le souffle coupé. D'après Radnor, cet investissement valait davantage que la somme de dix mille livres. Jamais elle n'aurait envisagé de tels montants !

— Mademoiselle Hepplewhite, reprit le notaire en refermant son dossier, je me dois de vous signaler que, désormais, certains chercheront votre compagnie pour des raisons peu honorables. Certaines amitiés seront intéressées. Vous serez aussi la proie des coureurs de dot.

— Autrement dit, les hommes me courtiseront pour mon argent…

— Je le crains. Si vous songez à vous marier, je vous conseille vivement de consulter un notaire, qui vous exposera les conséquences éventuelles pour vous et votre patrimoine. Il vous informera aussi sur la personnalité de votre fiancé.

— Je vous remercie, mais soyez assuré que je ne recherche en rien le mariage.

Elle quitta l'étude sur un petit nuage. Si nul ne contestait le testament, elle était riche ! Plus jamais l'argent ne serait un tourment. Elle ne se sentait plus de joie.

Seule la sourde impression que Beth avait raison venait tempérer son enthousiasme. La porte de son passé s'était rouverte.

Dans l'après-midi, Chase regagna son appartement de Bury Street. Il venait de passer quelques heures à combattre un ancien compagnon d'armes à l'escrime. Après s'être dépensé, il avait l'esprit plus clair. Avant de ressortir pour la soirée, il devait réfléchir sérieusement.

Brigsby, son valet, lui avait préparé un bain chaud. Une fois habillé, Chase se sentait fin prêt. Il s'installa à son bureau devant une liasse de feuilles de papier et trempa une plume dans l'encrier.

Chase créa un dossier intitulé « Mort de Hollinburgh ». Il prenait toujours des notes détaillées de ses recherches, une méthode apprise à l'armée qui facilitait la rédaction du compte rendu d'enquête. De plus, coucher ses pensées sur le papier l'aidait à raisonner.

Une première feuille serait consacrée aux faits, une autre aux pistes à étudier, et une troisième aux incohérences. Une quatrième page comporterait les théories possibles et une dernière recenserait les suspects. Certaines enquêtes impliquaient d'autres pages, mais il fallait toujours partir du bon pied et élaborer une stratégie.

Au fil de ses recherches, il dresserait des listes et accumulerait des éléments. D'emblée, il remarquerait le moindre oubli et, la plupart du temps, trouverait des réponses à ses questions en parcourant ces notes.

Il ouvrit une lettre et la rangea dans le dossier. Sanders lui avait envoyé l'inventaire des affaires du défunt duc. Il y ajouta les termes du testament.

Pendant plusieurs minutes, il prit des notes sur la page des pistes à suivre et recensa les actions immédiates. Ensuite, il passa à la page des suspects.

Il pouvait la remplir en citant toutes les personnes ayant un mobile mais, fidèle à son habitude, il réserva cette feuille aux candidats les plus probables.

Il trempa sa plume et hésita un instant avant d'écrire : *Minerva Hepplewhite.*

4

Par la fenêtre de la bibliothèque, Chase observait la longue file de voitures déversant des passagers parés de leurs plus beaux atours. Même les enfants étaient élégants pour leur venue chez le duc. Les domestiques déchargeaient des malles pleines de tenues destinées à impressionner les autres membres de la famille.

— Ça promet d'être un enfer…, souffla Nicholas en s'approchant de lui. Seigneur, c'est Dolorès ! Je ne l'ai pas vue depuis un an.

Une femme brune entre deux âges et très grande lançait ses ordres à des valets grimaçants.

— Jamais elle ne laisserait Agnès s'amuser sans elle, commenta Chase.

Les deux sœurs étaient les seules filles de la fratrie. Sans doute s'étaient-elles endurcies au contact de leurs frères.

— Voici Kevin, annonça Nicholas. Je le croyais à l'étranger.

— Il est rentré, on dirait.

Affichant l'air ténébreux d'un poète maudit, Kevin remontait l'allée, sa crinière brune au vent. Il ne salua ni ses cousins ni ses tantes en croisant leurs voitures. Sans doute avait-il abandonné son véhicule en fin de convoi pour venir à pied.

— Il va nous en faire baver, marmonna Nicholas.

Kevin n'était pas présent à l'ouverture du testament de l'oncle Frederick. Comme il avait plus de raisons que la plupart des autres de se plaindre, il ne manquerait pas d'exprimer son ressentiment.

— Ce testament réservait bien des surprises, reprit Nicholas. En ce qui concerne Kevin, il frisait la cruauté.

Chase ne pouvait affirmer le contraire. En dépit de l'affection qu'il avait pour le défunt duc, il trouvait certaines dispositions un peu sévères sans raison apparente.

— Je devrais aller le saluer, sans doute, marmonna Nicholas.

— Regagne plutôt tes appartements, le temps que les invités s'installent. Tu les verras au salon, avant le dîner. Arrive le dernier et salue-les en tant que duc, non en tant que cousin Nicky.

— Sage conseil, admit-il en riant.

— Garde toujours le contrôle de la situation, pour éviter que les choses ne dégénèrent.

— Ce soir, je les informerai qu'il n'y aura aucune discussion à propos du patrimoine avant demain après-midi. J'ai convoqué le notaire pour 15 heures.

Au moment où Nicholas tournait les talons pour se retirer, Kevin apparut dans la bibliothèque. À la surprise de Chase, il affichait un large sourire.

Kevin avait quatre ans de moins que Chase. Grâce à sa personnalité et à ses goûts originaux, il avait toujours été l'un des préférés parmi les cousins, en tout cas celui qui semblait avoir hérité de l'excentricité de son propre père et de son oncle Frederick. Il n'en faisait qu'à sa tête.

— Ravi de te voir de retour, dit Nicholas. Tu aideras Chase à les empêcher de me trucider.

Kevin jeta un coup d'œil par la fenêtre.

— Je sors de chez le notaire. Ils ont certainement des envies de meurtre, et l'oncle Frederick n'est plus de la partie.

Nicholas fronça les sourcils.

— Je t'ai écrit pour te mettre en garde, déclara-t-il.

— Je n'ai pas reçu ta lettre avant mon départ. Je suis arrivé avant-hier, et mon père m'a annoncé le pire sans tarder. Je serais bien allé voir Sanders hier, mais mon père avait besoin de mon aide pour réparer un de ses automates.

Il leva les yeux au ciel à l'évocation de la dernière lubie de son père.

— Une pièce intéressante ?

— À condition de trouver un intérêt à un engin mécanique qui ne sert en rien l'humanité.

— Sera-t-il des nôtres, aujourd'hui ? s'enquit Nicholas.

— Il m'a dit qu'aucun de ses frères ne venait en ville et qu'il ne voulait pas être contraint uniquement parce qu'il réside à Londres. Ils n'attendaient rien de l'oncle Frederick, de sorte qu'ils n'ont aucune doléance à formuler.

Chase observa son cousin plus attentivement. En dépit de sa bonne humeur affichée, son regard d'ordinaire pétillant s'était voilé à la mention du testament.

— Installe-toi donc. Nous discuterons plus tard.

— Je devrais sans doute aller voir quelle chambre la gouvernante m'a attribuée. Je pourrais rentrer dormir chez mon père, bien sûr, mais il est parfois pénible et je souhaite garder un œil sur la famille.

Il regarda par la fenêtre. Nicholas posa une main sur son épaule.

— Allons voir Mme Wiggins, pour vérifier qu'elle ne t'a pas relégué au grenier. Être célibataire peut être un enfer.

Quand ils se furent éloignés, Chase reporta son attention sur l'extérieur.

Agenouillée devant la cheminée, Minerva posa quelques bûches dans l'âtre.

— Ne pliez pas la robe de cette façon ! lançait une voix d'un ton sec à une domestique. Vous allez la froisser. Suspendez-la plutôt dans l'armoire !

Minerva s'affaira, le dos tourné.

Mme Wiggins, la gouvernante, était si désireuse d'engager du personnel qu'elle avait suivi la recommandation de Mme Drable. Minerva se retrouvait ainsi modeste bonne, le temps de la réunion de famille. Elle avait été chargée d'allumer du feu dans les chambres des invités, en commençant par celles des dames. Très vite, elle avait compris que lady Agnès Radnor, une grande brune au port altier, se considérait comme la reine des lieux.

Elle entendit une porte s'ouvrir, puis des pas furtifs, avant de percevoir une présence juste derrière elle. Elle ralentit dans son travail.

— J'espère qu'ils t'ont attribué une femme de chambre meilleure que la mienne, fit une voix féminine inconnue, plus aiguë que celle d'Agnès.

— Mon Dieu ! La tienne est désastreuse aussi ? J'espérais la réquisitionner.

— Les meilleures caméristes sont parties. Mme Wiggins m'a tout expliqué. Elles ont quitté le navire dès qu'elles ont obtenu leur pension. Des sommes rondelettes, de surcroît. Et elles nous laissent à la merci de ces sauvageonnes de passage. Seuls Mme Fowler, la cuisinière, et le majordome sont toujours là, par sens du devoir envers le duc.

— Dès qu'ils auront trouvé des remplaçants, ils fileront cultiver leur jardin à la campagne.

— Toujours avec notre argent, renchérit la voix plus stridente. Il a fait cela pour me contrarier, tu le sais bien. Après ce qui s'est passé, il me devait pourtant davantage...

— Arrête, sœurette ! Ne t'énerve pas. C'est bien loin, tout cela, et Hollinburgh ne s'en souvenait même pas, sans doute.

Un silence pesant s'installa, chargé de non-dits. Minerva brûlait d'en apprendre davantage.

— Je crois que nous perdons notre temps. Nous devrions contester les termes du testament.

— Dolorès, tu sais pertinemment ce qui se passera alors. La procédure traînera pendant des années, et nous serons encore plus pauvres car il faudra payer les avocats. Finalement, nous perdrons. Laisse-moi diriger les opérations. Nous allons tous nous réunir avant la venue du notaire, demain, pour mettre au point un plan qui nous évitera les tribunaux.

La personne qui se trouvait derrière Minerva s'éloigna.

— Allons, ma fille ! Vous n'avez toujours pas terminé ? lui lança lady Agnès. Je vais mourir de froid ! Dépêchez-vous donc !

Minerva tourna la tête de côté pour lui indiquer qu'elle avait entendu.

— Pardonnez-moi, milady. Le bois était humide et difficile à enflammer. J'ai dû recommencer.

— Faites vite.

Minerva s'exécuta, puis elle se releva et esquissa une révérence. En sortant, elle croisa le regard de la jeune cameriste. Elles échangèrent un sourire complice.

Chase se dirigea vers une chambre située dans l'aile nord-ouest de la maison. La porte était ouverte. Il comprit vite pourquoi. Une domestique était en train d'allumer du feu dans la cheminée tandis que Kevin faisait les cent pas, la mine soucieuse.

Chase le salua et balaya la pièce du regard. Plutôt confortable, elle était néanmoins sombre et à peine plus grande qu'une chambre de bonne.

— Nicholas avait raison... Au moins, tu n'es pas dans les soupentes. Les célibataires se retrouvent toujours relégués dans les pires chambres.

— Cela suffira, déclara Kevin, visiblement contrarié par autre chose que les questions d'hébergement.

— Tu pourrais dormir à ton club, ou encore chez moi, si tu préfères.

— Pas question de perdre ces harpies des yeux. Agnès serait prête à tout pour me laisser sans le sou. Tu sais comment elle m'a accueilli ? « Ah, tu es là, Kevin. Je te croyais trop accaparé par ton travail pour te joindre à nous », imita-t-il d'une voix nasillarde.

— Elle a des idées rétrogrades, ce n'est pas nouveau. Elle est aussi ignorante de ta réussite.

— Ils le sont tous, à part Nicholas et toi.

— Sans oublier l'oncle Frederick, bien sûr.

À cette réflexion, Kevin se figea. Furibond, il se tourna vers Chase et l'émotion qu'il affichait une heure plus tôt, dans la bibliothèque, réapparut.

— Sais-tu pourquoi il a fait ça ? Je me sens tellement trahi que je ne peux pas...

Il secoua la tête d'un air incrédule.

— Avoir avancé les capitaux pendant que je peaufinais l'invention, être devenu associé dans mon entreprise et, à présent, ceci ! Je suis anéanti.

Chase aurait voulu pouvoir lui expliquer la décision de leur oncle de léguer ses parts de la société à une inconnue. Ce n'était pas Mlle Hepplewhite, mais l'une des deux femmes qu'il lui restait encore à trouver.

— Peut-être aura-t-elle quelque chose à offrir dont nous ignorons l'existence, une autre entreprise qui pourra t'aider.

— À moins qu'il ne s'agisse d'une traînée qu'il aura prise sous son aile. Ne me regarde pas comme ça ! Je suis en droit d'exprimer une vérité plausible, vu les circonstances. Quand tu lanceras tes recherches, commence par faire la tournée des bordels. Tu auras une liste de ses favorites.

Kevin serait en mesure d'effectuer cette tâche car il fréquentait ces établissements. Chase le savait depuis un moment : son jeune cousin était très curieux et poussait très loin ses investigations quand un sujet l'intéressait. Ainsi avait-il une grande expérience des plaisirs de la chair.

— Qu'est-ce qui te fait croire que je vais les chercher ?

— À qui d'autre Nicholas ferait-il confiance ? Il en est de même pour nous tous, d'ailleurs. S'il ne t'a pas encore confié cette mission, je le ferai à sa place. Ce testament est odieux, mais l'attente est pire que tout.

Chase ne confirma pas qu'il s'était vu confier la mission presque immédiatement.

Kevin posa sa valise sur le lit.

— Autant défaire moi-même mes bagages, grommela-t-il. Je suis censé avoir un valet à ma disposition, mais Dieu seul sait quand il fera son apparition.

À la mention des domestiques, Chase jeta un coup d'œil à la jeune femme qui allumait un feu dans la cheminée. Il ne décelait que l'arrière de sa coiffe blanche et le tissu marron terne de sa robe. En revanche, il trouva sa main ravissante, presque élégante.

— Ils sont tous nouveaux. Ceux du temps de notre oncle sont partis.

Le ton de sa voix attira l'attention de Kevin. Chase désigna la jeune femme qui, comme si elle sentait leur attention sur elle, se releva. Baissant la tête, elle prit son panier et fila sans demander son reste.

— Elle est restée combien de temps dans cette chambre ? s'enquit Chase.

— Je ne l'ai pas vue arriver, admit son cousin en haussant les épaules.

— Nous devrions nous méfier de ce que nous disons en présence du personnel. Ils ne font pas partie de la maison et ne sont en rien liés à la famille. On ne peut compter sur leur discrétion ou leur loyauté.

Kevin alla fermer la porte, puis se tourna vers Chase.

— Quelle mouche a piqué notre oncle, d'après toi ? De nous tous, c'est toi qui le connaissais le mieux.

— Je suis incapable de répondre à cette question. J'ai bien quelques idées, mais rien de précis.

Ses hypothèses n'étaient pas de nature à satisfaire sa famille. Selon lui, son oncle en avait simplement assez de ces êtres intéressés qui dépendaient trop de sa générosité.

— Je pensais que tu toucherais quelque chose, quand même, observa Kevin.

— Pas moi. Il m'avait prévenu. Je suis sans doute le seul à ne pas être déçu.

— Au moins, nous avons tous les deux un métier. Je me demande ce que certains vont devenir. Une vraie tragédie.

— Il ne sert à rien de désespérer avant d'avoir des certitudes, répondit Chase en se dirigeant vers la porte. Notre oncle n'était pas stupide. Il avait peut-être un plan dont nous ne savons encore rien.

En fin de journée, Minerva termina enfin son travail dans les chambres à coucher. Lorsqu'elle emprunta l'escalier de service, certains membres de la famille descendaient déjà pour le dîner, en tenue de soirée.

Tandis qu'elle remplissait son panier de petit bois, dans une remise donnant sur le cellier, elle entendit la porte se refermer. Étonnée, elle leva la tête et découvrit la présence de Chase Radnor, les bras croisés, adossé au battant.

— Mademoiselle Hepplewhite ! Comme on se retrouve..., fit-il d'un air narquois.

— Comment me suis-je trahie ? souffla-t-elle en reportant son attention sur le panier.

— Vos mains. Elles sont assez remarquables.

Elle observa ses phalanges maculées de suie et ne leur trouva rien de particulier.

— Que diable faites-vous ici ? demanda-t-il.

— J'ai besoin d'argent, et ils engagent n'importe quelle personne apte au travail.

— La gouvernante est bien désinvolte.

— Peut-être aurait-elle dû décider de tous vous laisser vous débrouiller seuls.

Elle sourit en imaginant la réaction de lady Agnès.

Chase fit quelques pas vers la jeune femme et lui prit son panier pour le poser. Il sortit un mouchoir de sa poche et entreprit de lui essuyer la paume.

— Vous n'avez pas à faire cela. Si vous le faites, c'est que vous avez une idée derrière la tête.

« Depuis le jour de mon mariage, j'ai fait beaucoup de choses qui n'étaient pas dignes de moi », songea-t-elle. Elle faillit exprimer cette pensée à voix haute, mais fut distraite par la façon dont il s'occupait d'elle... et par le contact troublant de ses doigts sur le dos de sa main. Il n'était ni doux ni tendre, mais autoritaire et assuré. Néanmoins, elle était fascinée.

Chase passa ensuite à son autre main.

— Vous n'êtes pas ici pour gagner de l'argent. Vous surveillez la famille. Vous cherchez un moyen d'incriminer un de ses membres.

Une réponse bien sentie vint à l'esprit de Minerva, mais elle préféra se concentrer sur ses sensations. En dépit de la fermeté de son emprise, elle ne se sentait nullement menacée. Malgré l'animosité qu'il lui inspirait, elle était charmée par le temps qu'il mettait à la nettoyer.

Le mouchoir était ruiné, mais il ne relâcha pas immédiatement sa main. Elle l'observa à la dérobée et ôta sa main de la sienne.

— Vous me considérez toujours comme une suspecte ?

— S'il est avéré que mon oncle n'est pas tombé accidentellement, tout le monde devient suspect. Vous comme les autres. Vous n'avez pas besoin d'accuser quelqu'un d'autre.

Elle faisait hélas une parfaite suspecte, mais il ne le savait pas. Pas encore.

— Je ne cherche à accuser personne. Hélas, mon destin est désormais lié à celui de cette famille, en bien ou en mal. Je suis curieuse de nature, je vous l'ai dit.

— Effectivement, vous me l'avez dit.

Il l'agaçait à nouveau. Elle fit un pas de côté pour le contourner.

— Je dois y aller. Je travaille en cuisine.

Lorsqu'elle voulut ouvrir la porte, il l'en empêcha.

— Si vous apprenez quelque chose d'intéressant, vous devrez m'en informer.

— Ces gens font partie de votre famille. Si j'apprends quelque chose d'intéressant, vous étoufferez l'affaire, sans doute.

Il la libéra enfin. Dès qu'elle se fut éloignée, elle s'appuya contre un mur et regarda ses mains. Il restait un peu de suie sous les ongles. Soudain, elle sentait à nouveau la puissance de sa main tenant la sienne...

5

Chase pénétra dans les appartements de Nicholas. Il trouva le nouveau duc dans son antichambre, en train de se préparer pour le dîner.

— Tu penses te présenter dans cette tenue ? s'étonna Nicholas tandis que son valet nouait sa cravate. Johnson, vous donnerez un foulard à mon cousin.

Le petit homme entre deux âges aux cheveux filasse termina son nœud et prit un foulard bien repassé sur une pile de linge. Il s'approcha de Chase pour lui mettre le foulard. Celui-ci se laissa faire afin de ne pas contester l'ordre de son maître. Johnson en serait horrifié.

— Vous donnerez un peu de lustre à ses bottes, également, ordonna Nicholas.

Johnson ne laissa rien paraître de ses sentiments face à ce surcroît de travail.

Enfin présentable aux yeux de Nicholas – donc aux yeux des autres –, Chase prit place sur l'une des chaises tapissées de damassé bleu, disposées en cercle. Son cousin était déjà confortablement installé.

— Qui reste-t-il parmi les anciens domestiques ? questionna Chase.

— Le majordome et la gouvernante, dans l'immédiat, car je doute qu'ils restent plus d'un mois. Ils espèrent trouver le reste du personnel et leurs propres remplaçants, d'ici là.

— C'est tout ?

— J'ai l'impression que la cuisinière n'a pas changé, de même que quelques employées des cuisines. J'ai reconnu deux valets. Pourquoi ? Quelle importance ?

— Il y a bien trop d'étrangers dans cette maison à mon goût.

Si Minerva Hepplewhite avait réussi à se faire embaucher afin d'espionner la famille, d'autres le pouvaient aussi. Chase regrettait de ne pas avoir amené avec lui ses propres espions.

Il imaginait la jeune femme en train de s'affairer devant les cheminées, invisible pour les invités, écoutant leurs conversations à leur insu.

— Il aurait été plus sage de refuser d'organiser cette réunion de famille chez toi.

— Trop tard, fit Nicholas d'un ton désinvolte. Kevin est passé me voir. Il est très amer.

— Ils le sont tous, mais il a plus de raisons que les autres de l'être.

— Il est terrible pour un homme de consacrer sa vie à une cause, et de voir son bienfaiteur le priver de son soutien après sa mort. Certes, notre oncle était libre d'agir à sa guise, mais c'est un peu injuste, à certains égards.

Nicholas se considérait-il comme faisant partie des lésés, lui aussi ? Un homme héritant d'un titre s'attend généralement à ce que son patrimoine lui rapporte les revenus nécessaires à son mode de vie. Il s'en sortirait sans doute, mais il devrait tirer le diable par la queue pendant des années.

— Toi, par exemple, dit-il. Il t'appréciait plus que la plupart de nous autres. Tu tolérais ses lubies et ses excentricités, tu lui consacrais une part de ton temps, que ce soit pour l'accompagner dans ses loisirs ou pour chevaucher dans la campagne. Et il ne te laisse pas un sou... Il t'a défendu quand tu as acheté ton grade d'officier et que les autres racontaient...

Il s'interrompit, comme s'il s'était montré trop bavard.

— Il m'avait prévenu qu'il ne me léguait rien, répliqua Chase.

— Tu me l'as dit, oui, mais...

Chase avait-il secrètement espéré que son oncle ait changé d'avis et ajouté un codicille en faveur de son neveu préféré ? C'était une réaction humaine, après tout. Et pourtant, il savait au plus profond de lui que cela n'arriverait pas. Le duc avait des idées saugrenues mais il avait sa logique, dont il ne démordait pas.

« Tu vas devoir te débrouiller seul, à présent, avait-il déclaré lorsque Chase était rentré en Angleterre après avoir quitté l'armée. Ce n'est pas une mauvaise chose. Un homme se laisse aller s'il a la vie trop facile. Un esprit sain décline, et un corps sain s'empâte. Dans la bonne société, neuf hommes sur dix ne recherchent que le plaisir. Le monde ne le supportera pas très longtemps. »

Nicholas ou Kevin, quant à eux, ne pouvaient comprendre pourquoi Frederick avait jugé utile de leur rendre l'existence plus difficile.

Nicholas sortit sa montre de son gousset.

— Je suppose qu'ils sont tous réunis au salon, déclara-t-il en se levant. Je compte sur ton soutien.

— Je vous rejoins au plus vite. Auparavant, je dois voir quelqu'un, répondit Chase en s'éloignant. Et un conseil : à l'avenir, évite de parler trop librement en présence des domestiques.

Minerva était suivie. Elle avait vu un jeune homme déambuler dans la maison, dans son sillage. Son panier toujours au bras, elle prenait son temps pour regagner l'office.

Elle était même entrée dans des pièces vides pour tenter de semer son poursuivant. En vain. Il était toujours là.

En désespoir de cause, elle descendit à la bibliothèque. Nul ne lui avait ordonné d'y faire du feu, et elle comprit pourquoi : il y avait déjà une telle flambée que la chaleur était presque excessive. Elle posa son panier et ouvrit deux fenêtres. Qui diable avait préparé cette pièce avec tant de zèle ?

Au moment où elle allait sortir, l'inconnu lui barra le chemin sur le seuil.

Il la toisa longuement. Il était à peine plus âgé que Jeremy. Elle se prit à espérer que ce dernier ne pose jamais un tel regard sur une femme. Ses prunelles brillantes et son sourire en coin ne lui disaient rien qui vaille. Sans doute un membre de la famille, car elle décelait une certaine ressemblance avec Chase Radnor.

— Vous semblez un peu perdue, dit-il d'un ton dénué de reproche.

— Je suis nouvelle. J'ai reçu des ordres, mais pas de plan de la maison.

— Votre façon de parler n'est pas celle d'une servante, s'étonna-t-il.

— Je ne le suis pas de profession. Je suis veuve, et j'ai besoin d'argent, admit-elle en baissant les yeux vers son panier. Ce travail temporaire ne heurte pas trop ma fierté.

L'homme la toisa de plus belle.

— Il existe plusieurs façons de gagner quelques sous sans trop renoncer à sa fierté.

— En effet, mais celle-ci me convient. Le travail ne me fait pas peur.

Elle fit un pas vers la droite.

— Je dois retourner en cuisine, à présent…

Il se déplaça pour lui barrer la route.

— Inutile de vous précipiter en bas. Vous êtes si nombreux que la cuisinière ne saura pas qui travaille et qui ne fait rien.

Il pencha la tête pour mieux la dévisager.

— Vous êtes une belle femme. Vous avez des mains superbes. Quel dommage de les abîmer en effectuant ces tâches ingrates.

— Je vous l'ai dit, cela ne me dérange pas.

Elle fut parcourue d'un frisson. À la façon qu'avait cet homme de s'approcher de plus en plus, elle devinait ses intentions sans l'ombre d'un doute.

— Moi, cela me contrarie, répliqua-t-il. Ces mains élégantes ne devraient pas travailler. Il existe tant de façons de profiter de leur douceur…

Le sang de la jeune femme se figea dans ses veines. Pétrifiée, elle chercha désespérément une échappatoire. Elle le foudroya d'un regard glacial.

— Vous devez me laisser partir, à présent.

— Je dois ? railla-t-il d'un ton où perçait une certaine dureté face au dédain à peine masqué de Minerva. Je n'obéis à personne, pas même au duc, et encore moins à vous.

« Je peux faire ce que bon me semble dans cette maison, et nul ne vous croira si vous osez vous plaindre », suggérait-il.

La jeune femme se crispa de plus belle. Elle plaça son panier devant elle, tel un bouclier, et son autre main dans son dos.

Aussitôt, l'homme s'empara du panier et s'approcha encore. Sa main puissante se referma sur celle de Minerva au moment où elle saisissait un tisonnier sur son support, derrière elle.

Il se mit à caresser sa main, mais elle ne se laissa pas distraire par ce contact repoussant. Il lui faisait mal au poignet. Algernon l'avait tenue de la sorte, autrefois.

— Vos lèvres semblent tout aussi douces, commenta-t-il. À l'image de votre corps, sans doute…

Elle lutta pour ne pas céder à son dégoût, de peur de le contrarier. S'il faisait la moindre tentative pour aller plus loin… Elle crispa les doigts sur le tisonnier, prête à frapper.

— Phillip.

Une voix masculine fit sursauter à la fois Minerva et le jeune homme, qui relâcha sa main et recula d'un bond.

Par-dessus son épaule, Minerva découvrit la présence de Chase Radnor, sur le seuil. Il fusillait le jeune homme du regard.

— La famille se réunit, annonça Chase d'un ton posé qui contredisait son regard noir. Tu devrais les rejoindre.

— Je me demandais où ils étaient tous passés, répondit Phillip. Je croyais que la réunion se déroulait ici.

— Non. Au salon.

— J'y vais de ce pas, fit-il en détalant sans demander son reste.

Chase attendit qu'il ait refermé la porte, puis il s'approcha de Minerva.

— Je déplore le comportement insolent de mon jeune cousin, dit-il en lui prenant le tisonnier. Il ne savait pas qui il était en train d'importuner. Vous auriez pu le tuer avec cet objet.

La jeune femme se mit à trembler de tous ses membres. Des vagues de révulsion et de peur la submergèrent.

Lorsqu'elle voulut ramasser son panier, elle chancela. Deux mains fermes l'empêchèrent de chuter en la retenant par les épaules. Elle croisa un regard d'un bleu intense. En dépit de ses efforts pour garder une contenance, elle n'en menait pas large.

Radnor semblait à la fois curieux et inquiet.

— Asseyez-vous, ordonna-t-il sans relâcher son emprise sur ses épaules.

Il l'entraîna vers un divan.

— Je dois retourner...

— Asseyez-vous.

Il appuya sur ses épaules pour la forcer à obéir. Ensuite, il s'agenouilla devant elle pour l'examiner de plus près.

— Il s'est passé autre chose avant mon intervention ?

Elle secoua négativement la tête.

— Vous devez me trouver bien fragile, pour défaillir à cause de ces avances...

Sur la main que Phillip avait tenue, le souvenir du doux contact de Chase était effacé.

— Je crois plutôt que vous avez pris conscience d'un pire danger. Heureusement, je suis certain qu'il ne vous aurait pas... Néanmoins, vous êtes trop vulnérable, ici. Mieux vaut que vous ne reveniez pas demain.

Il s'adressait à elle comme s'il lui donnait un ordre. La jeune femme était assez remise de ses émotions pour réprouver cette attitude, mais pas assez pour protester.

— Si ce n'est pas moi, il s'en prendra à une autre employée. C'est ce genre d'homme..., murmura-t-elle. Vous pouvez me croire...

— Eh bien, mieux vaut qu'il s'en prenne à une autre que vous.

Il poussa un long soupir, avant de reprendre :

— Je dirai à la gouvernante de mettre les employées en garde. Quant à vous...

— Je resterai à proximité d'un tisonnier ou d'une autre arme de fortune.

— Restez plutôt chez vous. Vous n'apprendrez rien d'intéressant, ici.

Son comportement piqua la jeune femme au vif.

— Je vous assure que j'ai déjà glané de nombreuses informations. J'apprécie que vous ayez mis fin aux agissements de votre cousin, mais n'espérez pas avoir la moindre autorité sur moi.

Exaspéré, il passa une main nerveuse dans ses cheveux.

— Je dois rejoindre ma famille, conclut-il en se levant. Il y a déjà du feu dans la cheminée, donc vous pouvez vous retirer également.

Il tendit une main pour l'aider à se lever à son tour. Elle l'accepta, et le contact de cette peau chaude lui fit plus de bien qu'elle ne s'y attendait.

— Retournez à l'office.

Il l'entraîna dans le couloir et la quitta près de l'escalier de service.

Au lieu de descendre, elle monta à l'étage, vers un passage réservé aux domestiques qui longeait le grand salon. Elle entrebâilla légèrement une porte afin d'être aux premières loges.

— C'est simple ! disait Nicholas d'une voix forte pour couvrir les protestations qui fusaient de toute part.

Les autres se turent face à l'exaspération manifeste du nouveau duc.

« Pourvu qu'il prenne son temps », songea Chase en savourant ce moment de silence. Il balaya la vaste pièce du regard. Sur un mur, le panneau de bois dissimulant un accès au couloir de service était ouvert. Il alla le refermer.

— Première solution, reprit Nicholas, quelqu'un conteste les termes du testament. N'importe qui. Alors les versements seront bloqués jusqu'au jugement de la chancellerie. Autrement dit, personne ne touchera un sou à part moi, car mon patrimoine est indépendant des legs, de même que les rentes des domestiques.

— Au moins, nous finirions par obtenir une somme décente, fit Dolorès d'un ton de dédain.

— Deuxième possibilité, nous écoutons ce que le notaire nous dira demain après-midi sur l'état du patrimoine. Il existe une possibilité de paiements partiels, même si les chiffres ne sont pas encore connus. J'ai demandé au notaire de voir si la moitié des fonds restants pouvait être répartie entre nous.

— La moitié d'une misère..., grommela Phillip. Il est tentant de viser plus haut.

— Facile à dire pour toi, Phillip, intervint Agnès. Tu es un tel blanc-bec que tu seras peut-être encore de ce monde quand la procédure portera ses fruits. Cependant, je doute que tes créanciers soient disposés à patienter aussi longtemps.

Phillip s'empourpra. À vingt-deux ans, il était le plus jeune cousin et n'aimait pas être traité de blanc-bec. Il en voulait aussi à sa tante de faire mention de ses dettes. Il n'avait eu aucune pitié envers les artisans londoniens en abusant de leur crédit sur la foi de cet héritage. Dès que les termes du testament seraient connus, créanciers et huissiers ne tarderaient pas à frapper à sa porte.

Chase s'attendait à voir le jeune homme croupir un jour en prison pour dettes. Son jeune cousin n'avait pas un profil très recommandable. Phillip avait de nombreuses raisons de ne pas être devenu un homme honorable, mais rien ne justifiait son comportement envers Minerva.

— En acceptant la moitié d'une maigre somme, nous accepterons aussi les termes du testament, déclara Kevin. Quiconque empoche sa part renonce à la première solution qu'est la contestation. Oncle Frederick est trop bon d'avoir prévu ce pot-de-vin. La plupart d'entre vous renoncerez ainsi à l'action en justice, car il ne vous devait rien.

— À toi non plus, il ne devait rien, objecta Nicholas.

Le visage de Kevin se ferma.

— Je suggère que nous prenions ce qu'il y a à prendre tant que nous sommes encore assez jeunes pour en profiter, déclara Claudine, la femme du cousin Douglas, avec emphase. Nous avons des frais, des factures à payer. Et je doute qu'il s'agisse d'une misère. Le duc était riche comme Crésus, d'après ce que je sais. Écoutons ce que le notaire a à nous dire sur l'argent qui nous revient, et faisons en sorte qu'il nous en verse le plus possible sans tarder.

Douglas hocha docilement la tête. Il n'avait jamais été très bavard et, dès son plus jeune âge, il avait semblé rester en retrait du monde, comme s'il n'y vivait pas vraiment. Son épouse étant volubile, toute conversation avec lui était quasiment impossible. Claudine portait la culotte dans tous les domaines, et il ne s'en formalisait visiblement pas.

Dans un coin de la pièce, Walter, frère de Douglas et aîné des cousins, attendait son heure. Il se servit un cognac dans une carafe posée devant un autre passage dissimulé par une boiserie, et dont un panneau était entrebâillé. Walter avait toujours été persuadé que sa qualité d'aîné lui conférait plus d'autorité que Nicholas sur les autres. Celui-ci était pourtant le fils du second oncle, donc l'héritier désigné au titre de duc. Alors qu'ils n'étaient tous que des enfants, Walter essayait de leur donner des ordres et de prendre pour eux des décisions – en vain, car nul ne lui prêtait attention.

À présent, verre à la main, il s'approcha de Felicity, sa femme, une superbe blonde qui leva vers lui un regard adorateur, telle une nymphe face à un dieu. Ils formaient un beau couple. La beauté éthérée de Felicity contrastait avec le visage séduisant et ténébreux de Walter.

Il attendait que les autres se soient exprimés pour intervenir.

— Nous verrons ce que le notaire nous expliquera demain, décréta Nicholas. J'ai simplement énoncé les possibilités, afin que chacun d'entre vous comprenne qu'il suffit qu'un seul héritier conteste en justice le testament pour que tout le monde en soit affecté.

Walter s'avança enfin.

— Nous écouterons les explications du notaire avant de prendre la moindre décision.

— C'est ce que Nicholas vient de dire, Walter, railla Kevin.

— Eh bien, je le dis à mon tour.

— Cela valait la peine d'être souligné, renchérit Agnès d'un ton sardonique.

— Merci d'être d'accord avec moi, fit Nicholas.

— Je suis arrivé à la conclusion que c'était la meilleure chose à faire, répondit doctement Walter.

— Je veux mon argent, nom de Dieu, grommela Phillip.

— Pourquoi ? La somme ne suffira certainement pas à éponger tes dettes, ni même à les diviser par deux, rétorqua Dolorès. Tu l'auras dilapidée avant même qu'un seul créancier ait empoché son dû.

— Moi, au moins, je dépense mon argent avec style, au contraire de vous autres ! protesta le jeune homme.

— Tel père, tel fils, commenta Agnès. Tout en apparences, sans la moindre substance. Il a fallu que ton père, en pleine crise, soit en ce moment à Naples en train de dépenser de l'argent qu'il n'a pas encore. Sans doute ignore-t-il que son frère est mort.

— Il est au courant, tante Agnès, intervint Nicholas. Même à Naples, les nouvelles finissent par arriver.

— Dans ce cas, il devrait être ici, à respecter son devoir envers sa famille. Tous mes frères devraient être présents.

— Ils savaient d'avance qu'ils n'étaient pas nommés dans le testament, répondit Nicholas. Ils sont peut-être furieux pour leurs fils, mais pas pour eux-mêmes. Ce combat n'est pas le leur.

— Autrement dit, ils devraient être là à se plaindre comme les autres ? demanda Kevin à Agnès.

— Je ne te vois pas accepter ce testament en l'état, assura Phillip.

— J'ai de quoi être en colère, rétorqua Kevin. Mes attentes ne sont pas motivées par la cupidité ou la superficialité.

— Il vaut mieux laisser ce sujet de côté jusqu'à demain ! lança Nicholas. Nous allons dîner. N'en parlons pas durant le repas. Que les conversations tournent autour du théâtre, des sorties, de la mode, voire des derniers ragots sur vos voisins, mais je ne veux pas entendre un mot sur ce testament.

— Ces querelles risquent de nous couper l'appétit, renchérit Walter. Évitons d'en parler à table. Vous m'entendez, Phillip et Kevin ?

Les membres de la famille s'alignèrent selon un ordre hiérarchique approximatif, puis Chase s'approcha de Phillip. Il lui agrippa le bras d'une poigne de fer et se pencha vers son oreille :

— Si j'apprends que tu importunes une femme dans cette maison, je te donnerai une raclée dont tu te souviendras.

Phillip blêmit, mais se dégagea de son emprise avec un rictus suffisant. Chase reprit sa place juste devant Douglas. Alors qu'ils se mettaient en marche, il vit Agnès s'adresser à Nicholas.

— Alors ? Tu sais qui a fait le coup ? demanda Walter, qui se tenait devant lui.

— Pour l'heure, je ne suis même pas certain qu'il y ait eu quoi que ce soit.

— Je te croyais compétent dans ce domaine. Quand on choisit d'exercer un métier, on se doit d'être le meilleur.

— Je ne mène pas une enquête officielle, Walter. C'est ce que tu veux ? On discutera de mes honoraires après le souper, alors.

— Il faut bien que quelqu'un mène l'enquête. Si l'un de ceux-là est coupable, reprit-il en désignant d'un geste le reste de la famille, nous serons un de moins, pas vrai ?

Sa femme posa sur lui un regard d'admiration absolue.

— Walter, maugréa Chase, la mâchoire crispée. Je trouve les exigences de Phillip immatures, la passivité de Douglas incroyable, mais toi, tu es insupportable. Tu as calculé que si l'un d'entre nous était pendu pour meurtre, ta part d'héritage serait plus grande ? Charmante perspective !

Chase se pencha davantage vers lui.

— Si tu es avare à ce point, reprit-il, cela devient suspect. Je crois que je vais conseiller au juge de paix du Sussex de faire quelques recherches approfondies sur tes rapports avec l'oncle Frederick.

Walter se figea et tourna la tête pour foudroyer son cousin du regard. Sa femme frémit d'horreur.

— Avance, ordonna Chase. Les autres sont en train de te distancer.

6

— La gouvernante s'est entretenue avec chacune d'entre nous, déclara Élise tandis qu'elle regagnait Rupert Street en compagnie de Minerva. Elle est montée nous voir pour nous mettre en garde contre les messieurs et les domestiques masculins. C'est une bonne initiative, mais je n'ai pas attendu ses conseils pour être prudente.

— J'ai eu droit à sa leçon dans la cuisine, avec les autres, précisa Minerva.

Après cette journée de labeur, elle était fourbue. Ses pieds et son dos la faisaient souffrir. Elle avait les mains rougies. Elle était impatiente de rentrer chez elle et de se détendre enfin. Elle avait besoin de réfléchir aux événements de la journée, mais elle devrait se reposer, car elle commençait son travail à Whiteford House à 7 heures.

Le lendemain, Élise et elle se déplaceraient en fiacre. Il s'agissait d'une enquête, après tout. Bientôt, elle aurait de l'argent. Elle pouvait se permettre cette dépense.

Les deux femmes avançaient d'un pas traînant, tour à tour sous la lueur des réverbères et dans la pénombre. L'espace d'un instant, Minerva aperçut le beau visage d'Élise et ses yeux bleus, puis elle eut à nouveau l'impression de cheminer près d'un fantôme.

Elle s'était immédiatement bien entendue avec Élise. À la fois vive et raisonnable, elle lui avait fait une excellente impression lors de leur entretien chez Mme Drable. La jeune femme était enthousiaste à l'idée de travailler pour l'agence Hepplewhite, d'abord de façon occasionnelle. Minerva espérait pouvoir lui verser un salaire régulier.

Sa première mission n'avait pas été compliquée à mettre en place. Elle n'avait qu'à ouvrir les yeux et les oreilles quand elle était au service de lady Agnès Radnor.

— C'est le plus jeune gentleman qu'il faut avoir à l'œil, précisa Minerva.

Elle imaginait la jolie Élise seule dans une chambre, où Phillip faisait irruption.

— Il est de ceux qui importunent les femmes, surtout quand ils sont persuadés que leurs victimes n'ont aucun recours. Il se prénomme Phillip.

— Je doute qu'il ose entrer dans la chambre de lady Agnès sans y être invité.

— Si cela se produit, vous devrez absolument quitter la pièce.

Ce ton impérieux étonna la jeune femme, qui se tourna vers Minerva.

— Vous devriez peut-être éviter de retourner là-bas, suggéra Élise.

— Je suis capable de gérer ce genre d'individu. Vous, en revanche… Méfiez-vous de lui, vous m'entendez ?

— Bien, madame, sourit Élise. Dolorès est venue voir Agnès après le souper, pendant que je l'aidais à se préparer pour la nuit. Dolorès a la ferme intention de tirer les vers du nez au notaire, demain. Selon elle, de tous les membres de la famille, seuls Kevin et Chase Radnor ont pu faire du mal au défunt duc, car ce sont des personnages discutables.

— A-t-elle expliqué pourquoi ?

— Elle trouve que les activités de Kevin sont vulgaires et sans intérêt, avec ces expériences en mécanique auxquelles elle ne comprend rien. Elle affirme que ce n'est même pas de la science. Mieux vaut être propriétaire d'une usine, par exemple.

Ce n'était pas sur Kevin que Minerva voulait obtenir des renseignements. Elle ralentit le pas, pour être certaine qu'Élise aurait le temps de lui raconter la suite. Soudain, elle perçut un bruit derrière elles. Regardant furtivement par-dessus son épaule, elle ne vit rien.

— Quant à l'autre M. Radnor, tout le monde sait qu'il s'est fait chasser de l'armée. Ils lui ont permis de partir avec dignité mais, d'après elle, seule l'intervention du duc en sa faveur lui a épargné un scandale.

— Elle a bien un avis sur les raisons de cette éviction, je suppose ?

— Elle a commencé à en parler, mais Agnès l'a interrompue sans ménagement en affirmant qu'on ne parlait pas de cela sans alimenter le scandale. Il doit s'agir de quelque chose de grave.

Elles atteignirent le dernier réverbère avant la maison de Mme Drable. La porte d'entrée se dessina dans la pénombre. Élise gravit les marches du perron.

— Attendez. Je vais demander au valet de vous escorter jusque chez vous.

— Il n'y a personne, et j'habite à six maisons d'ici.

Élise scruta la rue dans les deux sens.

— À votre guise. À demain matin !

Minerva poursuivit son chemin. Une fois de plus, elle crut entendre du bruit derrière elle, des pas étouffés. Elle se garda de tourner la tête. Elle ouvrit son réticule et en sortit deux longues épingles à cheveux qu'elle serra tels des poignards, avant de se diriger vers son domicile.

À peine avait-elle gravi une marche qu'une silhouette émergea de l'ombre, à environ trois mètres en retrait.

— Vous ! s'exclama la jeune femme.

— Oui, moi...

— Vous faites trop de bruit. Je doute que vous soyez un spécialiste de la filature.

— Je n'avais que faire que vous remarquiez ma présence ou non. En revanche, pour l'autre jeune femme...

— Elle n'a rien remarqué.

— Dans ce cas, j'ai réussi.

Minerva rangea ses épingles à cheveux dans la doublure de son réticule.

— Pourquoi nous suivez-vous ?

— Je m'assurais de votre sécurité.

— Vous soupçonnez donc Phillip d'accoster les femmes en pleine rue ? J'espère qu'il n'est pas stupide à ce point. Je promets de ne pas le tuer s'il m'importune à nouveau, mais je veillerai à ce qu'il le regrette amèrement.

— Je n'en doute pas une seconde, pouffa-t-il en s'approchant. J'avoue que j'ai également agi par curiosité. Qu'avez-vous pensé de ma famille ?

— Je n'ai pas eu le plaisir de les rencontrer tous. Il m'est difficile d'émettre une opinion.

— Vous les avez tous observés, au moins.

Il savait qu'elle les avait espionnés pendant qu'ils étaient réunis au salon. La jeune femme s'étonna qu'il ne l'en ait pas empêchée. Si c'était bien lui qui avait refermé la première porte dérobée, il avait décidé de laisser la seconde entrouverte.

— Entrez. Nous n'allons pas bavarder sur le perron, dit-elle en glissant la clé dans la serrure.

N'entendant aucun bruit derrière elle, elle se retourna pour constater qu'il n'avait pas bronché.

— Je ne devrais pas...

— Seriez-vous soucieux de ma réputation ?

— Vous ne l'êtes pas ?

— Une femme qui décide de ne pas se marier suscite des ragots tout au plus, mais rien de très grave pour sa réputation. Il est presque minuit, les maisons sont plongées dans le noir... Je vous assure que je ne serai pas la première femme de cette rue à recevoir la visite d'un homme sans motif officiel. J'ai mal aux pieds, alors entrez ou prenez congé.

Il haussa imperceptiblement les épaules et finit par lui emboîter le pas.

Chase n'était pas homme à se soucier de la réputation d'une femme plus que l'intéressée elle-même. Il pénétra dans un hall de réception plongé dans la pénombre. Il percevait la chaleur de Minerva juste devant lui. Lorsqu'elle dénoua le cordon de sa capeline, un parfum subtil flotta dans son sillage. Un parfum de lavande.

Il savait qu'elle avait rencontré le notaire. Combien de temps resterait-elle dans cette modeste demeure ? Bientôt, elle aurait les moyens de se loger bien plus confortablement.

— Vous voilà enfin !

La femme plus âgée répondant au nom de Beth apparut, sa coiffe blanche de travers. En voyant Chase, elle fronça les sourcils.

— Je t'avais pourtant demandé de ne pas m'attendre car je rentrais tard, s'étonna Minerva.

— Je me suis assoupie sur le divan. Très bien, je monte...

Elle foudroya le visiteur du regard.

— Sauf si vous tenez à ce que je reste, reprit-elle.

— C'est inutile. M. Radnor et moi voulons faire le point sur l'enquête.

— Si vous le dites..., maugréa Beth, peu convaincue.

— Je ne resterai pas longtemps, c'est promis, assura-t-il avec un sourire qui se voulait innocent.

— Jeremy est rentré ? demanda Minerva.

— Il y a une heure au moins, voire un peu plus. Je vous le répète, je me suis assoupie.

— Je lui parlerai demain. Bonne nuit, Beth.

La domestique prit une chandelle et se dirigea vers l'escalier.

— Nous pouvons parler dans la bibliothèque, proposa Minerva en entraînant Chase dans la pièce que Beth venait de quitter. Il y a du xérès dans cette carafe, si vous voulez.

Elle désigna une tablette et s'écroula lourdement sur le divan.

La jeune femme n'était pas en peignoir, comme l'autre fois, mais sa posture détendue rappela à

Chase le soir où elle l'avait frappé à la tête. Sans doute n'avait-elle pas besoin d'être escortée jusque chez elle. Il avait agi d'instinct, toujours furieux contre Phillip, qui lui avait fait prendre conscience de la vulnérabilité de la jeune femme.

Durant ce pénible moment, il avait lu de la terreur sur le visage de Minerva. Il n'avait croisé une telle expression que sur les champs de bataille. Chase ne s'attendait pas à une telle réaction de la part d'une femme qui assommait les cambrioleurs d'un coup sur la tête.

— Merci d'avoir signalé le comportement de votre cousin à la gouvernante, dit-elle. Les employées ont été mises en garde.

— Je n'ai cité aucun nom. J'ai simplement expliqué qu'il y avait de nombreux hommes dans la maison, certains dont on ne savait rien, et d'autres sur lesquels on en savait trop, au contraire. La gouvernante était atterrée. À sa réaction, on croirait qu'aucune femme n'a jamais rien subi de tel. Sous le règne du défunt duc, en tout cas.

— J'ai pour amie une femme qui place des domestiques. Selon elle, ces abus sont fréquents. Les malheureuses ne se plaignent pas, car elles sont persuadées qu'on ne les croira pas et qu'elles seront renvoyées.

Elle posa les pieds sur un coussin, sur le divan.

— Excusez-moi, mais j'ai passé la journée debout ou à marcher.

Ses souliers dépassaient du bas de sa robe. Avait-elle des pieds aussi charmants que l'étaient ses mains ? Il imagina un pied gracile et délicat…

Chase refoula cette vision qui l'entraînait sur un terrain dangereux. La lumière tamisée, l'heure tardive, l'intimité de cette bibliothèque… C'était trop. Elle était si désirable, sur ce divan.

— Si vous souhaitez monter enfiler une tenue plus confortable, je veux bien patienter.

Elle parut intriguée, puis se mit à rire.

— Je me soucie peu de ma réputation, mais pas au point de vous recevoir en peignoir.

— C'est arrivé, pourtant.

— Je n'avais pas le choix. Vous êtes entré chez moi par effraction, au beau milieu de la nuit.

— Il n'en reste pas moins que c'est arrivé.

— Je vais néanmoins décliner cette proposition aimable, quoique un peu coquine.

Chase s'installa sur une chaise, en évitant la plus proche de la jeune femme.

— Je vous repose la question qui me préoccupe : qu'avez-vous pensé des membres de ma famille ?

— Cherchez-vous à évaluer ma perspicacité, ou à flirter en faisant mine de vous intéresser à mon opinion ?

Elle n'y allait pas par quatre chemins.

— Disons que je suis sincèrement curieux.

Minerva esquissa un sourire qui signifiait qu'elle avait noté l'absence de déni de Chase, concernant le fait de flirter. Elle étouffa un bâillement.

— J'ai grand besoin de sommeil, je ne vais donc pas mentir. Selon moi, si l'un d'entre eux a tué le duc, c'est soit Walter, soit Dolorès. J'ajouterais volontiers Kevin à la liste, mais il se trouvait à l'étranger au moment des faits. Quant à Phillip, c'est peut-être un vaurien, mais je doute qu'il ait le courage de tuer quelqu'un. Le coupable pourrait aussi être vous…

— Moi ?

— Vos mobiles ne manquent pas, et vous n'êtes pas dénué de courage. J'ai l'impression que vous cédez parfois à la colère, or ce meurtre ne semble pas prémédité. C'est le fruit d'un coup de sang, un acte opportuniste, je dirais.

— Je n'avais aucun mobile, protesta Chase. Je savais qu'il m'avait écarté de son testament. Sa mort ne me profite pas.

— Il vous a peut-être fait part de sa décision ce soir-là, d'où votre réaction de colère.

— Je suis au courant depuis des semaines.

— Si vous le dites...

Elle haussa imperceptiblement les épaules.

— Vous ne pouvez me croire coupable, s'indigna Chase.

— C'est une possibilité. D'ailleurs, vous me soupçonnez, vous aussi. Vous ne me demandez pas pourquoi j'ai désigné Walter ? Ce n'est pas uniquement parce qu'il est arrogant et qu'il se croit digne de tout empocher, ou encore qu'il en veut à Nicholas d'être le nouveau duc alors qu'il est persuadé d'être plus à même d'endosser le titre. C'est à cause de sa femme.

— Felicity ?

— Elle l'idolâtre. Et il aime ça. S'il lui a fait miroiter une coquette somme et a découvert qu'il allait devoir la décevoir... De plus, il est certainement sans scrupules. S'il a tué votre oncle, il est capable de trouver une explication pour se défausser sur quelqu'un d'autre.

Cette mauvaise foi était caractéristique de Walter, pour qui les autres étaient responsables de tous ses maux. Minerva en arrivait à ces conclusions après une heure à peine d'espionnage ? Walter avait pourtant l'habitude de tromper son monde.

— Et Dolorès ?

— Ah ! La sœur fâchée. Elle a trop de colère, et cela n'a rien à voir avec le testament. Elle est rongée d'amertume à cause de son frère aîné. Reste à savoir pourquoi.

Chase avait toujours pensé que Dolorès avait simplement mauvais caractère. Jamais il ne s'était interrogé sur ce qu'elle reprochait à l'oncle Frederick.

— Je vous avais bien dit que la journée avait été fructueuse, fit Minerva avec un sourire rusé. Sa sœur est au courant. Si vous voulez en savoir davantage, interrogez Agnès. Lors de leur conversation, elles y ont fait allusion. C'est un événement très ancien.

— Je vais plutôt essayer de lui tirer les vers du nez avec subtilité.

Elle émit un petit rire cristallin qui résonna dans la bibliothèque.

— Elle ne me semble pas femme à se laisser charmer facilement.

— Vous mésestimez mes pouvoirs de séduction ou de persuasion.

Elle plongea dans son regard.

— Pas du tout, rétorqua-t-elle sans baisser les yeux, comme si elle cherchait à déchiffrer son âme.

Il ne se détourna pas, ce qui ne fit qu'attiser l'intimité du moment.

— Quand vous a-t-il parlé du testament ? demanda-t-elle.

— Environ un mois avant sa mort. Je ne peux l'affirmer avec certitude, mais ses paroles semblaient suggérer que sa fin était proche.

— A-t-il informé chaque membre de la famille ?

— Non.

— Uniquement vous ?

— En effet.

« Ce n'est pas à cause de cette histoire avec l'armée, mais je veux que tu le saches : je vous écarte tous de l'héritage de mon patrimoine. Il restera néanmoins une somme, que vous vous partagerez. Cela ne représentera pas grand-chose pour chacun. »

— Selon moi, il tenait à ce que je ne me méprenne pas sur ses motivations.

Chase s'en voulut aussitôt d'en avoir trop dit. Enfer et damnation, l'atmosphère de cette pièce l'incitait à parler !

— Certains des autres l'ont peut-être appris par des voies détournées. Quelqu'un espérait peut-être qu'il mourrait avant de modifier son testament et a accéléré le processus en le poussant du toit.

C'était aussi l'avis de Chase, au départ. Ces trois femmes qui bénéficiaient de la mort du duc... Voilà pourquoi il s'était introduit par effraction dans cette maison, en quête de preuves. Mais là, maintenant... il n'en était plus sûr. Dès le lendemain matin, il retrouverait ses esprits et y verrait plus clair. Il se rendrait compte que Minerva Hepplewhite demeurait sa première suspecte.

— En avez-vous parlé à quelqu'un ? s'enquit-elle. Cette personne a pu en parler autour d'elle, et la nouvelle s'est répandue comme une traînée de poudre.

— Non, je n'ai rien dit à personne.

Bon sang ! Il avait prévenu Nicholas...

— Votre discrétion vous honore. Hélas, elle vous place aussi très haut sur la liste des suspects.

— Presque aussi haut que vous ?

— Oh, beaucoup moins, mais vous devenez digne d'intérêt dans l'enquête.

Elle faisait sans doute allusion à sa propre enquête. Si cette discussion s'était déroulée en plein jour dans un bureau, et non dans cette atmosphère feutrée, il aurait sans doute retourné la situation en l'interrogeant. Il lui aurait rappelé que rares étaient ceux qui avaient autant intérêt qu'elle à voir le duc quitter ce monde.

L'ambiance ne s'y prêtait pas. Chase n'avait même aucune envie de l'affronter. Ce qui bouillonnait en lui n'avait rien à voir avec le soupçon. Il éprouvait un mélange d'excitation et de sérénité. Elle n'avait rien fait pour cela, mais il était sur le point d'être séduit. Il ignorait tout des intentions de la jeune femme. Se rendait-elle au moins compte de ce qu'il se passait ?

Et s'il s'approchait de ce divan pour tendre une main vers elle ? Leurs regards échangés, leur conversation, le silence de la nuit qui les enveloppait. Rien n'incitait à discuter de meurtriers potentiels.

La jeune femme entrouvrit les lèvres, et son regard s'illumina pour observer Chase avec un mélange de prudence et de curiosité.

Soudain, elle se redressa et posa les pieds sur le sol.

— Vous voilà satisfait, je crois, lança-t-elle.

— Oh non.

Le sous-entendu n'échappa pas à la jeune femme, dont l'expression se durcit, remettant Chase dans le droit chemin. De toute façon, il ne se faisait guère d'illusions. Une liaison serait incongrue, vu les circonstances.

Lorsqu'elle se leva, il en fit autant.

— J'ai besoin d'un peu de repos avant de reprendre mes tâches de domestique. Je vous prie de partir.

Chase n'en avait aucune envie. Il aurait volontiers bavardé la nuit entière ou, mieux encore, approfondi son enquête de façon plus... sensuelle. C'était impossible pour de nombreuses raisons, la première étant qu'elle n'y consentirait pas.

Il la suivit vers le hall exigu, où ils se retrouvèrent côte à côte. La jeune femme s'empressa de lui ouvrir la porte d'entrée.

— À l'avenir, n'effectuez jamais seule le trajet entre ici et Whiteford House, dit-il.

— Avez-vous d'autres recommandations à formuler, monsieur Radnor ? Car je ne vous ai rien demandé.

— Une seule, répondit-il en franchissant le seuil. Ne recevez pas de messieurs chez vous en pleine nuit. Vous risqueriez de leur donner des idées...

Il esquissa un sourire au clair de lune alors que la porte se refermait sur lui.

Minerva ne put réprimer un sourire à son tour. Le dos plaqué contre la porte, elle réfléchit aux minutes qui venaient de s'écouler.

Elle n'avait guère mis de temps à percevoir le désir de cet homme, un intérêt qu'elle ne cherchait plus à susciter. Néanmoins, elle ne pouvait nier l'attirance qui planait entre eux. Leur conversation avait pris une tournure intime, et il était manifeste que Chase Radnor songeait à franchir une étape supplémentaire.

D'exquises sensations s'étaient emparées d'elle. Elle devait l'admettre, l'intérêt de Radnor la flattait. Elle en voulait davantage et brûlait de prolonger ces moments d'intimité. Avec le recul, il lui semblait qu'elle s'était sentie... bien. Et même quelque peu troublée.

Elle qui pensait qu'Algernon avait définitivement anéanti ses perspectives dans ce domaine, sa capacité à faire suffisamment confiance à un homme pour se laisser aller... En plus, Radnor était le dernier homme à qui elle aurait dû se fier.

Elle observa ses mains, qu'il trouvait ravissantes. Le contact de Radnor ne l'avait nullement révulsée ou affolée, contrairement à l'aversion immédiate qu'elle avait ressentie face à Phillip. Pour une raison inconnue, Chase Radnor ne provoquait pas en elle cette répulsion.

Connaître à nouveau les sensations que connaissaient les autres femmes ne lui aurait pas déplu... Elle ne voulait pas avoir peur des hommes jusqu'à la fin de ses jours, même si tel semblait être son triste destin. Un peu de tendresse de temps en temps, des bras rassurants... Jamais elle n'aurait pensé souhaiter se perdre dans l'étreinte de Chase Radnor.

Dans la bibliothèque, elle avait été fascinée par la chaleur de son regard et le trouble avait envahi son corps tout entier, telle la promesse du printemps.

7

La famille Radnor se levait tard, de sorte que la jeune femme prit du retard dans ses tâches. Elle fit la tournée des chambres pendant que les invités se préparaient pour la journée.

Kevin rendit visite à lady Dolorès tandis que sa caméristе la coiffait et que Minerva s'occupait de la cheminée.

— Assieds-toi ! lui ordonna Dolorès dès son entrée. Je t'ai fait venir car je voudrais que nous soyons alliés. Agnès va demander à tout le monde d'accepter les termes du testament tels qu'ils sont. Un tiens vaut mieux que deux tu l'auras, selon elle. Tu ne peux être d'accord avec les décisions de mon défunt frère.

— Si les parts reviennent à des personnes ignorantes des affaires, l'entreprise fera faillite en moins de deux ans. Il aurait pu confier les rênes à mon père ou à l'un des cousins…

— Je te parle de l'argent, pas de l'entreprise, soupira Dolorès. Voilà ce qui arrive quand les aristocrates se lancent dans les affaires. Ils ne pensent plus qu'à cela. Si nous contestons le testament et si nous l'emportons, tu auras de quoi fonder dix entreprises. Ne perds pas de vue le pactole, Kevin.

Le silence qui s'installa fit frémir Minerva, qui feignit d'avoir du mal à enflammer le petit bois.

— Tante Dolorès, vous y voyez sans doute un simple commerce, mais il s'agit de science et de progrès.

— C'est cela, oui, mais tu as toujours besoin d'un bon vieil héritage, comme nous autres. Où est ton père, d'ailleurs ? Mes frères devraient être présents. Je sais qu'ils ont tous été informés.

— Mon père m'a dit qu'oncle Frederick avait prévenu ses frères depuis longtemps. L'héritage qu'ils ont reçu de leur mère et leurs rentes ont mis cette génération de Radnor à l'abri du besoin.

— Vraiment ? Les sœurs célibataires ont été traitées différemment.

— Vous devriez demander à mon père quelle était l'opinion de l'oncle Frederick sur la question.

— Je le ferais volontiers, mais il est absent.

— Il est en ville. Vous pourriez lui rendre visite et revenir à temps pour voir le notaire.

— C'est à toi que je pose la question, Kevin. Ne sois pas pénible.

— Le duc pensait que tante Agnès et vous auriez pu vous marier, mais que vous ne l'avez pas fait parce que vous touchiez une rente confortable, au point qu'un mariage n'était pas nécessaire, et aurait même pu faire baisser vos revenus. Il disait que vous avez été entretenues trop longtemps.

— Entretenues ? Quel toupet ! Ton père et Frederick ont toujours été arrogants et au-dessus de nous autres.

— À présent, je vous souhaite une bonne journée. Je ne participerai à aucune réunion de famille aujourd'hui, excepté l'entrevue avec le notaire. Vous devrez trouver des alliés ailleurs. Le cousin

Walter, par exemple. Ou le jeune Phillip. Il est tellement fauché que la corruption ne lui fait pas peur.

Dès qu'il eut pris congé, Dolorès se mit à bougonner.

— Quel insolent ! Il l'a toujours été. Il est bien trop imbu de sa petite personne. Je ne supporterai pas cette humiliation. Allons, ma fille ! Épinglez cette boucle, que diable ! Je vous ai montré comment procéder. Nicholas nous oblige à vivre comme des barbares. Avec un personnel incompétent et…

Minerva se redressa, saisit son panier et fila pendant que lady Dolorès continuait de fulminer.

Espérant en apprendre davantage sur Walter, elle monta dans la chambre de celui-ci. Hélas, le couple était absent. Minerva observa leurs effets et la table de toilette, sans oser s'aventurer trop près. Elle ne trouverait sans doute rien d'intéressant ici. Ravalant sa curiosité, elle s'occupa de la cheminée et quitta la pièce.

Une demi-heure plus tard, elle descendit à la cave pour ranger son panier, puis se rendit à la cuisine.

— Il y a de la lessive à faire, annonça la cuisinière en désignant l'arrière de la maison. On m'a ordonné d'envoyer la première qui se présenterait à la buanderie, et c'est tombé sur toi.

Minerva avait les bras immergés dans l'eau chaude jusqu'aux coudes quand Chase apparut.

— Comment m'avez-vous trouvée ? s'étonna-t-elle en essorant un drap.

— Vous m'avez informé que vous aidiez à la cuisine après vos tâches du matin. Je me suis renseigné auprès de Mme Fowler, la cuisinière.

Elle accueillit avec plaisir la présence de Chase, car cette pièce était lugubre.

— Que voulez-vous ?

Chase esquissa un sourire.

— Rien, à part m'assurer que mon jeune cousin ne vous importune pas.

Elle aurait aimé entendre d'autres paroles. « Votre compagnie, un baiser, une caresse... »

Quelle mouche la piquait ?

— Je ne l'ai pas vu de la matinée. L'auriez-vous contraint à rester à l'écart ?

— Je lui ai promis une bonne raclée s'il s'avisait d'importuner qui que ce soit. J'espérais presque qu'il me fournirait une raison de sévir. Une correction ne lui ferait pas de mal.

— Je devrais peut-être le faire remonter dans ma liste de personnes à surveiller.

— Il n'aurait jamais eu le cran de pousser mon oncle dans le vide, même s'il avait des raisons de s'inquiéter pour son héritage. Cela fait des années qu'il vit au-dessus de ses moyens en attendant de toucher le pactole.

— Il n'est pas comme vous, alors.

— Il ne ressemble à aucun d'entre nous, en réalité.

De ses mains rougies, Minerva posa le drap sur une planche et se mit à frotter le linge avec vigueur, jusqu'à ce qu'elle remarque l'attention de Chase.

— Plus qu'une journée de labeur, dit-elle. Mes mains se remettront vite.

— N'auriez-vous pas pu charger quelqu'un d'autre d'espionner ma famille ?

Désarçonnée par cette question, elle frotta de plus belle.

— Je vois..., fit Chase. Vous avez des complices dans la maison. Je m'en doutais.

— J'ai des yeux et des oreilles. Je n'ai besoin de personne.

— Cependant, quelques espions supplémentaires peuvent être utiles.

— Et vous ? Avez-vous placé quelqu'un au sein du personnel ? Est-ce pour cela que vous me soupçonnez de l'avoir fait ? Vous êtes très habile ! Laissez-moi deviner de qui il s'agit.

Elle fit mine de réfléchir.

— Le valet Andrew ? Il est assez aimable pour soutirer quelques secrets.

— Si je l'avais introduit ici, j'aurais fait de lui un valet de chambre. Il y a bien plus à apprendre derrière les portes closes.

Effectivement, Élise avait glané de nombreuses informations en s'immisçant dans l'intimité des membres de la famille.

L'eau avait refroidi. Elle se dirigea vers la cheminée pour chercher de l'eau chaude. Au moment où elle allait saisir la bouilloire, il posa les mains sur les siennes.

— Je m'en charge, dit-il.

Il versa le contenu de la bouilloire dans le baquet d'eau savonneuse et y plongea les doigts.

— C'est trop chaud. Patientez un peu.

Loin de lui obéir, elle le poussa sans ménagement et plongea les deux mains pour laver une serviette.

— C'est étrange que vous évoquiez Andrew, car je vous ai vus tous les deux dans le jardin, ce matin, reprit Chase. J'imagine qu'il vous faisait un compte rendu sur ses découvertes. À moins qu'il n'ait cherché à vous séduire...

En réalité, elle évaluait le potentiel d'Andrew dans l'éventualité de le recruter au terme de cette mission. Aimable et pas trop jeune, le valet avait un bon contact avec les gens.

— Vous vous trompez.

— Sur sa qualité d'espion à votre service ? Ou sur la tentative de séduction ?

Elle s'interrompit dans sa tâche pour se tourner vers lui. Elle ne décela ni sourire provocateur, ni lueur taquine dans son regard. Sa question était sérieuse. « Il est jaloux », songea-t-elle furtivement. Une idée ridicule. Et pourtant, sa façon de se tenir, de l'observer, de guetter sa réaction…

— En tant que gentleman, vous ne pouvez pas comprendre la camaraderie qui unit les domestiques d'une maison, expliqua-t-elle. On se soutient entre petites gens. Il tenait à ce que la cuisinière m'accorde un peu de répit et m'a invitée à le rejoindre dehors.

Pourquoi se justifiait-elle ? Cet entretien ne le regardait en rien. Même si elle avait embrassé Andrew, cela ne l'aurait nullement concerné.

— Je n'ai plus qu'à deviner qui sont vos autres complices, dit-il avec un sourire sardonique. Le fait que vous ayez jugé utile de placer quelques personnes supplémentaires est une bonne chose. Vous avez devant vous un détective professionnel, et vous vous êtes montrée plus avisée que moi.

Elle n'avait pourtant pas confirmé son hypothèse. S'il prêchait le faux pour savoir le vrai, il allait au-devant d'une grande déception. Néanmoins, son compliment fit plaisir à la jeune femme.

— Si j'avais été vraiment avisée, je me serais débrouillée pour soutirer des informations au notaire. Je ne vois pas comment espionner la réunion de cet après-midi.

Elle jeta la serviette dans le baquet de rinçage. Aussitôt, Chase en plaça une autre dans l'eau savonneuse.

— Je serai présent, déclara-t-il.

— Naturellement.

— Je voulais dire : je pourrai vous informer ensuite des événements. Mais je ne serai pas vraiment un espion. Je vous transmettrai ce que tout le monde saura.

Elle masqua son étonnement en lavant la serviette.

— Pourquoi feriez-vous une chose pareille ?

— Pourquoi pas ? rétorqua-t-il en regardant la serviette tomber dans le baquet de rinçage. Faut-il vraiment que vous fassiez toute la lessive maintenant ?

— Non. Je dois monter m'occuper des cheminées. Quelqu'un d'autre se chargera de l'essorage et de l'étendage.

Chase sortit un mouchoir de sa poche et entreprit de sécher les mains de la jeune femme.

— Dans l'armée, quand les hommes avaient des engelures ou des blessures aux mains, ils appliquaient de la graisse sur leur peau pour la soulager. Même si vous vous nettoyez ensuite, il reste une fine couche de graisse qui protège et cicatrise.

— Comptez-vous vraiment me faire part de ce qui se passera lors de la réunion ?

— Si vous le souhaitez. Il n'y aura rien de secret, vu le nombre de participants. Je vous rendrai visite ce soir chez vous pour vous fournir les informations.

Il l'avait pourtant prévenue de ne pas recevoir de visites masculines après la nuit tombée. Et voilà qu'il s'invitait chez elle !

Le moment était mal choisi pour pinailler. De toute évidence, Chase menait une enquête sur la mort du duc. S'il parvenait à convaincre les autorités qu'il ne s'agissait pas d'un accident, elle devrait s'attendre à ce que celles-ci se penchent sur son propre cas. Elle n'aurait guère de temps pour démasquer le véritable coupable.

— Je partirai d'ici à 21 heures, annonça-t-elle. Venez vers 22 heures et nous discuterons.

— À une condition. Si je vous donne des informations, je veux que vous m'en fournissiez d'autres en échange.

Elle acquiesça, puis le laissa seul dans la buanderie. Elle trouverait bien quelques bribes de conversations à lui relater. Elle gagna la cuisine en quête d'un peu de graisse à subtiliser, à l'insu de la cuisinière...

8

— Ils ont émergé de la pièce comme s'il y avait le feu, raconta Jeremy à sa mère et Minerva dans leur cuisine, en dégustant un doigt de porto.

Ils célébraient la fin de leur mission d'infiltration à Whiteford House. Jeremy avait posé sa paie sur la table, devant lui. Il partagerait les pièces avec sa mère, pour quelques achats personnels, et le salaire de Minerva servirait aux dépenses courantes.

Lorsqu'ils avaient décidé d'unir leurs destins, cinq ans plus tôt, ils étaient convenus que Minerva ne rémunérerait aucun des deux mais qu'elle gérerait le foyer. Pendant plusieurs années, elle avait vendu ses bijoux mais, depuis un an, la situation était plus précaire.

Ces derniers jours, elle n'avait pas gagné grand-chose, mais cette somme leur permettrait de subsister jusqu'à ce qu'elle touche une partie des revenus issus de son héritage. En rentrant, elle avait reçu une lettre de Mme Drable révélant le nom d'une cliente potentielle pour l'agence Hepplewhite. Non seulement une rentrée d'argent serait bienvenue, mais elle tenait à faire ses preuves de détective professionnelle.

— Ils faisaient tous grise mine, ajouta Jeremy, poursuivant son récit. Et ils étaient très pressés de s'en aller. Nous n'étions que trois à préparer les voitures et les attelages !

— Qui semblait le plus contrarié ? s'enquit Minerva.

— Le jeune homme qui porte des gilets un peu voyants. Mais il paraissait plus malheureux que furieux, contrairement à la femme brune à la voix grave.

— Phillip, sans doute. Il a besoin d'argent. Il est dépensier et très endetté, au point de risquer la prison.

— S'il est allé voir un usurier, sa situation peut être encore plus grave.

Minerva n'avait pas songé que Phillip puisse être en danger. De quoi le rendre nerveux à la pensée que son oncle l'ait oublié dans son testament. Au vu de son comportement dans la bibliothèque, elle avait envie de trouver des raisons de le soupçonner.

Au moment de boire une gorgée de porto, elle se ravisa. Elle ressentait déjà la torpeur instillée par l'alcool et ne voulait pas se mettre en position de vulnérabilité face à Chase. Il risquait de flirter un peu, de lui sourire, et elle se devait de rester maîtresse de la situation.

— Comment as-tu rencontré le valet Andrew ? demanda-t-elle à Jeremy.

— Nous échangions à chaque fois quelques mots quand je conduisais les chevaux devant la maison. Il est très aimable. C'est le dénommé Thompson qui l'a fait venir. Je crois qu'ils espéraient tous les deux qu'Andrew serait engagé définitivement, mais je ne crois pas que ce soit le cas. Il a commencé à travailler en tant que domestique mais, depuis quelques années, il était agent pour un industriel.

— Donc, il ne possède pas de références récentes. C'est Thompson qui l'a placé, dis-tu ?

— C'est ce que j'ai cru comprendre lorsque je lui ai demandé s'il venait du bureau de placement de Mme Drable. Je voulais savoir d'où venaient les autres.

— Accepterait-il de travailler pour nous quand nous aurons besoin d'un homme sympathique dans notre équipe ? s'enquit-elle.

— À mon avis, il accepterait n'importe quel emploi. S'il a touché la même somme que moi, ajouta le jeune homme en empochant ses pièces, il n'ira pas très loin.

Sur ces mots, Jeremy finit son porto et prit congé.

— J'attends une visite dans un quart d'heure, annonça Minerva en se levant.

Beth débarrassa les verres et alla les déposer dans l'évier.

— Qui est-ce ?

— M. Radnor.

Beth se renfrogna.

— Vous avez le béguin pour lui, on dirait.

— Ne sois pas ridicule ! Tu sais bien que non… Elle n'en dit pas davantage, car Beth était mieux placée que quiconque pour savoir que cette hypothèse ne tenait pas debout : elle était tout bonnement incapable de s'amouracher d'un homme. Minerva se garda de préciser à son amie que M. Radnor avait changé la donne et que, en sa présence, elle se sentait à nouveau femme.

— Pourtant, il est séduisant et peut se montrer charmant quand il le veut. Méfiez-vous.

— Beth, je n'ai pas besoin que tu me fasses la leçon.

— Ah non ? Il est entré dans cette maison par effraction parce qu'il cherche un responsable à la mort du duc. Il représente un danger.

— Je n'ai rien oublié. Pour l'heure, toutefois, nous avons un objectif commun.

— Le problème, c'est qu'il compte se servir de vous pour attendre son objectif à lui. Je me méfie de ce type et vous devriez faire attention.

— Je ne suis pas idiote au point d'oublier qui il est. Mais, malgré ce que Jeremy et Élise ont déniché, ce que j'ai vu et entendu, il fait partie de la famille et en sait davantage que nous. Va te coucher. Je veillerai à fermer la porte à clé avant de monter à mon tour.

Chase confia sa monture à un palefrenier dans une écurie publique située à deux rues de chez Minerva. Il n'aurait pas été convenable de laisser son cheval devant la maison de la jeune femme à cette heure tardive.

La réunion avec le notaire avait été pénible. Voyant que la bataille était perdue, sa tante Dolorès s'en était prise à lui. Elle l'avait désigné en s'adressant au duc :

— Je trouve étrange que tu écoutes ses conseils, Nicholas. Il aurait sans doute été fusillé, sans l'intervention de mon frère.

Jamais personne n'avait exprimé aussi ouvertement les soupçons de lâcheté que beaucoup partageaient pour expliquer son départ de l'armée. Valait-il mieux ça, ou que l'on sache la véritable raison de sa démission ? Il n'aurait su le dire.

Vous l'avez tué ? Combien de fois avait-il entendu cette question résonner dans sa tête ? La voix du colonel, de l'oncle Frederick, la sienne...

Il avait appris à se soustraire aux souvenirs, à effacer cette histoire de son esprit. Comme en cet instant. En marchant vers la maison de Minerva, il passa en revue ce qu'il allait lui révéler et ce qu'il lui cacherait.

Il garderait pour lui sa brève conversation avec Sanders, à l'issue de la réunion. Si le notaire avait la certitude d'avoir retrouvé la bonne Minerva Hepplewhite, le manque d'informations concernant Margaret Finley était troublant.

« Les deux seules personnes à l'avoir connue sous ses deux identités vivent sous son toit, avait expliqué Sanders. Comment votre oncle la connaissait-il ? Cela demeure un mystère. Vous recherchez toujours les deux autres femmes par petites annonces ? Pourquoi ne pas en publier une autre avec son nom d'épouse ? »

Lorsqu'il frappa à la porte, Minerva vint lui ouvrir elle-même. Sa silhouette se profila dans la lumière tamisée du vestibule. Aussitôt, l'intimité de la soirée de la veille les enveloppa. Elle s'effaça pour l'inviter à entrer, et il referma la porte derrière lui.

Elle l'entraîna vers la bibliothèque, mais ne s'assit pas. Ce manque d'assurance inhabituel intrigua Chase.

— Nous aurions pu nous retrouver dans le parc, dit-elle.

— Il doit y faire très sombre.

— Je pensais à cet après-midi.

— Dans ce cas, il aurait fait trop clair. Les promeneurs se seraient demandé ce que je fabriquais dans les allées en compagnie d'une domestique de mon cousin.

— Naturellement, bredouilla-t-elle en prenant place sur le divan.

Cette fois, elle ne posa pas les pieds sur le coussin, ne se détendit pas. Elle demeura droite comme un i.

Lorsque Chase choisit un fauteuil un peu plus proche du divan que la veille, elle ne réagit pas.

— Alors, je vous écoute. Comment s'est passée la réunion ?

— Elle a commencé dans un calme relatif et s'est terminée en pugilat. Je crois même que Sanders, le notaire, a eu peur d'y laisser sa peau.

— Que s'est-il passé ?

— Le notaire a expliqué que si quelqu'un contestait le testament, les versements seraient suspendus pour tout le monde. Ils le savaient, mais l'entendre de la bouche d'un homme de loi a enfoncé le clou. Il a exposé les différents motifs de contestation d'un testament, et aucun ne s'applique à celui du duc. Là encore, ils étaient au courant. Le notaire a poursuivi en citant le seul moyen d'obtenir plus d'argent.

— Je sais. Il faut démontrer que l'on était dépendant financièrement du défunt, et que l'on a toujours besoin d'aide. D'après le notaire, aucun de vos parents n'est concerné.

— C'est son opinion de professionnel. Ils auraient sans doute peu de difficultés à trouver un juriste plus conciliant. Ensuite, Sanders a empiré la situation en décrivant l'état financier du patrimoine, sans cacher que la somme à partager après le versement aux trois héritières serait modeste.

Ceci dit, il a évoqué la possibilité que l'une des deux femmes encore introuvables soit morte.

— Cela a dû leur donner du baume au cœur.

— Effectivement. Plusieurs de mes cousins se sont illuminés à cette perspective. Quelqu'un a même marmonné que celui qui avait tué l'oncle avait encore du travail à faire.

Elle haussa les sourcils.

— L'atmosphère était donc plutôt apaisée ?

— Non, car l'orage a éclaté peu après. Agnès et Dolorès se sont alliées pour cracher leur ressentiment, ainsi que des accusations et des insultes avec une violence rare. Hélas, Nicholas n'a fait que jeter de l'huile sur le feu.

— Comment cela ?

— Il a pris son air le plus ducal et a décrété que si l'un d'entre nous osait contester officiellement le testament de l'oncle Frederick, il le déshériterait sur-le-champ.

— Seigneur…

— Un massacre. Ils se sont tous vus dans la misère la plus noire.

— Les membres d'une telle famille n'ont donc pas d'autres ressources ?

— Si. Chacun des frères du défunt duc a reçu une part de leur mère et une part de la fortune personnelle de leur père. Une somme respectable qui, bien gérée, leur permettait de conserver un niveau de vie correct. Malheureusement, en tant que fils cadets, ils n'ont pas pu faire de beaux mariages, de sorte que leurs enfants se retrouvent avec des portions moindres. Mes cousins savent à quoi s'en tenir.

— Des revenus réduits.

— Ou l'obligation de travailler, soupira Chase.

Elle l'observa avec attention.

— Cela vous rend amer ? demanda-t-elle. Seriez-vous plus déçu que vous ne voulez l'admettre ?

— Essayez-vous encore de démontrer que j'ai tué mon oncle ?

Chase aurait préféré... Il n'était plus très sûr de ce qu'il voulait, en réalité. Il aurait volontiers embrassé la jeune femme. Le cadre s'y prêtait. Il n'était pas le seul à ressentir ce magnétisme, la certitude qu'un baiser était tout proche. À en juger par la retenue de Minerva, elle partageait son trouble.

— Bien sûr que je vous soupçonne encore, dit-elle. Néanmoins, ma question n'était pas une accusation. J'aimerais sincèrement savoir comment un homme tel que vous, le neveu d'un duc, supporte de franchir le pas. Un gentleman ne s'abaisse pas à gagner sa vie en travaillant, d'ordinaire.

Chase évitait en général de réfléchir à cette question, mais l'intérêt de la jeune femme semblait sincère. Il se livra donc à un début d'introspection. Une simple érection pouvait décidément pousser un homme à faire n'importe quoi.

— J'ai deux facettes, avoua-t-il. Le gentleman en moi se dit qu'il ne travaille pas davantage qu'un médecin ou un avocat, deux carrières acceptables, d'autant qu'il est alors possible d'affirmer que l'on rend service à un ami ou que l'on a une vocation.

— Et l'autre facette ?

— Le militaire en moi se réjouit d'avoir autre chose à faire que boire et jouer aux cartes. Certes, je pourrais me consacrer à l'étude de quelque château en ruine dont j'écrirais l'histoire, comme le font certains de mes pairs pour occuper leur temps, mais je préfère les recherches plus palpitantes.

— Je pense que cette seconde facette l'emporte, car vous n'avez pas vraiment besoin de travailler. Vous pourriez arrêter, si vous le souhaitiez.

— Vous me semblez bien sûre de vous. Ma prochaine mission m'empêchera peut-être de me retrouver à la rue, vous savez.

— Balivernes ! Vous avez évoqué l'héritage de votre grand-mère. Votre père l'a reçu comme ses frères. Et vous garderez tout puisque vous êtes fils unique.

— Qu'en savez-vous ?

Elle se mit à rire.

— Les domestiques ayant travaillé dans la maison du duc, ces derniers jours, n'ignorent plus grand-chose de votre arbre généalogique. En réunissant les bribes d'informations, on dresse un tableau assez complet. Il me suffirait de rendre visite au majordome pour tout savoir de cette réunion avec le notaire.

Les flammes de la cheminée dessinaient des ombres changeantes sur son visage.

— Et pourtant, vous m'avez convié chez vous…

À ces mots, elle esquissa un sourire. Chase profita de son silence pour se rapprocher et prendre place à son côté, sur le divan. Il se tourna pour contempler son visage.

Minerva s'écarta légèrement.

— Si je vous ai convié, c'est parce que votre compte rendu m'est utile. C'est une stratégie plus efficace.

— C'est donc cela… une question d'efficacité. Ce n'est pas ainsi que je décrirais l'ambiance entre nous, ce soir.

Elle ne put masquer son désarroi, une réaction charmante qui démentait l'assurance qu'elle affichait en permanence.

— Je ne puis vous faire confiance, murmura-t-elle comme pour elle-même.

— Rien ne vous y oblige, pour l'instant. Contentez-vous de m'embrasser.

— Vous êtes venu dans ma maison pour trouver une preuve que j'avais tué le duc. Comment pourrais-je avoir envie de vous embrasser ?

— C'est pourtant le cas.

— Vous ne niez même pas vos ignobles soupçons.

— Je compte vous expliquer tout cela dans un petit moment.

Il s'approcha encore, fasciné par ses prunelles sombres.

— Plus tard…

Ignorant la voix de la raison qui le mettait en garde, Chase effleura ses lèvres d'un baiser.

Elle ne recula pas. Était-elle trop abasourdie pour résister ? La douceur de ses lèvres, leur chaleur chassèrent en lui toute pensée. Il prolongea sa caresse et, en l'absence de protestations, prit la jeune femme dans ses bras.

Minerva s'attendait à être envahie par la tristesse et l'embarras, comme chaque fois qu'elle envisageait une certaine intimité avec un homme. Il n'en fut rien. Ce baiser lui insuffla au contraire une énergie nouvelle. Elle n'osait pas broncher, de peur de l'interrompre et de tout gâcher. Elle avait à la fois envie de rire et de pleurer. C'était incroyable ! Le baiser de cet homme parvenait à l'exciter, au lieu de la dégoûter.

Cette sensation exquise ne durerait sans doute pas. L'espace d'un instant, toutefois, elle se laissa aller à l'illusion. Elle ignora le signal d'alarme qui retentissait dans un recoin de sa raison et permit à son corps de réagir librement.

Son sang se mit à bouillonner dans ses veines. C'était bien plus agréable que dans ses fantasmes des derniers temps. Sa jeunesse perdue revenait soudain, et elle voulait la retenir pour ne plus jamais la perdre.

Pour cela, elle devait accepter que ce baiser se prolonge. Elle en savoura chaque seconde, enregistra chaque caresse de ses mains viriles dans son dos, sur ses flancs. Elle flottait dans une douce torpeur.

Enfin, Chase cueillit son visage entre ses mains et plongea dans son regard avec une intensité qui la fit frémir.

— Vous ne m'avez pas embrassé en retour, dit-il. N'en avez-vous pas envie ? Me serais-je mépris sur votre trouble ?

Pour le faire taire, elle posa les lèvres sur les siennes de façon plus convaincante. Presque aussitôt, il reprit le dessus.

Ce moment de délice ne pouvait se poursuivre. Tout au fond d'elle-même, Minerva redoutait le moment où elle devrait renoncer à ce bref regain de sensualité. Mais le désir monta soudain d'un cran et l'emporta telle une déferlante. Les mains de Chase se firent plus fébriles, ne laissant aucun doute sur sa propre passion qui suivait le même rythme que la sienne.

Son étreinte possessive ne faisait pas peur à la jeune femme, qui s'abandonna à cet éveil des sens. Elle n'oubliait cependant pas où elle se trouvait, et avec qui. Elle voulait qu'il poursuive, mais la raison s'imposa enfin. Les circonstances de leur rencontre, les motivations de Chase...

Impossible.

À regret, elle interrompit leur baiser et dut se forcer à le repousser, les mains sur son torse.

— Vous devriez partir.

Il ne tenta pas de la convaincre du contraire, ne témoigna aucune déception. Il accepta simplement le fait qu'il n'obtiendrait pas davantage ce soir-là.

Après un dernier petit baiser furtif et plein de tendresse, il relâcha son étreinte.

— Bien sûr. Vous avez besoin de repos. Après ce dur labeur, vous méritez une grasse matinée, demain.

— Oui. Je vais monter.

Seule.

Après le départ de Chase, elle s'attarda sur le divan, le regard dans le vague. Elle peinait à se remettre de ces baisers. Jamais elle n'aurait dû se laisser aller à goûter ce qu'elle ne pouvait savourer totalement. Soudain, elle se rendit compte qu'elle n'avait pas obtenu toutes les explications qu'il devait lui livrer.

Ravie d'avoir quelque chose à faire pour éviter de sombrer dans le désespoir, elle sortit et traversa le jardin vers l'écurie pour frapper à la porte.

— Tu dors ?

Jeremy ouvrit la porte.

— Vous allez bien ?

Il était encore habillé.

— Dépêche-toi. Radnor vient de partir et je veux que tu le suives. Son cheval n'était pas devant la maison. Il doit être aux écuries du coin de la rue. Prends le raccourci pour y arriver avant lui.

— Je dois le suivre jusqu'où ?

— Je veux savoir où il habite. Prends un peu d'argent. Tu loueras un cheval, si besoin.

— Ce ne sera pas nécessaire. À moins qu'il ne parte au galop, je peux le suivre à pied. Ce sera plus discret.

Toutefois, il glissa sa paie dans sa poche avant de disparaître dans la nuit.

9

Au moment où Chase terminait son petit déjeuner, Brigsby lui apporta son courrier et le journal, fidèle à ce rituel. Chase feuilleta distraitement le quotidien, l'esprit perturbé par les baisers de la veille. Toute la nuit, il avait songé à ces étreintes et ne parvenait toujours pas à comprendre ce qui s'était passé.

Il n'avait rien d'un débauché, mais il n'était pas inexpérimenté non plus. Il croyait maîtriser ses relations avec les femmes. Aucune ne s'était jamais refusée à lui, car il savait d'instinct si l'attirance était réciproque.

Sauf la veille. Son instinct lui aurait-il fait défaut ? Il avait pourtant embrassé une femme qui le souhaitait, qui avait accepté la chaleur de ses bras, dont il avait senti la passion.

Et soudain, plus rien. La passion s'était évaporée, comme si elle l'avait mis à l'épreuve et avait jugé sa prestation insuffisante. Elle avait semblé triste, un peu gênée.

Il posa son journal. Ce jour-là, il devait faire publier une nouvelle série d'annonces dans le *Times*. Il ouvrit le dossier qu'il avait posé sur la table pour parcourir ses notes.

Brigsby réapparut.

— Vous avez de la visite, monsieur.

Chase leva les yeux de son document. Minerva Hepplewhite se tenait au côté du domestique, visiblement contrarié. Elle affichait un sourire un peu forcé, vêtue d'une robe marron et d'une pelisse orange, ainsi que d'une capeline dans les mêmes tons qui encadrait son visage et rehaussait son regard froid.

Chase se leva et fit signe à Brigsby de se retirer. Ce matin, Minerva ne semblait ni triste, ni gênée. Elle semblait déterminée.

— Bonjour à vous ! lança-t-il. Comment connaissez-vous mon adresse ?

— Je vous ai fait suivre.

— Vraiment ? Par qui ?

Elle fit mine de ne pas avoir entendu cette question.

— Puis-je m'asseoir ?

— Naturellement.

Il contourna la table et lui offrit une chaise.

— Il est tôt. Puis-je vous proposer un petit déjeuner ?

— Je prendrai volontiers un café.

Chase sortit dans le couloir et débusqua Brigsby derrière la porte. Après lui avoir commandé du café, il s'attabla à nouveau et referma son dossier.

— Vous ne devriez pas être ici, déclara-t-il.

— Si je vous fais entrer chez moi en pleine nuit, je ne vais certainement pas hésiter à venir chez vous en plein jour. En cas de ragots, il suffira d'invoquer quelque enquête dont je vous ai chargé.

— Ce qui n'est pas le cas. Vous aviez une autre raison de traverser la ville à 9 heures du matin. Mais j'aurais pu être encore endormi. On ne se lève pas avant midi à Mayfair.

— Je doute que vous soyez homme à vous attarder au lit toute la matinée. Je tenais à arriver avant que vous soyez sorti.

La jeune femme balaya du regard le tapis d'Orient, la table en bois exotique d'origine indienne. En se tournant vers Chase, elle posa enfin les yeux sur le dossier.

— Vous avez une maison confortable, commenta-t-elle. Il ne peut en être autrement à Bury Street.

— J'y suis très bien, c'est vrai.

La maison elle-même ne lui appartenait pas entièrement, mais la jeune femme devait le savoir puisqu'elle avait gravi les marches du perron. Son appartement occupait le troisième niveau. Il bénéficiait d'une belle vue, non loin de St. James's Square.

Le café fut servi. Chase attendit que Brigsby eût rempli la tasse de Minerva, sans un mot, la mine contrariée. Les rares fois où il avait dû servir une femme, elle avait passé la nuit sur place. Cette visite aussi matinale qu'inhabituelle semblait le perturber.

— Qu'êtes-vous venue faire ici ? s'enquit Chase dès que le domestique se fut retiré.

Vous embrasser encore, m'excuser de vous avoir mis à la porte, me dénuder sous vos yeux et me donner à vous. Il pouvait toujours fantasmer, mais il était trop avisé pour avoir de l'espoir.

— Vous êtes parti avant de vous être expliqué.

— Vous voulez une explication ? Parfait. Vous êtes une femme délicieuse, je suis un homme, je voulais vous embrasser et vous sembliez consentante, alors je l'ai fait et vous l'avez accepté. Avant de vous raviser. Il n'y a pas d'autre explication.

Leurs regards se croisèrent dans un silence qui se prolongea.

— Je ne parlais pas de ça, fit-elle enfin, visiblement exaspérée.

— Dommage, car je suis disposé à en parler. Et j'ai quelques questions à vous poser.

— Hier soir, avant de... Enfin, bref, vous m'avez promis des explications sur vos soupçons à mon sujet. Elles ne sont jamais venues.

— Je suis capable de sentir le moment où il faut s'en aller.

— Je comprends, mais je tiens à entendre ces explications. Voilà pourquoi je suis ici.

Elle était assurément très motivée, et il en était flatté. Cependant, il allait devoir satisfaire sa curiosité. Il avait envie de lui fournir des explications qui le mettent à son avantage.

— Vous n'êtes qu'une personne figurant sur une longue liste de suspects.

— Une liste sur laquelle vous figurez vous-même, lui rappela-t-elle.

— Je sais que je suis innocent.

— Avez-vous conclu que je n'avais pas commis ce meurtre, si c'en est un ?

Il fut tenté de lui mentir, mais en fut incapable.

— Je n'ai rien conclu de tel. Je trouve cette hypothèse plausible. Je compte sur les preuves...

— Arrêtez, avec vos preuves ! coupa-t-elle en se penchant en avant. Croyez-vous que j'aie tué votre oncle, oui ou non ? Que vous dicte votre instinct ?

— Je ne compte que sur ma raison, concernant ces questions.

— Vous prétendez être objectif ?

— Il le faut. L'instinct, comme vous dites, est sous l'influence des émotions, entre autres.

Il soutint le regard pétillant d'intelligence de la jeune femme. Elle lut le désir dans le sien. Chase avait appris à ses dépens à évaluer une situation sans passion ni préjugés. Bien avant de rencontrer Minerva et d'être attiré par elle, il avait suivi son intuition et s'en était parfois mordu les doigts. Une fois, il avait commis la pire des erreurs à cause de son instinct.

La jeune femme se leva.

— J'imagine que je ne peux vous en vouloir. Vous refusez d'admettre la vérité, et vous exigez des preuves concrètes. Hélas, il est difficile de prouver que l'on n'a pas commis un acte. Je n'ai d'autre solution que de continuer à vous considérer comme un danger potentiel.

Autrement dit, plus de baisers.

— Puis-je poser mes questions, à présent ? À propos d'hier soir.

— Non.

Elle fit mine de partir, puis se ravisa.

— Qu'est-ce que c'est ? demanda-t-elle en désignant le dossier. J'ai remarqué que mon nom figurait sur la première page.

— Ce sont mes notes sur cette enquête.

— Vous prenez des notes ? s'étonna-t-elle. Pour vous-même ?

— Absolument. Des listes de points à éclaircir, des renseignements à obtenir… Je procède toujours ainsi.

— Des listes ? répéta-t-elle en riant. Nous avons parlé d'une liste de suspects, mais elle existe vraiment ?

— En effet.

Elle semblait trouver ce détail surprenant.

— C'est donc dans ce dossier que vous recensez les preuves et pièces à conviction dont vous avez besoin. Auriez-vous une mauvaise mémoire ?

— J'ai une excellente mémoire, au contraire. Ce dossier m'aide à avancer dans mon enquête de façon efficace.

— Hum... J'aurais cru que les éléments s'enchaîneraient naturellement. C'est le cas pour moi. Je ne me vois pas dresser des listes.

— C'est parce que vous n'êtes pas une professionnelle.

— Sans doute... Je vais vous laisser, à présent. Je vous souhaite une bonne journée.

Sur ces mots, elle tourna les talons.

— Puisque vous êtes capable de déceler la vérité, contrairement à moi, que vous dicte votre instinct sur ma personne ? demanda Chase.

— Que vous n'avez pas fait de mal à votre oncle, répondit-elle, mais que le nom du coupable vous fera de la peine.

Brigsby se présenta pour raccompagner la jeune femme à la porte. Les dernières paroles de Minerva résonnèrent un moment dans la tête de Chase.

Elle était perspicace. Très perspicace.

— C'était aimable à vous de proposer de venir me voir, mais il vaut mieux que je vous rencontre ici, dit Mme Oliver de sa voix grave et posée.

Dans le petit salon, elle s'était installée dans un fauteuil, près de l'endroit où Chase Radnor avait reçu un coup sur la tête de la part de Minerva. C'était une femme entre deux âges, blonde et pulpeuse, dont la présence était imposante.

Mme Drable avait recommandé l'agence Hepplewhite à Mme Oliver, qui serait sa première véritable cliente.

— Que pouvons-nous faire pour vous ?

— C'est un peu compliqué…

Minerva espérait un dossier simple et rapide – un adultère, par exemple. Elle avait besoin de temps pour poursuivre son enquête principale. La lettre de Mme Oliver lui était parvenue par le courrier du matin. Elle voulait aussi s'occuper l'esprit pour éviter de penser sans cesse aux baisers de Chase.

— Il s'agit du travail de mon mari. Il importe des produits de mercerie de France et les vend à des boutiques et des grossistes de Londres et des villes du sud de l'Angleterre. Les affaires marchaient si bien qu'il a engagé un nouveau représentant il y a cinq mois. Mais je suis persuadée qu'il vole dans la caisse.

— Votre mari ne s'en est-il pas rendu compte ? La comptabilité…

— Ce n'est pas du vol ordinaire. Je crois qu'il subtilise des informations sur les fournisseurs et les clients de James, mon mari. Il utilise ensuite les contacts de James à des fins personnelles. Je le soupçonne d'avoir pris cet emploi dans ce but, pour obtenir ces renseignements.

— Qu'en pense votre mari ?

— Je ne lui en ai pas parlé, admit-elle en baissant les yeux. Cela ne me regarde pas vraiment. Il n'aimerait pas que je me mêle de ses affaires.

C'était là le problème du mariage, songea Minerva. L'un de ses nombreux aspects négatifs. Une femme perspicace ayant des soupçons de malversations n'osait pas en faire part à son mari.

— Dites-moi pourquoi vous soupçonnez cet homme.

— Je rends souvent visite à ma sœur, à Brighton. J'y suis allée il y a quinze jours. Nous avons flâné dans les boutiques et j'ai pris soin de passer dans celle qui se fournit auprès de James, et dont s'occupe ce nouveau représentant. Je n'espionne pas mon mari. Je suis curieuse, voilà tout.

Elle aurait fait une excellente associée pour son mari, si celui-ci avait bien voulu s'en apercevoir.

— Je fais attention car s'il arrivait quelque chose à James, je devrais reprendre le flambeau. Nos économies ne suffiraient pas.

— Vous parliez de Brighton...

— Oui ! Je passais donc devant cette boutique qui se fournit chez mon mari en bavardant avec ma sœur. Un peu plus loin, il y a une boutique qui ne se fournit pas chez James. Or j'y ai vu exactement les mêmes manchettes et cols en dentelle. Une seule famille de la vallée de la Loire les produit, et il ne fournit leur nom à personne. Je suis donc entrée en faisant mine de vouloir acheter quelque chose. J'ai découvert que cette autre boutique pratiquait des prix inférieurs à ceux du client de James. J'ai compris qu'il y avait une entourloupe quelque part.

— Les commerçants pratiquent les prix qu'ils veulent. Êtes-vous sûre que votre mari n'a pas vendu ces articles à cette seconde boutique ?

— Je me suis renseignée. Pas directement, bien sûr. En rentrant à la maison, j'ai parlé des jolies dentelles et demandé à James s'il avait d'autres clients là-bas. Il m'a répondu que ma question était stupide, car cette marchandise perd de sa valeur quand on la trouve dans plusieurs points de vente. Cette dentelle ne se trouve que dans une seule boutique par ville, ce qui permet au commerçant de la vendre à un bon prix. Je le savais, bien sûr. J'aimerais que vous enquêtiez sur ce représentant. S'il est coupable, j'ai besoin de preuves concrètes et indiscutables, que je soumettrai ensuite à James.

Mme Oliver connaissait la vérité, mais elle ne pouvait rien faire sans preuves... Minerva songea à sa conversation de la veille avec Chase Radnor. Elle revivait cet entretien depuis qu'elle avait pratiquement fui l'appartement. Il avait voulu évoquer leurs baisers. C'était impensable ! Qu'aurait-elle déclaré ? « Ce n'est pas seulement un problème de confiance en vous. Ces sentiments sont si nouveaux pour moi, si inattendus que je ne puis me faire confiance à moi-même. »

— Ce ne devrait pas prendre trop de temps, assura-t-elle à Mme Oliver. Je vais avoir besoin de quelques renseignements supplémentaires : le nom de ces deux boutiques de Brighton, celui du représentant et des commerces dont il s'occupe...

— Je vous écrirai ce soir.

— Dans ce cas, je me mettrai au travail demain matin. À présent, nous devons parler de mes honoraires, je le crains.

Cinq minutes plus tard, elle raccompagna Mme Oliver à la porte, devant laquelle était garée sa voiture.

— Nous nous occupons de tout. Vous aurez mon rapport dans cinq jours, et je vous ferai savoir si j'ai obtenu les preuves nécessaires ou s'il me faut encore du temps.

10

Chase trouva Nicholas dans son lit, en pleine lecture.

— Tu adoptes les habitudes liées à ta nouvelle fonction ? railla-t-il.

Nicholas leva les yeux de son journal, qu'il posa sur le plateau.

— Dès le matin, je suis assailli par les plaintes et les sollicitations.

Il désigna une pile de lettre non ouvertes.

— Ce ne sont pas des lettres d'amour, je pense ? le taquina Chase.

— Hélas non. J'aurais préféré. Regarde bien et tu reconnaîtras l'écriture de Phillip, qui m'écrit tous les jours pour m'emprunter de l'argent. Il a même essayé de me coincer à mon club.

— Envoie-le promener.

— Il y a aussi Dolorès, qui veut toujours me convaincre de contester le testament. Et Walter, il me semble – mais je n'en suis pas certain car il ne m'a pas écrit depuis des siècles.

— Qu'est-ce qu'il veut ?

— Aucune idée.

— Je peux l'ouvrir ? proposa Chase en prenant la lettre.

— Fais-toi plaisir.

L'écriture flamboyante de Walter dénotait la haute opinion qu'il avait de lui-même, avec des fioritures à foison. Chase parcourut la missive d'une page.

— Hum…

— Cela ne me dit rien qui vaille, commenta Nicholas.

— À moi non plus, fit Chase en brandissant la feuille de papier sous son nez. Il éprouve le besoin de te rappeler tes devoirs et le fait à sa façon. Il te reproche notamment ton célibat et le fait que tu n'aies pas d'héritier.

— C'est étrange car si je meurs demain, il sera duc.

— Une perspective terrifiante. Tâche de ne pas mourir demain, d'accord ?

— Si cela se produit, tu pourras en conclure qu'il m'a tué.

— Bref, il te gronde, il te rappelle ce devoir. Tu seras heureux d'apprendre qu'il va jusqu'à te trouver une fiancée potentielle.

— Qu'il aille au diable ! lança Nicholas en se rendant dans son cabinet de toilette.

— C'est une jeune fille ravissante, selon lui, poursuivit Chase sur le seuil. Sage et vertueuse, bien sous tous rapports.

— Naturellement… et ennuyeuse à souhait.

— Pour Walter, c'est une qualité. Voyons un peu ce qu'il admire en elle… Ah ! C'est une parente de sa femme… Sa nièce. La fille du vicomte de Beaufort.

La tête de Nicholas réapparut un instant.

— Si c'est celle à laquelle je pense, je l'ai déjà vue. Elle a eu le culot de me demander quand mon oncle allait mourir, d'après moi, afin que je devienne duc. Elle ne l'a pas formulé ainsi, bien sûr, mais la question était claire. Quand j'ai répondu que mon oncle nous enterrerait tous, elle s'est désintéressée de moi.

— Elle ne voulait pas avoir à patienter trop longtemps. Mais il est clair que tu redeviens très intéressant à ses yeux.

N'entendant pas clairement la réponse de son cousin, Chase entra dans l'antichambre. Le valet était en train de raser le duc.

— Je me demande ce que Beaufort a promis à Walter si ce mariage avait lieu.

Nicholas repoussa la main du valet pour se tourner vers Chase.

— Tel que je connais Walter, ce doit être une somme rondelette.

Il permit au valet de continuer.

— Des nouvelles de l'enquête ? demanda-t-il.

— J'ai prolongé la publication des petites annonces dans le *Times* ainsi que dans certains journaux locaux, afin de localiser les deux femmes mystérieuses. J'espère avoir des nouvelles dans la semaine.

— Tout le monde ne lit pas le journal.

— La plupart des gens connaissent au moins quelqu'un qui le lit. J'ai bon espoir. En attendant, j'exploite d'autres pistes.

Une fois rasé, Nicholas se leva.

— Demain, je me rends à Melton Park. Tu devrais peut-être m'accompagner, suggéra-t-il.

— Peut-être, fit Chase en s'approchant de la fenêtre.

Plusieurs hommes étaient alignés devant une porte latérale. Le majordome recrutait sans doute de nouveaux domestiques. Tandis qu'il les observait, une autre personne passa devant eux et longea la maison.

Chase se précipita vers l'entrée des appartements ducaux.

— On se revoit bientôt ! Passe me voir ce soir, chez moi, et nous irons au club ensemble.

Minerva croisa les candidats pleins d'espoir et poursuivit vers la porte de l'office de Whiteford House. Elle serait absente de la capitale pendant une journée ou deux, et devait régler une question sans tarder.

À son entrée, Mme Fowler était en train de peler des oignons. Elle lui tournait le dos.

— Qu'est-ce que vous faites là ? demanda-t-elle en se retournant. J'espère que vous ne revenez pas chercher du travail. Vous ne faites pas l'affaire, avec vos grands airs.

— Je ne cherche pas de travail. Je passais dans le quartier et j'ai eu l'idée de vous rendre une petite visite.

— À moi ? J'ai un repas à préparer. Je n'ai pas le temps de recevoir des visites. Une visite ! Il ne manquait plus que ça…

Minerva s'approcha.

— Donnez-moi un couteau et je vous les pèlerai, vos oignons. Nous serons deux à pleurer, mais ce sera plus vite terminé.

Mme Fowler haussa les épaules et posa un couteau devant elle.

— Vous êtes bizarre.

— Je sais.

Quand Minerva eut émincé un oignon, Mme Fowler inspecta son travail, le valida, et se remit à la tâche.

— Vous n'avez donc personne pour vous aider ?

— Elles sont toutes dans les étages à faire les chambres. Demain, il y aura des nouvelles. Mme Wiggins n'a pas perdu de temps pour recruter.

— A-t-elle trouvé sa propre remplaçante ?

— Je crains bien que oui. Une femme que je n'apprécie pas. Elle est venue fouiner ici, à poser des questions, à me dire quoi faire. Elle commence la semaine prochaine.

— Cela a dû être difficile de voir partir autant de domestiques. Mais on les comprend, puisqu'ils vont toucher une pension.

— Je suis toujours là, moi ! Et j'ai une pension. Un bon petit placement qui rapporte. Mais qu'est-ce que je ferais de mes journées ? À quoi bon préparer un ragoût pour une seule personne ?

— Vous revoyez les anciens, de temps en temps ?

Il ne restait que deux oignons à émincer. Minerva cligna les yeux pour chasser ses larmes et s'activa afin que la cuisinière continue à parler.

— La plupart ont quitté la ville. Je reçois quelques lettres, mais ils cesseront d'écrire dès qu'ils seront bien installés. Ici, ce n'était pas vraiment comme une famille, si vous voyez ce que je veux dire.

Elle marqua une pause, pensive.

— Il n'y en a qu'un qui m'a surprise. Il ne m'a jamais écrit, alors qu'on a travaillé ensemble pendant longtemps. C'était presque un gentleman, lui aussi, étant le valet du défunt duc. Je suppose qu'il vit dans cette maison au bord de l'eau, et qu'il est heureux d'avoir tourné la page.

— J'aime beaucoup la mer. J'ai toujours eu envie de vivre sur la côte, avec des plages et non des falaises comme Douvres.

— Il n'est pas parti pour Douvres, ni ailleurs à la mer. Il parlait beaucoup du Sussex, là où le duc possède un grand manoir. M. Edkins aime la pêche. Il y a des cours d'eau très poissonneux, dans la région. D'après Mme Wiggins, il s'est acheté un cottage au bord d'un lac, vers Stevening. Pourtant je n'imagine pas un homme si élégant à la pêche.

— Peut-être s'habille-t-il de façon moins formelle, à présent.

— Je ne l'imagine pas autrement qu'élégant. C'est bien qu'il n'ait pas eu à rester. Il est encore jeune. Le duc a été bien bon de lui léguer cet argent, même si la famille doit trouver que c'est trop.

Elle afficha un air éloquent, qui en dit long à Minerva sur ce qu'elle ressentait envers la famille.

— Et vous, comptez-vous rester, avec cette nouvelle gouvernante que vous n'appréciez pas ? Le nouveau duc vous convient-il ?

— S'il me convient ? Drôle de question.

Elle posa le dernier oignon devant la jeune femme et trempa un coin de son tablier dans un seau d'eau.

— Il ne pose pas de problèmes. Mais il va se marier, sans doute. Sa femme sera pire que la nouvelle gouvernante. Elle aura une opinion sur les plats et sur tout le reste.

Elle s'essuya les yeux.

— Enfin, on verra…, conclut-elle. Je peux partir quand je veux, et ça me plaît.

Minerva finit d'émincer l'oignon. Mme Fowler trempa l'autre coin de son tablier et proposa à la jeune femme de s'essuyer les yeux. Elle accepta, mais la méthode la plus efficace pour ne plus pleurer était encore de quitter la pièce.

— J'ai été ravie de cette visite, madame Fowler. J'espère que la nouvelle gouvernante appréciera la qualité de votre cuisine et qu'elle ne se mêlera pas trop de votre travail.

— Passez quand vous voulez, si vous travaillez gratuitement. Vous m'avez épargné dix minutes de larmes.

Elle alla jeter les oignons émincés dans une grande marmite suspendue dans la cheminée.

Minerva prit congé et gravit les marches menant au jardin. Cet entretien s'était mieux déroulé que prévu. Elle connaissait désormais le nom du valet et l'endroit où il vivait.

En se dirigeant vers la grille du jardin, elle perdit le sourire. Adossé au mur, Chase Radnor se dressait sur son chemin.

— Vous êtes toujours là ! lança-t-elle.

— Vous aussi.

Dieu qu'il était exaspérant !

— Je rendais visite à une amie, dit-elle.

— Je rendais visite à mon cousin. Depuis quand Mme Fowler est-elle votre amie ? N'est-ce pas elle qui vous a obligée à faire la lessive ?

— Elle a bon fond.

— Elle est aussi très bavarde. Que lui vouliez-vous ?

— Vous êtes décidément bien soupçonneux. Vous devriez trouver à vous divertir ailleurs.

Il la prit par le bras pour l'empêcher d'aller plus loin. Minerva posa les yeux sur cette main, puis elle croisa son regard. Il n'était pas soupçonneux, il était agacé.

— J'allais vous rendre visite, mais autant régler cette histoire ici même.

Elle s'efforça de masquer sa perplexité.

— Je parle de Mme Oliver, précisa-t-il.
— Qui est-ce ?
— Ne jouez pas avec moi ! Vous le savez très bien.
— La question est plutôt de savoir comment *vous* la connaissez.
Il croisa les bras et la foudroya du regard.
— Elle m'a contacté car elle voulait me confier une enquête.
Aïe.
— Nous avions rendez-vous ce matin, ajouta-t-il, mais j'ai reçu une lettre m'expliquant qu'elle avait engagé un autre détective.
Une fois encore, Minerva feignit l'innocence et la curiosité.
— Quelle n'a pas été ma surprise quand j'ai lu qu'elle confiait le dossier à l'agence Hepplewhite, enquêtes et filatures discrètes !
— Pour une femme qui tient à la discrétion, elle en manque singulièrement.
— C'est donc vous !
— Bien sûr. Combien de Hepplewhite sont qualifiés pour mener une enquête, d'après vous ?
— Aucun.
— Je suis qualifiée ! protesta-t-elle, piquée au vif. Sans doute plus que vous en ce qui concerne ce dossier précis.
— Plus que moi ? J'ai enquêté pour l'armée. J'ai été formé par des experts dans ce domaine. J'ai démasqué des espions en France et j'ai mené des recherches sur cinq lords et plusieurs membres du Parlement. Et vous ? À part cette Mme Oliver ?
— Pour une autre femme. Et pour moi-même. Ce qui m'agace, c'est votre refus de la concurrence.
— Nous ne sommes pas concurrents.

— Dans ce cas, pourquoi réagissez-vous aussi mal ? Puisque je ne suis pas une concurrente à vos yeux, vous n'avez rien à craindre de moi.

— Je m'inquiète surtout pour cette Mme Oliver, qui a besoin d'un professionnel.

— Elle a besoin de quelqu'un qui peut entrer dans une mercerie ou une bonneterie pour glaner des informations exigeant une sensibilité féminine et une connaissance des dessous et autres articles pour dames. Vous ne correspondez en rien à ce portrait. La vendeuse saura dès votre entrée que vous mijotez quelque chose. Que savez-vous des manchettes et cols en dentelle ?

Chase se renfrogna davantage.

— Je m'en doutais ! triompha-t-elle. Vous ignorez tout de ces choses. Je suis une meilleure candidate, aux yeux de Mme Oliver, pour enquêter sur un commerce de dentelle. Je partage cet avis. À présent, laissez-moi passer. Je suis très occupée et je n'ai pas de temps à perdre à bavarder avec vous.

Il s'écarta, mais lui emboîta aussitôt le pas.

— Auriez-vous l'intention d'en faire votre profession ? demanda-t-il.

— C'est déjà le cas. J'ai même des cartes de visite.

Chase leva les yeux au ciel.

— À part quelques femmes peu avisées, nul ne vous engagera.

Elle se hâta de tourner dans Park Lane.

— Détrompez-vous. J'aurai la clientèle de nombreuses femmes, notamment. Si vous étiez une épouse désireuse de savoir si votre mari vous trompe, parleriez-vous de ces sujets délicats avec un homme tel que vous ? Bien sûr que non. Si vous étiez une femme ayant écrit des lettres compromettantes et souhaitant les récupérer, engageriez-vous…

— Si j'étais une femme intelligente, oui.

— Dans ce cas, je gagnerai ma vie en enquêtant pour des idiotes. Avec le temps, les idiots s'adresseront peut-être à moi également. Je crois pouvoir affirmer que même en me limitant à des clients stupides, je ne chômerai pas.

Une fois de plus, il la retint par le bras.

— Minerva…

Face au regard noir de la jeune femme, il la relâcha.

— Ne m'insultez pas en sous-entendant que je suis incapable de mener ces enquêtes simples, alors que j'ai bouclé des dossiers bien plus difficiles par le passé.

— Lesquels ? demanda-t-il, soudain curieux.

Elle s'en voulut aussi de sa bévue.

— Ça ne vous regarde pas ! tonna-t-elle. Croyez-moi sur parole.

— Les femmes n'ont pas accès à certains lieux, certains cercles. De nombreuses personnes n'écouteront même pas vos questions. D'autres remarqueront une femme qui les suit.

Elle porta une main à son front en faisant mine d'être choquée.

— Vraiment ? Comment n'y ai-je pas pensé ? Quelle idiote je suis ! Que vais-je faire, mon Dieu ?

Elle se remit à marcher, sidérée de la piètre opinion qu'il se faisait d'elle.

— J'ai pourtant réussi à obtenir votre adresse, non ? Vous ignoriez que vous étiez suivi.

Il la rejoignit en quelques enjambées, soudain pensif.

— Vous n'agissez pas seule, déclara-t-il. Vous avez des assistants, hommes et femmes. Vous en aviez placé dans la maison de mon cousin, et ils travailleront pour vous lors de vos futures enquêtes.

Elle ne dit mot.

— Depuis combien de temps l'agence Hepplewhite, enquêtes et filatures discrètes, existe-t-elle ?

— Peu de temps.

Elle n'admettrait jamais à quel point. Qu'il reste sur sa faim.

— J'espère que vous ne prendrez aucun risque inconsidéré. Il m'est arrivé de risquer ma peau et de m'en sortir de justesse. Les gens sont parfois violents quand ils se sentent acculés, Minerva. Les enquêtes familiales sont les plus hasardeuses. Si vous persistez dans cette voie, soyez prudente.

Elle fut touchée par la sincérité et la sollicitude qu'elle percevait dans sa voix. Son indignation s'envola.

— Je le serai, promit-elle. Je n'affronterai sans doute jamais les dangers auxquels vous faites allusion. Les clients ayant besoin d'un militaire s'adresseront à un militaire.

Il s'arrêta et esquissa un sourire en guise de trêve.

— Profitons d'une promenade dans le parc. Nicholas nous prêtera sa voiture. Allons-y tout de suite.

Elle observa le ciel bleu, le soleil radieux. Un temps idéal pour une promenade. Radnor essayerait-il de profiter de la situation pour l'embrasser ? C'était probable. Si seulement elle pouvait s'en tenir là, quelques baisers, un peu de chaleur, sans aller plus loin. Ni l'un ni l'autre n'était innocent, et Chase ne la traiterait pas comme telle. De plus, elle ne pouvait s'offrir le luxe de perdre une heure dans un parc.

Et pourtant, Radnor était si charmant, dans cette lumière. Séduisant, élégant. Son sourire en coin adoucissait ses traits taillés à la serpe. Une de ses joues présentait même une ravissante fossette. Elle se sentait capable de le contempler durant toute cette promenade qu'il lui proposait.

— C'est très tentant… Hélas, je dois m'en aller. J'ai encore beaucoup à faire, aujourd'hui.

Il s'inclina devant ce refus, mais le regard qu'il lui adressa embrasa la jeune femme au plus profond de son être.

— Une autre fois, alors…

Tandis qu'elle s'éloignait dans la ruelle, elle sentit longtemps sa présence, ses yeux et son âme dans son dos.

— La première chose à faire est de vendre ces vases, déclara Kevin en dégustant un porto dans le salon de Chase.

Il s'adressait à Nicholas, avec qui il était passé chercher Chase. Brigsby leur avait servi un repas, et ils se préparaient à quelques heures de jeu.

— Ils sont très précieux et il y en a beaucoup, répliqua Nicholas. Il me faudrait une éternité.

— Au moins, déplace-les. Cet alignement sur le palier… j'ai failli en renverser un, aujourd'hui, en montant te voir. Quelle idée de disposer des objets aussi précieux de façon aussi précaire ! On n'apprécie même pas leur splendeur, tant ils sont serrés !

Chase se mit à rire, car ces poteries gênaient effectivement l'accès au salon.

— Je dois me mettre de profil pour passer entre eux, de peur d'en faire tomber.

— Si je les déplace, je n'aurai plus la satisfaction de te voir en difficulté, Chase, de même que mes visiteurs. J'aime voir tante Agnès s'agacer de leur fragilité.

— Quelle plaisanterie étrange, intervint Kevin. J'espère que tu ne vas pas adopter les habitudes de l'oncle Frederick, en plus de son titre.

— Aucun risque.

— Les vases étaient disposés de telle façon qu'oncle Frederick puisse passer sans encombre, expliqua Chase. Il marchait tranquillement, puis s'arrêtait pour regarder les autres, sans rire ouvertement, ni même sourire de leurs difficultés.

— Ces bibelots sont là depuis très longtemps, relata Nicholas. Tu te souviens quand on jouait à chat, petits ? Un jour, j'ai brisé un vase. Il m'a puni en me faisant nettoyer les écuries de Melton Park.

— Ils sont arrivés avec le village chinois, lui rappela Chase. Kevin était trop jeune pour s'en souvenir.

— J'ai de vagues souvenirs de nombreuses personnes rendant visite à notre oncle. Elles portaient des tenues colorées et ne parlaient pas notre langue.

— Il avait décidé d'apprendre le mandarin, dit Nicholas. Pour ce faire, soit il se rendait en Chine, soit il faisait venir la Chine à lui pour bénéficier d'une véritable immersion linguistique. Il a accueilli un village entier à Whiteford House pendant presque un an.

Le nouveau duc secoua la tête avec un sourire attendri.

— Il avait envoyé un émissaire sur place pour négocier avec l'entourage de l'empereur. Hommes, femmes et enfants ont été amenés en Angleterre. Les chambres étaient au complet. Mon père a cessé de venir, de sorte que je n'ai pas vu grand-chose. À l'époque, on ne mangeait que des nouilles et du bouillon. Je crois que c'est la raison pour laquelle mon père ne voulait plus venir.

— Il mangeait comme ces gens, s'habillait comme eux, enchaîna Chase. Son personnel a dû apprendre des rudiments de mandarin afin que ses invités puissent obtenir ce dont ils avaient besoin. Une jeune femme a appris l'anglais dans le cadre de l'accord conclu avec l'empereur. Bref, ces vases sont arrivés avec les Chinois. L'émissaire les avait achetés pour lui.

— A-t-il fini par parler le mandarin ? s'enquit Kevin.

— Je le suppose, répondit Chase. Pendant plusieurs années, je l'ai entendu s'exprimer dans une langue exotique. Quant à savoir si c'était vraiment du mandarin…

— C'était peut-être du charabia, hasarda Nicholas.

— Depuis sa mort, c'est la première fois que j'échange des souvenirs de lui avec quelqu'un, avoua Chase. C'est regrettable. Toutes les conversations tournaient autour d'autre chose.

Les deux autres hochèrent la tête. La cause de sa mort, le testament…

— Je viens d'ailleurs de me rappeler que j'ai une requête de mon père à te transmettre, reprit Kevin à l'adresse de Nicholas. Il veut savoir si tu as trouvé l'automate. Il voudrait l'avoir, si tu acceptes de le lui donner.

Frederick avait acheté et utilisé cet automate, qui se déplaçait sur roulettes. Il tenait un plateau sur une main, tel un majordome. Le défunt duc aimait y poser des verres, qu'il distribuait ainsi à ses invités.

— Je ne l'ai pas vu depuis des années, avoua Nicholas. Et toi, Chase ?

Ce dernier secoua négativement la tête.

— Tu n'as qu'à venir à la maison le chercher, reprit Nicholas. L'oncle a dû le remiser au grenier quand il s'en est lassé.

— Peut-être. Ces maudits engins fascinent mon père, répondit Kevin. Il m'a chargé d'y fixer un petit moteur à vapeur pour qu'il aille plus vite. Je l'ai mis en garde, mais...

— Il était très lent, commenta Chase.

— Autrement dit, quand il heurtait une chose ou une personne, il s'arrêtait. Imaginez un tel objet équipé d'un moteur à vapeur.

Nicholas se mit à rire.

— Retrouve-le et fais ce que ton père te demande. J'assisterai volontiers à une démonstration. J'imagine mon petit majordome filant dans la bibliothèque telle une bête affolée.

— Et si on le lâchait parmi les vases chinois ? suggéra Kevin en posant son verre. Allons-y. Vous me remonterez le moral en perdant beaucoup d'argent contre moi aux cartes.

Nicholas se tourna vers Chase en feignant l'étonnement.

— Tu comptais donc perdre ?

— Pas du tout ! C'est toi qui perdras. Tu es le duc, désormais. Pas vrai, Kevin ?

Le jeune homme sortit en poussant un soupir.

À cause de ses activités du lendemain, Minerva ne lut le journal que dans l'après-midi. Pour profiter du beau temps, elle sortit s'asseoir sur le banc de pierre du jardin. En parcourant les petites annonces, elle s'arrêta sur son propre nom :

Recherche informations sur Margaret Finley, veuve d'Algernon, du comté de Dorset. Écrire à John Smith, papeterie Montgomery, Montagu Street.

Chase Radnor avait certainement publié cette annonce. Ce vaurien enquêtait sur son passé ! Elle avait cru avoir convaincu Sanders, le notaire. Lorsqu'il avait évoqué quelques détails supplémentaires, elle ne pensait pas qu'il faisait référence à Margaret Finley.

Qui pourrait bien répondre ? Beth et Jeremy, évidemment. Elle n'avait jamais été Minerva Hepplewhite quand elle vivait dans le Dorset. Elle n'était devenue Minerva que durant son voyage vers la capitale. Le seul à établir le rapport entre ces deux identités pouvait être le cocher qui les avait conduites du Dorset à l'auberge où ils avaient trouvé un autre moyen de transport. En traînant à l'auberge, il aurait pu entendre son nouveau nom. Cela remontait à cinq ans. Qui noterait un détail aussi insignifiant ?

Remise de son choc initial, la jeune femme remarqua deux autres annonces, avec deux autres noms.

Beth ouvrit la porte de la cuisine et l'interpella :

— Élise Turner est là.

— Envoie-la-moi.

— Je pense toujours qu'il vaudrait mieux que ce soit moi qui vous accompagne.

Beth lui rappelait leur conversation houleuse de la veille.

— J'ai besoin que tu restes ici, au cas où Mme Drable nous adresserait quelqu'un. Je ne peux pas demander à Élise de s'en charger.

Minerva craignait de blesser Beth en lui donnant l'impression de favoriser Élise. Mais sa jeune amie constituait tout simplement une cliente plus plausible pour des articles en dentelle.

— Jeremy est là.

— Si une femme cherche à confier une enquête à une femme, il ne faut pas qu'elle soit accueillie par un homme.

— J'espère que vous ne me ferez pas seulement ouvrir la porte pour l'agence Hepplewhite, enquêtes et filatures discrètes. Ou rester assise derrière ce bureau à écouter les clients potentiels. Je veux m'amuser, moi aussi !

— Tu en auras l'occasion, Beth. Ne t'inquiète pas. Quand j'aurai besoin d'une personne à qui je confierais ma vie.

Flattée, mais toujours contrariée, Beth alla chercher Élise.

Minerva lui avait demandé de mettre sa plus belle robe. En découvrant la mousseline bleue, elle songea immédiatement à sa pelisse fauve et sa capeline bleu foncé.

— Avez-vous actuellement du travail ? questionna-t-elle.

— Mme Drable me cherche un poste. En vain, pour l'instant, même un poste temporaire.

— J'ai une mission de quelques jours à vous proposer. J'en parlerai à Mme Drable si vous êtes intéressée. Je dois d'abord m'assurer que vous correspondez au personnage. Vous allez devoir jouer la comédie. Je veux savoir si vous en êtes capable. Je vais vous demander d'exprimer une émotion ou un sentiment, d'accord ?

Intriguée par cette requête, Élise hocha la tête.

— D'abord, la tristesse.

Élise réfléchit un instant, ferma les yeux, puis les rouvrit en rejetant la tête en arrière avant de fondre en larmes. Ses plaintes résonnèrent dans le jardin, sans doute dans toute la rue. Minerva s'attendait à la voir s'arracher les cheveux et déchirer ses vêtements.

— Pas à ce point, fit-elle en prenant la jeune femme par les épaules.

— Vous avez dit la tristesse, pourtant.

— Je pensais à une tristesse modérée, plutôt de la déception.

Elle fit signe à Jeremy de retourner dans le pavillon. Beth referma la porte de la cuisine.

— Essayons autre chose : vous êtes une lady et je suis une vendeuse. Demandez-moi si j'ai de plus belles mousselines que celles qui sont exposées en magasin.

— Je suis riche ?

— Assez, oui.

— Et arrogante ?

— Non. Vous êtes gentille.

Élise réfléchit encore et afficha un sourire aimable, quoique un peu condescendant. Pas un sourire que l'on adresse à une personne de rang égal. Ses yeux pétillaient, et elle s'attendait visiblement à une certaine déférence.

— Ces mousselines sont belles, mais n'auriez-vous pas quelque chose d'un peu mieux ? Avec un motif de primevères, peut-être ?

Élise Turner était une actrice-née. Elle ferait l'affaire.

— Je vais en parler à Mme Drable, conclut Minerva.

11

Chase mit pied à terre devant l'auberge, imité par Nicholas. Un garçon d'écurie prit leurs montures pour les nourrir et les abreuver.

— Je suis content que nous soyons venus à cheval, dit le duc tandis qu'ils franchissaient le seuil de l'auberge. C'est plus rapide et plus agréable, car nous faisons quelques arrêts. Je crois qu'un bon repas s'impose.

Chase avait faim, lui aussi. La salle était bondée de voyageurs de diligence. Nicholas entraîna son cousin vers le comptoir où le tavernier servait de la bière.

— Ils vont bientôt repartir, dit celui-ci.

— Rester debout ne nous fera pas de mal, après deux heures passées à cheval.

Ils savourèrent une pinte de bière en regardant les clients se hâter de finir leurs assiettes.

— Je suis passé au Home Office, déclara Nicholas. J'ai demandé à Peel quelles étaient ses théories concernant la mort d'oncle Frederick. Il m'a écouté poliment, sans rien m'apprendre de nouveau. Si cela se trouve, le ministère n'a diligenté aucune enquête.

— Quand nous serons à Melton Park, j'examinerai de plus près ce parapet. Après les funérailles, je n'ai pas eu le temps de m'y attarder.

— Bonne idée. Il montait souvent et connaissait parfaitement chaque pierre et chaque tuile. Même en trébuchant, il n'est pas facile de basculer par-dessus bord.

Chase était du même avis. Ils étaient à deux doigts de débattre sur le nom de l'assassin. Pour éviter cette conversation, il observa les passagers de la diligence qui se levaient.

Une jolie jeune fille aux cheveux châtains attira son attention. Elle était vêtue d'une robe en mousseline bleue et coiffée d'une capeline d'un bleu plus foncé. Elle lui semblait familière, mais il ne parvenait pas à la situer. Sa compagne, tout en gris, leur tournait le dos. Lorsqu'elle prit son réticule, Chase aperçut sa main.

Quand elles sortirent, il se pencha vers l'aubergiste.

— Où va cette diligence ?

— À Brighton. Il y en a deux par jour.

Nicholas se dirigea vers l'une des tables libérées. En le rejoignant, Chase se demanda pourquoi Minerva Hepplewhite se rendait à Brighton.

— Ne vous inquiétez pas, vous y arriverez. Si vous êtes déterminée à incarner une jeune femme de haut rang, vous y parviendrez, comme dans mon jardin.

En longeant une allée de Brighton, Minerva donnait ses dernières consignes à Élise. Elles passèrent devant les élégantes boutiques voisines de celle qui se fournissait chez M. Oliver. Elles venaient de s'assurer de la présence des articles en dentelle. Elles se dirigeaient maintenant vers l'autre magasin, celui qui n'était pas censé vendre ces articles.

En traversant un carrefour, elles trouvèrent des commerces plus modestes, avec des marchandises moins luxueuses. Il paraissait évident que les membres de la bonne société ne s'aventuraient pas dans ce quartier de Brighton.

Elles trouvèrent facilement la boutique. Dans la vitrine, elles virent du linge, des rubans, mais pas de manchettes. Elles entrèrent. Derrière le comptoir, M. Seymour, le propriétaire, montrait du galon de soie à une cliente. Minerva scruta les rayonnages. Toujours pas de manchettes en dentelle.

— Elles ne sont pas exposées, souffla-t-elle à Élise. Il a peut-être des raisons de les cacher. Faites la moue et ayez l'air déçu.

Dès le départ de la cliente, M. Seymour reporta son attention sur elles.

— J'ai l'impression que votre amie s'est trompée, dit Minerva à Élise. Je me doutais que nous ne trouverions pas ce genre d'article ici.

— Elle l'a pourtant certifié.

— Eh bien, elle a eu tort.

— Puis-je vous renseigner ? s'enquit le commerçant.

— Mon amie Mary m'a dit que vous vendiez des manchettes en dentelle de toute beauté. Sont-elles rangées dans un tiroir ?

— Hélas non, répondit M. Seymour avec un large sourire. Je les ai toutes vendues. Je n'en ai plus depuis trois jours. Les clientes faisaient la queue pour acheter les dernières. Certaines dames très raffinées ont raflé mon stock, de sorte que mes clientes habituelles étaient déçues.

— Si seulement j'étais venue la semaine dernière ! maugréa Élise, plus boudeuse que jamais.

— Je suis sûre que vous en trouverez d'aussi belles dans d'autres boutiques, intervint Minerva.

— Dans une seule, précisa M. Seymour. Elles y sont plus chères, hélas. De la dentelle importée de la vallée de la Loire. Seul le prix est différent, assura-t-il avec un regard entendu. Très différent.

— Oh, fit Élise, effondrée.

— On ne peut acheter ce qui n'est pas à vendre, la raisonna Minerva. Nous trouverons aussi bien à Londres.

— Je tenais tant à acheter des manchettes pour moi, et un col assorti pour tante Charlotte...

Elle était au bord des larmes.

— Il s'agit d'une dentelle très rare, insista le commerçant, et...

Il se pencha d'un air de conspirateur :

— J'avais un modèle que même l'autre boutique n'avait pas. Une nouveauté très prisée.

— Vous allez la faire pleurer, gronda Minerva. Pour ma part, je suis déçue, mais vous connaissez les humeurs des jeunes filles...

— Vous aviez donc l'intention d'en acheter également ? lui demanda-t-il. Nous parlons donc de trois articles.

— Si les modèles sont aussi beaux que vous le prétendez, autant dire cinq ou six. Malheureusement, nous partons demain pour Londres.

Le mercier se mordilla la lèvre.

— L'homme qui me les livre doit passer cet après-midi. J'aurai des pièces demain, si vous...

Minerva afficha un air pensif.

— Nous partons demain matin après le petit déjeuner, hélas.

— Et si... si vous passiez ce soir, disons vers 18 heures ? J'aurai ce que vous recherchez.

— Vraiment ? s'exclama Élise, ravie, avant d'implorer Minerva. Nous serons rentrées bien avant le souper, et lady Talbot nous prêtera sa voiture !

— 18 heures, dites-vous ? fit Minerva, hésitante.

— Sûr et certain.

— J'espère que cette dentelle est à la hauteur de votre description, car elle nous pose bien des soucis.

— Vous n'en avez jamais vu d'aussi délicate.

Minerva se tourna vers Élise, qui sourit et tapa dans ses mains. Ayant accepté le rendez-vous, les deux femmes quittèrent la boutique.

— Nous reviendrons à 17 h 30. Espérons que le représentant sera là, dit Minerva. Qui est cette lady Talbot ?

— Il semblait impressionné par le fait que ses dentelles lui apportent des clientes plus fortunées. J'ai voulu en ajouter une autre potentielle.

— Nous allons devoir louer une voiture. Aimez-vous cette mission, Élise ?

— Oh oui, beaucoup ! Merci.

Le soir venu, avant de se coucher, Minerva s'installa devant le secrétaire de sa chambre d'auberge, aux abords de Brighton. Assise sur le lit, Élise brossait ses longs cheveux.

Elle trempa sa plume dans l'encrier et écrivit à Mme Oliver :

Je possède toutes les preuves dont vous avez besoin pour convaincre votre mari que son représentant trahit sa confiance. Je l'ai vu de mes yeux dans la boutique de M. Seymour, en train de lui livrer au moins deux lots de manchettes et de cols. M. Seymour les vend bien moins cher que l'autre boutique. J'en ai acheté quatre ensembles, dont l'un que votre mari n'importe pas. Le représentant les importe de son côté, à moins qu'il n'ait trouvé un autre grossiste.

Je vous remettrai un rapport complet, ainsi que les marchandises, dès mon retour à Londres.

Mme Oliver lui avait répété qu'elle ne se mêlait pas habituellement des affaires de son époux. Il lui faudrait peut-être plus qu'un rapport d'enquête pour le convaincre. Sans doute se moquerait-il d'elle.

Quel dommage de devoir vivre avec un tel personnage. Algernon la dédaignait aussi, chaque fois qu'elle exprimait une opinion. Pour éviter ses sarcasmes, elle avait fini par se murer dans le silence. Au bout de quelque temps, elle avait compris que c'était son objectif depuis le départ.

Elle poursuivit :

Si vous le souhaitez, je pourrai rencontrer votre mari pour lui décrire mon enquête. Avec mon témoignage, il ne pourra négliger vos soupçons.

Qu'il ne s'avise pas de se moquer de Minerva Hepplewhite !

Et si vous ne voulez pas qu'il soit informé de l'enquête, dites-lui que je suis une connaissance qui se rend souvent à Brighton au chevet de sa mère malade, et que j'ai trouvé par hasard ces articles en dentelle.

Je pense être de retour vendredi car j'ai un autre dossier à traiter.

Il ne lui restait qu'à poster sa lettre le lendemain. Elle porta sa chandelle vers le lit et rabattit les couvertures. Élise se coucha de l'autre côté.

— Où allons-nous demain ? s'enquit-elle. Vous examiniez la carte du comté avec attention, pendant le repas.

— Dans un village du nom de Stevening, à une heure ou deux de voiture.

— Mais nous n'avons pas de voiture !

— J'en louerai une.

— J'ai l'impression d'être une grande dame, avec votre pelisse et votre capeline. Il ne manquait plus qu'une voiture.

— Ne vous emballez pas. Ce ne sera qu'un modeste cabriolet.

Dans la pénombre, un rayon de lune filtrait entre les rideaux. Les murs blancs reflétaient sa lueur. Les poutres semblaient noires, par contraste. Deux hommes occupaient la chambre voisine et semblaient éméchés, à en juger par le bruit qu'ils faisaient.

— Mme Drable m'a raconté que vous aviez quitté votre poste parce que le maître de maison vous importunait, dit Minerva.

Élise se contenta de hocher la tête.

— C'était pire encore ?

La jeune femme opina de nouveau.

— Je redoutais de me retrouver seule avec lui. Il me touchait de façon indécente. J'avais peur qu'un jour il n'aille plus loin.

— Vous avez bien fait de partir. Certes, sans références, il est difficile de trouver un autre emploi. Mais vous verrez, tout va s'arranger.

Quand l'agence Hepplewhite prospérerait, elle espérait employer Élise à plein temps.

— Vous pouvez toujours regagner votre village d'origine, ajouta-t-elle.

— Je n'y ai pas ma place. Ma famille ne veut pas m'entretenir. Un homme a bien proposé de m'épouser, mais je ne voulais pas de lui. Alors je suis venue en ville.

Minerva sentit son cœur se serrer. La situation d'Élise ne lui était que trop familière. Lorsque son oncle avait émigré en Amérique, il n'avait pas proposé de l'emmener car cela coûtait trop cher et il ne voulait pas retarder son installation et celle de ses deux filles. Son avenir était sombre, d'autant qu'elle avait perdu tout contact avec ses cousines qu'elle aimait tant. Elle avait songé à devenir gouvernante.

C'était alors que M. Finley avait demandé sa main, au grand soulagement de tous. Un mariage d'amour, avait dit son oncle, car elle n'avait pas de fortune personnelle. Un miracle.

Elle avait réussi à se persuader qu'elle voulait épouser Algernon. En réalité, il n'y avait pas d'alternative pour une jeune fille de dix-sept ans. Algernon en avait trente-sept. Elle le trouvait plutôt séduisant quoique un peu maniéré, un peu obséquieux dans sa façon de parler – petits défauts qui s'atténueraient avec le temps, estimait-elle.

Les premiers mois, tout était presque normal, sauf dans le lit conjugal. Algernon lui reprochait son comportement. À chaque tentative, il la traitait comme un simple réceptacle pour sa semence.

En vérité, c'était l'impression qu'elle avait. Son impuissance le rendait violent. La vie était vite devenue insupportable, mais elle avait enduré le pire car elle n'entrevoyait aucune issue.

Elle calcula les honoraires que lui verserait Mme Oliver. Combien pourrait-elle en donner à la jeune femme qui s'endormait de l'autre côté du lit ?

12

Après deux jours à Melton Park, à visiter les fermes du domaine en compagnie de Nicholas, entre autres activités ducales, Chase décida de se mettre au travail.

Profitant du beau temps, il fit seller son cheval et prévint son cousin qu'il ne rentrerait sans doute pas avant le lendemain matin. Au moment de se mettre en route, il dit quelques mots au majordome.

— Le juge de paix est-il venu enquêter, depuis les funérailles ?

— Personne n'est venu enquêter ici, monsieur.

— J'aimerais que vous preniez quelques minutes pour me dresser une liste des domestiques qui accompagnaient mon oncle lors de son dernier séjour au manoir. Je veux aussi savoir s'il a reçu des visites, même de voisins. Notez le nom de toutes les personnes venues ici lors des trois derniers jours avant sa mort.

— Un sale affaire, si je puis me permettre, monsieur, répondit-il. Nul n'aurait pu prévoir un tel malheur. Quelle tristesse...

— Comment cela, « prévoir » ? Que s'est-il passé, selon vous ?

Le majordome se troubla.

— Je ne sais pas ! Je faisais allusion au décès lui-même. Je ne sous-entendais absolument rien...

Bien sûr que si, mais il ne voulait pas soulever une question qui ternirait la mémoire du défunt.

De l'avis général, l'oncle Frederick n'avait pu chuter que de deux façons. Soit par accident, soit parce qu'il avait été poussé par-dessus le parapet. Or le majordome semblait songer à une troisième possibilité, à laquelle nul n'avait pensé : celle du suicide.

Non, il se trompait. Peel y avait songé, lui aussi, évoquant une conclusion qui nuirait à la réputation du duc. Chase n'y avait guère prêté attention, sur le moment, mais il comprenait à présent le raisonnement de Peel.

Il lui fallut une demi-heure pour atteindre la limite du domaine, puis encore un moment pour gagner le village le plus proche. Il le traversa en empruntant la voie principale. En contournant le cimetière, il aperçut une touche de couleur derrière un bosquet. Une touche de bleu foncé, qui semblait monter et descendre tel un yoyo. Lorsqu'il s'arrêta pour l'observer, elle disparut.

Il chercha alors une tache grise. Ne voyant rien, il poursuivit son chemin. Il était ridicule, car Minerva se trouvait à Brighton. Il devait cesser de la voir partout où il allait, tel un garçon transi d'amour. Et pourtant, ce bleu ressemblait fort à celui que portait la jeune femme qui l'accompagnait.

Que fabriquait-elle à Brighton ? Passait-elle quelques jours de vacances, ou avait-elle des ennuis ?

En sortant du village, il consulta sa carte pour se diriger vers un cottage de taille respectable, au bord d'un petit lac. Devant la porte était garé un cabriolet.

Pourvu que M. Edkins n'ait pas de visiteurs.

Chase mit pied à terre et attacha son cheval. Au moment où il allait frapper, la porte s'ouvrit. Il se trouva face à une capeline grise.

— Vous êtes très aimable, monsieur. Je transmettrai vos amitiés à Mme Fowler.

Une main délicate esquissa un signe d'adieu, puis la capeline fit volte-face. La jeune femme faillit le heurter de plein fouet.

Surprise, elle leva les yeux.

— On dirait que vous avez une autre visite, monsieur Edkins, lança-t-elle par-dessus son épaule.

— C'est bizarre. Je ne vois jamais personne, et voilà que deux visiteurs se succèdent dans la même journée !

Entre deux âges, M. Edkins avait des cheveux châtains coupés très court. Il remonta ses petites lunettes pour fixer Chase.

— J'espère que vous me recevrez même si vous avez déjà été dérangé, déclara ce dernier.

— Je suppose que j'ai encore un peu de temps.

— Accordez-moi quelques instants en compagnie de votre première invitée, je vous prie.

Edkins ferma la porte. Sans un mot, Minerva se dirigea vers son cabriolet. Chase lui emboîta le pas.

— Que faites-vous ici ?

— Je lui transmets le bonjour de Mme Fowler. Ils ont travaillé dans la même maison pendant des années.

Elle dénoua le cheval et gagna le côté du véhicule.

Edkins les observait derrière une fenêtre du cottage.

— Ne bougez pas avant que je ressorte, ordonna-t-il.

— Vous n'espérez tout de même pas me commander ? rétorqua-t-elle, les lèvres pincées.

— Ne bougez pas ! répéta-t-il, exaspéré.

Elle monta sur le siège et saisit les rênes.

— M. Edkins trouvera étrange que je reste ainsi. Il y avait un coin ensoleillé près du dernier carrefour, au bord d'un ruisseau. Si vous me le demandez gentiment, sans me rudoyer, je vous attendrai là-bas.

— Auriez-vous l'obligeance de patienter, le temps que je dise deux mots à cet homme ? maugréa Chase.

— Peut-être, répondit-elle en faisant avancer le cheval. Dépêchez-vous d'aller parler à M. Edkins. Il a l'intention d'aller à la pêche.

Elle s'éloigna sur le chemin. Ravalant un juron, Chase sortir sa carte pour la remettre à Edkins.

« Qu'avez-vous dit à cette femme ? » Il ne pouvait poser franchement la question, même si elle lui brûlait les lèvres. Le cottage était plutôt coquet. Dans la pièce principale trônait une cheminée dont le manteau était sculpté. Les meubles étaient de qualité. La pension d'Edkins le lui permettait. Il était plus jeune que l'oncle Frederick. Une cinquantaine d'années, peut-être.

— J'ai choisi ce cottage car il me permet d'aller à la pêche aussi souvent que je le souhaite, expliqua-t-il. Pendant tant d'années, j'ai dû me priver de ce plaisir.

— Je suis heureux que mon oncle vous ait offert cette possibilité. Avez-vous gardé le contact avec la famille ou les domestiques ?

Edkins secoua négativement la tête.

— C'est difficile à expliquer. Les patrons, les collègues qui ne sont que d'autres moines dans leurs cellules, qui s'affairent dans le même monastère... Les amitiés demeurent très formelles, dans ce métier.

— Je pensais que les plus anciens correspondraient.

— Oh, j'ai bien envoyé quelques lettres et reçu quelques réponses. Mais dans quelques années, nous nous écrirons une fois par an, pour annoncer les nouvelles les plus importantes.

Chase se tourna dans son fauteuil.

— Je suis venu vous poser quelques questions. J'espère que vous accepterez de me renseigner.

Edkins regardait vers la fenêtre et la cour.

— Quelqu'un d'autre vous a-t-il interrogé sur ce soir-là ? questionna Chase.

Enfer et damnation, qu'avez-vous raconté à cette femme ?

— Il y avait un homme à la maison, juste après la mort de monsieur le duc, avant mon départ. Il n'est resté qu'une journée et a posé beaucoup de questions.

— Le juge de paix ?

— Je crois, oui. J'étais tellement choqué que je n'ai guère prêté attention à son nom. Il aboyait ses questions, si vous voyez ce que je veux dire.

— Lui avez-vous répondu ?

Edkins afficha l'air impassible que tous les domestiques savent prendre quand il le faut.

— Bien sûr. Il voulait savoir ce que je savais de la mort de mon patron. Je ne savais rien. Je dormais. Pour ce qui est des activités du duc dans la journée, je n'ai cité que ce que j'ai vu de mes yeux. Quand il s'est levé ce matin-là, quand il est descendu. Je n'ai pas jugé bon de citer ce qu'on m'a dit qu'il ferait. Je n'ai rien évoqué de ce que je n'ai pas vu.

— C'est très sage. Vous auriez compliqué les choses.

— Merci, monsieur. J'avoue que j'en voulais à cet homme de la façon dont il s'adressait à nous. Je voulais lui donner le moins d'informations possible.

— Pourriez-vous me montrer le lac ? demanda Chase en se levant. Vous pouvez pêcher, si vous voulez. Mes questions ne dureront pas, mais elles seront plus spécifiques que celles du juge de paix.

Edkins l'entraîna à l'arrière de la maison. Il prit son matériel, rangé près de la porte, puis ils franchirent la grille du jardin et marchèrent une quarantaine de mètres vers le lac. Edkins prépara sa canne tandis que Chase admirait le paysage.

Le valet jeta sa ligne à l'eau.

— Monsieur Edkins, y avait-il des membres de la famille à Melton Park, ce jour-là ou quelques jours plus tôt ?

— Je n'en ai vu aucun. Le majordome serait mieux placé pour vous répondre.

— Le duc a pu vous en parler, néanmoins.

— Il n'a évoqué aucun membre de la famille.

Edkins était sur la réserve, ce qui ne fit qu'attiser la curiosité de Chase. Minerva avait-elle obtenu des réponses plus précises ?

— Quelqu'un est-il venu en visite ? Un voisin, peut-être. Un associé en affaires. Même si vous n'avez eu aucun échange avec lui.

Edkins avait les yeux rivés sur son bouchon, comme s'il ne l'entendait pas.

— Une seule personne, dit-il enfin. Dans l'après-midi. En regardant dans le jardin, j'ai vu le duc avec une femme.

— Une de ses sœurs ?

— Impossible à dire. Je ne crois pas qu'elle soit entrée dans la maison. Elle a dû passer par le jardin. Je la distinguais mal. Une dame de la haute. Ils marchaient parmi les arbres.

— Il l'attendait, selon vous ?

— Je ne sais pas. Il parlait avec elle. Il ne l'a pas chassée.

Une femme. Enfer et damnation.

— L'avez-vous revue ?

C'était une façon de lui demander de manière détournée s'il s'agissait de celle qui se trouvait chez lui une demi-heure plus tôt.

— Je ne crois pas, monsieur.

— Ce soir-là, après le repas, le duc a-t-il regagné ses appartements ? L'avez-vous servi ?

— Non. J'étais dans l'antichambre, à somnoler, comme de coutume. La plupart des soirs, il montait très tard. Je le préparais rarement à se coucher avant minuit. Soudain, j'ai vu que le jour s'était levé et qu'il n'était pas venu. Nous avons vite compris pourquoi.

Il cligna les yeux derrière ses lunettes pour contenir son émotion.

— Selon vous, que s'est-il passé ?

— Je crois qu'il est tombé. C'était un endroit dangereux. Le muret ne protégeait pas suffisamment en cas de déséquilibre. J'ignore pourquoi il est monté en pleine nuit.

Il montait parce que, la nuit, plus rien n'existait que lui et l'immensité du ciel. Il aimait contempler les étoiles.

Chase n'avait pas d'autres questions, dans l'immédiat. Au moment où il se redressait, un poisson mordit à l'hameçon. Edkins sourit et se mit à ferrer sa proie.

— Il est petit, dit-il. De toute façon, je ne mange pas beaucoup.

— Je vous laisse. Merci de m'avoir reçu. Je connais le chemin.

Il entra dans le jardin et se dirigea vers le portail. Une femme avait rendu visite au duc, le jour de sa mort...

Minerva laissa son cheval brouter et s'assit sur une souche pour admirer le ruisseau. Au printemps, ce site devait être envahi de fleurs sauvages aux couleurs chatoyantes. Pour l'heure, seules des feuilles aux tons orangés jonchaient le sol.

Elle entendit la monture s'approcher. Peut-être n'aurait-elle pas dû obéir à Chase Radnor, mais elle voulait savoir s'il avait glané d'autres renseignements que les siens.

M. Edkins n'avait pas été très bavard. Ses questions n'avaient pas été assez précises pour susciter une réponse détaillée. Chase Radnor, lui, annonçait sans doute de but en blanc qu'il menait une enquête. Elle avait prétexté vouloir donner à Edkins des nouvelles de Mme Fowler, la cuisinière, et avait dû se cantonner à parler de tout et de rien. Une stratégie payante, cependant, car Edkins lui avait fourni un élément intéressant. Devait-elle le révéler à Chase ?

Le cheval s'arrêta près du cabriolet. Chase mit pied à terre et attacha sa monture à l'arrière du véhicule, puis alla offrir sa main à la jeune femme pour l'aider à se lever.

— Je vous ramène au village.

— Qu'est-ce qui vous fait croire que je dois regagner le village ?

— J'y ai aperçu votre compagne de voyage. Vous comptez aller la chercher, je suppose.

Quand ils furent installés dans le cabriolet, il prit les rênes.

— Que faites-vous ici ? s'enquit-il.

— Je vous retourne la question.

— Je passe quelques jours à Melton Park avec mon cousin, soupira-t-il.

— Le duc est en résidence ?

— Absolument.

Quel malheureux hasard ! Elle ne pourrait pas demander à la gouvernante de lui faire visiter la maison. Autant rendre le cabriolet et trouver un moyen de regagner Londres.

— Que vous a révélé Edkins ?

— Très peu de choses, répliqua-t-elle. Nous avons surtout évoqué ses souvenirs.

— Des souvenirs de quoi ?

— De Mme Fowler, de son patron. Il avait une admiration sans limites pour le défunt duc. Selon lui, c'était un génie. Excentrique, un peu fantasque, mais un génie qui ne tolérait pas la bêtise. Or la plupart des hommes sont idiots, prétend-il.

— Mon oncle prenait soin de ne jamais faire savoir aux imbéciles qu'il les prenait pour des imbéciles. A-t-il parlé de ses affaires ?

— Vaguement. Je ne suis pas certaine qu'il soit très au courant des questions financières. Il a évoqué certaines querelles avec des investisseurs trop exigeants.

Elle garda pour elle l'exemple spécifique cité par l'ancien valet.

— Un de ses associés avait peut-être de bonnes raisons de souhaiter sa mort. En cas de trahison, par exemple. Je vais étudier la question.

— Vous allez l'inscrire sur votre liste ?

— Peut-être.

S'ils devaient enquêter sur les associés et partenaires en affaires, Minerva ne serait pas avantagée. Elle ignorait quels étaient exactement les investissements du défunt. Toutefois, elle doutait qu'un associé soit le coupable.

Ils entrèrent dans le village.

— Vous séjournez à l'auberge ? demanda-t-il.

— Nous n'y avons passé qu'une nuit. Nous partons cet après-midi.

— Vous espériez sans doute visiter Melton Park.

— Pourquoi diable ?

Il la regarda, sourcils haussés.

— Tel n'était pas votre objectif ? Vous avez parcouru tout ce chemin pour transmettre à Edkins le bonjour de la cuisinière ? Vous êtes une bonne âme.

— Merci. Je fais de mon mieux. Mais effectivement, je me demandais si la gouvernante faisait visiter le manoir, en l'absence de la famille.

Un silence s'installa entre eux.

— Je pourrais vous y accueillir, dit-il enfin. En tant qu'invitée. En tant qu'amie, aussi.

— Une telle bâtisse vaut certainement le déplacement.

— J'ignorais que vous aviez une passion pour l'architecture. Dans ce cas, vous devez absolument découvrir ce joyau. Et si vous y passiez la nuit ? Nous examinerions ensemble le parapet. Un élément unique.

— Comment justifierez-vous ma présence ?

Chase réfléchit en engageant le cabriolet dans la rue principale.

— Je dirai à Nicholas que vous êtes l'un de mes agents et que vous m'assistez dans mes enquêtes à l'occasion.

— Votre employée, en quelque sorte. Je préférerais le rôle d'associée. Une détective indépendante, qui fait équipe avec vous quand vous avez besoin d'aide.

— Je ne dirai pas que j'ai besoin d'aide, surtout de la vôtre. Vous serez une employée temporaire, ou vous n'entrerez pas.

— Très bien, je m'incline, puisque vous êtes si orgueilleux. C'est mieux ainsi, après tout. En tant que partenaire, j'aurais dû prendre mes repas avec vous et le duc. Quel ennui ! En tant qu'employée, je fréquenterai le personnel.

— Et vous m'informerez de vos découvertes éventuelles.

— Allez-vous me payer pour cela ? Dans le cas contraire, je ne serais pas une vraie employée.

— Si votre tarif est raisonnable...

— Vingt livres.

— Vingt livres ?

— La journée.

— Nul ne paiera une telle somme à une femme pour quoi que ce soit ! s'esclaffa-t-il.

— C'est trop ? J'aurais dû me renseigner sur les tarifs en vigueur. Quels sont les vôtres ?

Il ne répondit pas. Pas vingt livres, apparemment.

— Oublions ça, décréta-t-elle. Je vous informerai de ce que je jugerai bon de vous dire, et c'est tout.

— Il faut vous trouver un nom. Je préfère que mon cousin ne sache pas que vous êtes l'une des héritières. Pas encore.

— Ce sera Mme Rupert, le nom de ma rue. Ah ! Voici Élise, devant l'église, qui m'attend comme convenu.

Ils récupérèrent Mlle Turner. Une fois à Melton Park, Chase chargea un employé de rendre le cabriolet et de récupérer leurs bagages à l'auberge.

Quand ceux-ci arrivèrent, il confia les deux jeunes femmes à la gouvernante, les qualifiant d'invitées afin qu'elle leur attribue des chambres confortables. Ensuite, il se rendit à la bibliothèque. Sur le seuil, Nicholas regardait les deux jeunes femmes dans l'escalier.

— Qui est-ce ?

— L'une est Mme Rupert, l'autre sa camériste, Mlle Turner. Mme Rupert mène quelques enquêtes pour moi à l'occasion, dans les situations où la présence d'une femme est préférable.

— Je suppose que c'est celle qui est en gris, et non la jolie fille en bleu ?

— La jolie fille en bleu n'est pas pour toi. Mme Rupert n'apprécierait pas que tu importunes sa domestique.

— Elle semble avoir plus de vingt ans, malgré sa fraîcheur juvénile. Sa façon d'écarquiller les yeux est charmante.

— J'en fais autant quand je croise l'un de ces masques africains qui pullulent dans cette maison, railla Chase en s'installant sur un divan. Je suis allé voir Edkins, aujourd'hui.

— Le valet de l'oncle Frederick ? Comment va-t-il ?

— Il est très épanoui. Il possède un beau petit cottage au bord d'un lac et passe son temps à la pêche. Il s'en sort très bien.

— Encore une personne qui bénéficie largement du testament. Entre ceux qui ont touché de l'argent et ceux qui n'ont rien, la liste des mobiles s'allonge.

— Ce serait tellement plus facile s'il avait procédé de façon traditionnelle en léguant tout à son héritier, c'est-à-dire à toi. Il en aurait fâché pas mal, mais c'est courant. La famille ne serait pas au bord de la révolte.

— Il voulait peut-être m'épargner la peine de distribuer les pensions. Edkins t'a révélé quelque chose d'intéressant ?

Il a vu une femme en visite, le jour de la mort de l'oncle… Pourquoi gardait-il ce détail pour lui, dans l'immédiat ? Il savait que Nicholas n'avait rien à voir avec cette affaire. Hélas, il avait eu le même genre de certitude autrefois, et avait été trahi. Cette désillusion l'avait rendu méfiant.

— Je vais convier Mme Rupert et son amie à souper en notre compagnie, annonça Nicholas. Cela nous changera les idées.

Il désigna une pile de dossiers posée sur son bureau.

— Demain, peut-être, répliqua Chase. Ce soir, elle dîne à l'office afin de rencontrer le personnel.

— Tu crois qu'elle apprendra quelque chose ? Le juge de paix les a déjà interrogés longuement.

— Si tu étais un jeune valet ou une femme de chambre ayant entendu quelque chose cette nuit-là, en parlerais-tu à un juge de paix ? La plupart des bonnes ont quitté le bureau en larmes au terme de leur interrogatoire.

— Tu crois qu'elles se confieront à Mme Rupert ?

— C'est possible. Elle sait faire parler les gens.

— Il y a de l'admiration dans ta voix quand tu parles d'elle.

— Elle m'est très utile.

— Utile ? Une chance qu'elle soit aussi très attirante. Elle a un regard captivant. Vraiment très séduisante…

Chase n'appréciait pas ce ton pensif.

— Tu l'as embrassée ? reprit Nicholas.

— Non.

Si, mais elle ne souhaitait pas aller plus loin. Cela dit, Nicholas était duc. N'importe quelle femme céderait à un duc s'il voulait l'embrasser, même Minerva. Sans doute.

— Donc, tu n'as pas le béguin pour elle. Sinon, tu aurais tenté de l'embrasser.

Nicholas s'adossa plus confortablement et observa son cousin.

— Nous allons les convier au souper, insista-t-il.

Chase connaissait ce regard.

— Je vais te laisser. J'ai quelques questions à régler. Invite-les, mais demain.

Nicholas se contenta d'un sourire en regardant Chase s'éloigner.

— Juste une chose, dit ce dernier avant de partir. Si son amie n'est pas pour toi, Mme Rupert non plus.

Le duc s'esclaffa.

— Je n'y crois pas ! Tu me mets en garde ?

— On peut dire ça.

13

Minerva fut vivement impressionnée par la splendeur des lieux. Les ducs menaient des existences huppées. Cependant, non seulement la demeure était remarquable par ses volumes et ses ornements architecturaux, mais l'oncle de Chase l'avait meublée d'objets exotiques.

Les murs de la réception étaient couverts de masques et de lances africains, sans parler des animaux empaillés du palier : un tigre, une girafe, une créature dont elle ignorait le nom...

Sa fascination n'échappa pas à Mme Young, la gouvernante.

— La plupart de ces animaux ont vécu ici, dans une partie du parc qui leur était réservée. Le défunt duc avait la passion de ces bêtes venues de contrées lointaines. Quand elles mouraient, il les faisait empailler.

L'ancien duc semblait avoir ressenti un attachement sincère pour ces créatures. Ce n'était pas la simple lubie d'un homme qui pouvait tout s'acheter.

— Je pense que vous serez bien, dit Mme Young en ouvrant une porte du deuxième étage. Votre dame de compagnie aura la même chambre, de l'autre côté du couloir. M. Radnor m'a chargée de vous installer ici, et non en haut.

— Cela nous aurait convenu, assura Minerva. En tant qu'employée, je suis habituée à vivre avec le personnel.

— Il veut que vous logiez ici. Vous n'êtes pas domestique, même si vous travaillez pour lui.

Elle fit signe à une jeune fille d'entrer.

— Voici Sarah. Elle sera à votre service. Elle coiffe très bien, même si elle n'est pas camériste.

Sarah sourit.

— Elle va vous installer, conclut la gouvernante en se tournant vers Élise. Veuillez me suivre, que je vous montre votre chambre.

Minerva s'approcha du lit pour palper le matelas. Parfait. Par la fenêtre, elle vit une partie du jardin, puis un enclos et, au-delà, des champs.

Sarah posa son bagage sur un tabouret.

— Je m'en charge, fit Minerva. Je n'ai pas grand-chose à déballer.

— Voulez-vous prendre un bain ? Je peux vous aider à vous dévêtir, si vous voulez.

Elle voulait surtout que la domestique se retire pour lui permettre d'explorer la maison tant qu'elle en avait l'occasion.

— Non, mais Mlle Turner appréciera certainement un bon bain. Dites-lui que je souhaite qu'elle se repose ensuite. De plus, je souperai avec le personnel. Mlle Turner mangera dans sa chambre.

Sarah prit congé. Au moment où Minerva allait vérifier que la voie était libre, quelqu'un frappa à sa porte. S'attendant à voir Élise, elle ouvrit.

— Pour vous, madame Rupert, annonça un valet en lui tendant un message.

Au fond de chaque palier, derrière la porte, il y a un escalier de service. Montez tout en haut. Je vous attends. CR.

— Dois-je répondre ? s'enquit le jeune homme.

— Non.

Dès qu'il se fut éloigné, elle partit en quête de l'escalier indiqué.

Depuis la galerie située sur le toit, la vue s'étendait sur des kilomètres, au-delà des collines marquant la limite nord du domaine. Des nuages sombres menaçaient au loin. Le beau temps ne durerait pas, songea Chase.

Il gardait un œil sur la porte donnant à l'intérieur. Minerva viendrait-elle ? Sans doute. Elle serait désireuse de voir le lieu d'où l'oncle Frederick était tombé dans le vide.

Elle avait semblé contrariée d'apprendre que Nicholas était présent. Sans doute comptait-elle faire le tour de la maison avec la gouvernante. Celle-ci ne se serait guère méfiée de deux jeunes femmes admiratives. Minerva aurait fait mine de s'égarer, pour s'éclipser et aller examiner le parapet.

Elle ne manquait pas de ressources, il devait l'admettre. Edkins lui avait-il parlé de cette femme, dans le jardin ? Et si c'était elle, finalement ?

Il ne pensait pas qu'elle ait tué son oncle. À plusieurs reprises, il avait voulu l'interroger, mais il s'était retenu de peur d'entendre des mensonges et d'y croire. C'était ainsi quand un homme désirait une femme.

Sans ce désir qui le taraudait, il se serait fié à son seul jugement, sans craindre de trouver des excuses à Minerva.

Il entendait encore la voix de son oncle, derrière ce parapet, tandis qu'ils contemplaient les terres en discutant d'un nouvel investissement du duc. Lors d'une pause dans la conversation, la question était tombée : « L'as-tu tué ? » Si quelqu'un était en droit de la poser à Chase, c'était bien lui.

« Non, pas exactement… mais oui, d'une certaine façon. » Il avait été contraint de s'expliquer et en avait été soulagé. Peut-être son oncle le savait-il.

— J'ai mis du temps à trouver la porte menant à l'escalier. Elle est bien dissimulée.

La voix toute proche le fit émerger de ses pensées. Il n'avait pas entendu Minerva.

— Où est-ce arrivé ?

Chase s'appuya au parapet et la dévisagea. Si cet ensemble gris ne la flattait guère, son ton sobre rehaussait la beauté de la jeune femme. Il vit ses yeux sombres pétiller de curiosité.

— Qu'est-ce qui vous porte à croire que je vous ai donné rendez-vous ici pour vous montrer l'endroit d'où mon oncle est tombé ?

Elle l'observa.

— Il ne peut y avoir d'autre raison. C'est pour ça que vous m'avez invitée.

— Il existe une autre raison qui m'a incité à le faire, et vous le savez très bien.

Elle s'empourpra et se détourna aussitôt vers le paysage.

— Suivez-moi.

Il l'entraîna vers l'arrière de la bâtisse.

— On peut faire le tour complet, expliqua-t-il. Comme vous pouvez le constater, le passage est étroit mais pas dangereux. Il est conçu pour offrir une petite promenade. Mon oncle y montait souvent et le parapet était bien entretenu.

— Il y a même des bancs pour admirer la vue. Ce doit être plaisant, les soirs d'été.

— Lors des fêtes, les jeunes gentlemen montent ici avec leurs dulcinées pour cette raison précise. Et pour d'autres raisons.

— Avait-il plu ce soir-là ? Y avait-il de la neige ou du verglas, par exemple ?

— Non. Il faisait bon.

— Montiez-vous souvent vous-même ?

— Parfois.

— Avec lui ?

— Ou seul.

— Ou avec une jeune fille, lors d'une fête ?

— Aussi.

Il s'immobilisa. Quelqu'un avait peint un trait sur le parapet. Le juge de paix, sans doute.

En regardant vers le bas, il imagina le corps ensanglanté de son oncle. Minerva en fit autant mais ne vit pas grand-chose, car elle était trop petite. Elle se hissa sur la pointe des pieds. Chase la prit par la taille et la souleva. Elle s'accrocha à ses épaules avant de regarder vers le sol.

Ses seins se retrouvèrent plaqués contre le visage de Chase.

— C'est vertigineux.

Elle se détourna, consciente de sa posture.

— Vous pouvez me poser.

Il obéit.

Elle lissa le bas de sa robe et recula.

— Était-il aussi grand que vous ?

— Presque.

— Ce mur est moins protecteur pour quelqu'un de votre stature. Il vous arrive à la taille. Puis-je vous inciter à vérifier si vous basculeriez facilement dans le vide ?

— M'inciter comment ?

— Pardon ?

— Je suis curieux de savoir comment vous m'inciteriez à faire une telle chose.

— En vous rappelant que vous voulez autant que moi découvrir la vérité.

— Peut-être.

Il se tourna vers le mur, s'y appuya et tendit les bras comme s'il cherchait à retenir un objet sur le point de tomber. Il se pencha encore, pour voir s'il était susceptible de basculer.

Soudain, son torse heurta le bord et il dut s'accrocher au mur, car ses pieds venaient de perdre contact avec le sol. Il se sentit poussé en avant, puis tiré en arrière, et il respira profondément pour ne pas céder à la panique. Dès qu'il se redressa, la force qui le tirait s'estompa.

— Que diable s'est-il... ?

Minerva afficha un air innocent.

— Vous ne risquiez rien. Je vous retenais par votre manteau.

— Comme si une femme frêle pouvait empêcher un homme tel que moi de basculer en avant !

— Je ne vous ai pas poussé assez fort pour vous faire tomber.

— Pourquoi m'avez-vous poussé, nom de Dieu ?

— Nous savons désormais qu'il est possible de pousser un homme dans le vide sans être un colosse et sans lutte. Un coup suffit à déséquilibrer quelqu'un.

— Vous auriez pu me prévenir !

— Nous savons aussi, enchaîna-t-elle sans tenir compte de sa colère, qu'une femme seule y arriverait peut-être. Je dis « peut-être » car pour vous faire tomber, j'aurais dû pousser plus fort et je ne pense pas en être capable. Une femme plus corpulente que moi, en revanche…

— Vous ignoriez les conséquences de votre expérimentation. Vous auriez pu me tuer et être en train de regarder vers le sol en pensant : « Mon Dieu, j'ai poussé trop fort ! »

— Ou alors, je penserais autre chose.

— En effet. Vous seriez en train de vous demander comment convaincre le juge de paix que c'était un accident.

Elle perdit alors de sa belle assurance.

— C'est faux. Je serais folle d'angoisse. Cela dit, vous avez raison : j'aurais dû vous prévenir. L'expérience en aurait pâti, car vous auriez été sur vos gardes. Au moins, vous ne seriez pas à présent persuadé que je vous ai fait courir un danger sans le moindre scrupule.

Elle semblait si contrite qu'il s'en voulut de s'être emporté contre elle. Il eut envie de la prendre dans ses bras en disant qu'il n'avait jamais été réellement en danger.

— Nous savons aussi autre chose, dit-il. Il n'a pas pu basculer par accident.

— C'est impossible, en effet.

En d'autres termes, la mort du duc était soit un suicide, soit un meurtre.

Minerva s'éloigna du lieu de la chute pour faire le tour de la toiture. Elle sentait la présence de Chase derrière elle, un peu moins fâché.

À l'avant de la bâtisse, elle s'arrêta. Le panorama était superbe, moins vallonné qu'à l'arrière. Au-delà de l'allée bordée d'arbres, la route s'étendait vers les fermes des alentours.

— Je comprends qu'il ait aimé ce point de vue, confia-t-elle. Si je vivais ici, je monterais plusieurs fois par jour.

Chase contempla la scène sans un mot. La jeune femme appréciait ce moment de silence complice.

— Folle d'angoisse, avez-vous dit ? reprit-il soudain d'un ton amusé. Je suis flatté.

Elle se promit de peser désormais chacune de ses paroles en sa présence.

— Quoi que vous en pensiez, rétorqua-t-elle, je ne pourrais tuer un homme sans avoir de scrupules.

— Que vous soyez inquiète, d'accord... mais de là à être folle d'angoisse.

— Nous nous sommes embrassés. Je ne suis pas de marbre. Vous ne m'êtes pas indifférent.

Il effleura sa joue du bout des doigts, provoquant un délicieux frisson. Puis il la prit doucement par le menton pour l'obliger à plonger dans son regard.

— À propos de nos baisers... vous aurais-je fait peur ?

Elle réprima un soupir. Il voulait savoir pourquoi elle avait réagi de la sorte.

— Cela n'a rien à voir avec vous, assura-t-elle.

— Je ne comprends pas.

Naturellement. Elle n'en avait jamais parlé à personne. L'occasion ne s'était pas présentée, car elle n'avait pas été embrassée depuis des années. Elle baissa les yeux.

— Je… je ne suis pas comme les autres femmes. Il n'est pas dans ma nature de connaître ce genre de désir ou de plaisir. Je vous prie d'accepter cette explication. En dire davantage serait trop embarrassant pour moi.

Exprimer sa pensée à voix haute rendait la vérité plus triste encore.

— Ce n'est pas vrai, Minerva, dit-il farouchement en l'incitant à lui faire face. Vous étiez aussi troublée que moi. Un homme sait ce que ressent une femme entre ses bras.

L'espace d'un instant, elle avait connu du plaisir, effectivement. Mais si les choses allaient plus loin entre eux, elle redoutait de redevenir cette coquille vide, soumise aux exigences d'un homme, qu'elle avait été. Mieux valait qu'elle nie. Ainsi, elle n'aurait pas à se justifier davantage.

— Vous vous êtes mépris sur ma réaction. Vous avez perçu ce que vous souhaitiez percevoir…

— Vous croyez ? Dites-moi que vous n'avez rien ressenti, et je ne vous toucherai plus.

Plus jamais. Elle n'avait qu'un mot à dire, et son corps pourrait se rendormir pour toujours. L'angoisse lui serra le cœur. La douce caresse de son pouce sur ses lèvres déclencha une révolte de ses sens qui la rendit muette.

Le pouce de Chase céda la place à ses lèvres chaudes et fermes. Minerva ferma les yeux.

Elle fut submergée par une vague de sensations si intenses qu'elles chassèrent toute pensée, toute crainte. Ce plaisir était trop ardent, trop intime pour se laisser effacer par la raison ou par la peur. Une onde la parcourut, réchauffant son âme.

Non seulement elle accepta son étreinte, mais elle se laissa entraîner vers un banc de pierre.

Chase la fit asseoir sur ses genoux. Ses baisers se firent plus pressants, de même que ses caresses. Loin d'être affolée, elle apprécia l'exquise exploration de sa langue et les frissons sensuels qu'elle suscitait en elle.

Et si... ?

C'était de la folie. Les attentions de Chase étaient de plus en plus troublantes, au point qu'elle avait envie de s'abandonner totalement. Soudain, elle perdit le contrôle d'elle-même et se laissa guider par ses sens débridés.

En sentant une main remonter vers sa poitrine, elle en voulut davantage. Déjà, les doigts habiles de Chase s'affairaient sur les boutons de sa pelisse. Lorsqu'il toucha son sein, elle se figea un instant pour repousser les mauvais souvenirs qui menaçaient de remonter à la surface. *Non, pas maintenant.* Une douce caresse autour de son mamelon vint à bout des vestiges de la peur.

Dès lors, ce fut merveilleux. Elle faillit en rire à gorge déployée. Chase savait exactement comment la toucher, la caresser, afin qu'elle s'offre à lui sans retenue. Elle observa ses traits tendus par le désir et déposa sur son visage un chapelet de petits baisers.

Soudain, il cessa ses attentions.

— Nous ne pouvons continuer ainsi.

Elle posa le front sur le sien, le temps de retrouver ses esprits. À son grand regret, Chase avait raison. Ils restèrent un long moment enlacés puis, au prix d'un gros effort, elle se leva avant qu'il le lui demande et reboutonna sa pelisse.

— Venez avec moi, dit-il ensuite en lui prenant la main.

Ils descendirent l'escalier et passèrent devant les chambres des bonnes. Les domestiques montaient-ils sur le toit, le soir en été, pour profiter de la fraîcheur ?

À l'étage inférieur, Chase ouvrit une porte.

— Ce sont les appartements familiaux. Voici ma chambre, expliqua-t-il en désignant une porte. Il suffit de quelques pas. J'aimerais vous rendre visite, ce soir. Me le permettrez-vous ?

— Oui.

Encore ivre du plaisir partagé, elle aurait accepté n'importe quoi de sa part.

— À 22 heures. Veillez à ce que la servante soit partie.

Il la raccompagna vers sa chambre, l'embrassa avec fougue, puis revint sur ses pas.

14

— Un accident très regrettable.

Mme Young répétait cette phrase chaque fois que Minerva abordait le sujet de la mort du duc. Sa stratégie était efficace, car elle mettait fin à la discussion. Alors la jeune femme bavarda de tout et de rien, du manoir, des terres, mais elle ne songeait qu'à la nuit qui l'attendait.

Sa torpeur sensuelle s'étant dissipée, elle se demandait si elle avait bien fait d'encourager Chase. Elle ne se souciait pas d'une grossesse non désirée ou d'avoir le cœur brisé. Elle redoutait une terrible déception.

L'homme qu'elle avait choisi pour cette nouvelle initiation, ce réveil des sens, constituait un mystère. Attablée à l'office, elle s'interrogeait. D'un regard, la gouvernante avait ordonné aux domestiques de manger. Le silence régnait, et Minerva se secoua. Ce n'était pas en bavardant qu'elle glanerait des renseignements auprès du personnel. Elle devait se montrer plus directe.

— Nul n'est certain qu'il s'agit d'un accident, déclara-t-elle. Après tout, le passage est assez large et le mur assez haut. Il faisait beau et le duc connaissait les lieux.

Tous les regards se portèrent sur elle. Les domestiques semblaient choqués qu'elle insiste sur le sujet.

— Nous n'en parlons pas, rétorqua Mme Young.

— Vous devriez. Vous finirez par être interrogés, et le nouveau duc exigera votre coopération.

— Nous étions tous au lit, intervint Sarah.

— Vous dormiez ? Vous n'avez donc rien entendu ? Vos chambres se trouvent juste sous le parapet. Qui loge de ce côté de la maison ?

Ils se concentrèrent sur leurs assiettes. Minerva les observa tour à tour. Enfin, une blonde au teint rougeaud leva la main.

— Moi. Joan et moi.

— Je dormais, maugréa sa voisine, une jeune brune, sans cesser de manger. Et toi aussi.

— C'est la vérité, madame Rupert. Je dormais aussi. Je n'ai rien entendu jusqu'à l'agitation qui régnait au matin. J'ai regardé dehors et...

Ses yeux s'embuèrent de larmes.

— Assez, Susan ! gronda la gouvernante en foudroyant Minerva du regard. Nous n'en parlons pas. Voyez comme les domestiques sont bouleversés. Je vous demande de respecter le défunt et de cesser d'évoquer cette tragédie comme s'il s'agissait d'un simple ragot.

Minerva baissa les armes. Elle n'avait pas le choix.

À l'issue du repas, les employés se levèrent pour vaquer à leurs occupations respectives. Minerva les imita. Soudain, quelqu'un lui tapota le bras. Joan lui fit signe de la suivre dans le cellier. Dès qu'il ne resta plus que la cuisinière et ses commis en cuisine, elles s'y enfermèrent.

— Je ne dormais pas, souffla Joan.

— Avez-vous entendu quelque chose ? Une dispute, une altercation ?

— Rien de cela, mais j'ai peut-être été témoin de quelque chose. Parfois... je monte sur le toit en compagnie d'un des valets pour... bavarder.

Minerva acquiesça, l'encourageant à poursuivre.

— Chacun sait que le duc montait souvent, lui aussi. Nous montions plus tard que lui. Ce soir-là, j'y étais. Alors que nous... bavardions, j'ai cru entendre quelqu'un, au coin de la maison, au-dessus de ma chambre. Comme une plainte, puis des pas. J'ai dit à mon ami de cesser de... parler. En regagnant l'escalier, j'ai vu un mouvement dans l'ombre, comme si la porte s'ouvrait et se refermait. Nous avons patienté quelques minutes avant de regagner nos quartiers.

— Quelle heure était-il ?

— Nous avions rendez-vous à minuit, et nous bavardions depuis un moment.

— J'imagine que vous n'en avez pas parlé au juge de paix, car vous n'aviez pas le droit d'agir de la sorte.

— Le juge de paix voulait savoir si quelqu'un était monté ce soir-là, et il semblait soupçonner un membre du personnel. Je ne voulais pas que mon ami soit accusé à cause de mon témoignage.

Cette crainte était fondée, et Minerva comprenait sa réticence. Ne redoutait-elle pas elle-même d'être soupçonnée si son passé remontait à la surface ?

— Tout le monde affirme que c'était un accident, reprit Joan, une main sur la poignée de la porte, mais personne ne le pense vraiment. Nous faisons semblant d'y croire. Vous êtes la première à évoquer autre chose. Sachez que je ne répéterai rien de ce que je vous ai dit, à quiconque.

— Il le faudra peut-être, un jour. Pour l'heure, je ne vous le demanderai pas. Merci de vous être confiée à moi.

Minerva sortit de sa poche sa petite montre. 20 heures. Dans deux heures, elle reverrait Chase et lui en parlerait, sans toutefois nommer Joan. Sauf qu'il ne viendrait pas la voir pour évoquer l'enquête...

Un mélange d'impatience et d'appréhension s'empara d'elle. L'esprit en émoi, elle regagna sa chambre.

Dans la bibliothèque, en compagnie de Nicholas, Chase comptait les minutes. En fin d'après-midi, les deux hommes avaient chevauché sur les terres du domaine, avant un souper tardif. À présent, ils dégustaient un porto.

— Tu as raison. J'ai besoin d'un régisseur plus compétent.

Nicholas s'exprimait d'un ton pensif, comme s'il réfléchissait à voix haute.

— Il me faut quelqu'un qui ne me pousse pas à clore les parcelles ou, du moins, qui parvienne à le faire sans déplacer trop de familles.

— Si tu en parlais à Brentworth ? On ne cesse de vanter la gestion de sa propriété.

Nicholas acquiesça et but une gorgée d'alcool.

— Tu es monté sur le toit, aujourd'hui ?

— Oui. Je suis maintenant persuadé que ce n'était pas un accident.

— Persuadé ?

— Je me suis livré à une expérience, pour voir s'il est difficile de pousser quelqu'un dans le vide. C'est faisable en choisissant le bon moment.

— Quel genre d'expérience ?

— J'ai utilisé mon propre corps.

— C'est risqué. Je n'approuve pas cette méthode.

— Quand on est détective, on doit parfois prendre des risques.

— Comment t'y es-tu pris ? Tu as fait comme si on te poussait ? Tu aurais pu basculer.

— Je n'étais pas seul. Quelqu'un me retenait pour contrebalancer le poids de mon corps.

— Tu as entraîné un valet sur le toit ?

— Non. Mme Rupert me retenait.

Il consulta la pendule. 21 h 15. Son impatience monta d'un cran.

— Tu as fait confiance à la force d'une femme ? s'exclama Nicholas. C'est de la folie ! Promets-moi de ne jamais recommencer ce genre de bêtise.

— Je n'aurai pas à renouveler l'expérience. Les faits sont établis. Il aurait toutefois fallu prendre l'oncle Frederick par surprise pour le précipiter dans le vide.

— Ce peut être n'importe qui, dans cette maison.

— Ou quelqu'un qui serait entré à l'insu de tous, objecta Chase. Je n'ai pas rayé la famille de ma liste.

Il devrait vérifier s'il était facile d'entrer discrètement dans la maison. Mais pas ce soir… 21 h 25.

— Quelle histoire ! commenta le duc. Enfin… Je n'en reviens toujours pas d'être chez moi dans cette demeure. Je pensais que Frederick se remarierait et qu'il aurait un héritier. Tout le monde le pensait, d'ailleurs.

— Tu dois accepter le destin qui t'a permis d'hériter. Avec le temps...

— Avec le temps, je regretterai de ne pas être un homme ordinaire, sans obligations ni responsabilités. Je regretterai de ne pouvoir aller au bal et flirter sans qu'une jeune fille cherche à se faire épouser pour ma fortune.

— Il te suffira de choisir un autre type de femme.

— Des femmes mariées, tu veux dire. Ou des courtisanes.

— Des femmes qui savent que tu ne les épouseras jamais.

Nicholas retrouva son entrain à cette perspective.

— Au fait, j'ai oublié de t'en parler à table, mais j'ai reçu une lettre de Sanders aujourd'hui. Tante Dolorès a engagé un avocat, qui l'a contacté. Elle considère qu'il est de mon devoir de l'entretenir comme le faisait son frère. Il y a une liste de tout ce qu'il lui a procuré ces cinq dernières années, en plus de sa rente déjà confortable.

— Tu n'as aucune obligation à ce sujet.

— Essaie de le lui rappeler ! s'esclaffa Nicholas.

— Tu pourrais lui expliquer que tu n'es pas dans la même situation que l'oncle Frederick.

21 h 44.

— Dolorès est inflexible.

— Tu trouveras un compromis, j'en suis sûr. Avec les cousins, ce sera plus difficile.

21 h 45.

Chase posa son verre et feignit d'étouffer un bâillement.

— Je crois que je vais me retirer. J'ai des choses à faire demain matin.

— Il est un peu tôt, non ? J'espère que tu ne vieillis pas au point de ne plus être capable de partager une bouteille jusqu'au bout de la nuit. Si je dois rechercher des femmes infréquentables, autant que tu m'accompagnes.

— Non. Ce soir, j'ai besoin de dormir.

— J'espère que tu n'envisages pas d'autres expériences en compagnie de Mme Rupert ! railla le duc avec malice.

— C'est inutile. Nous en avons terminé.

— Ah. Eh bien, bonne nuit.

Chase gravit les marches quatre à quatre et fila faire une toilette sommaire, avant de renvoyer son valet.

21 h 50.

Ce furent les minutes les plus longues de sa vie. Il revoyait sans cesse la jeune femme, les joues rouges, les yeux brillants de passion, il entendait ses soupirs, sentait ses baisers hésitants. Quand sonnèrent 22 heures, il était sur le point de devenir fou.

Ivre de désir, il se dirigea vers sa chambre.

Sur les coups de 22 heures, Minerva rassembla son courage.

Elle avait longuement réfléchi et aurait tout donné pour être une autre femme, une femme au passé moins troublé. Comme il était cruel de désirer quelque chose dont on était privé depuis des années et de savoir que c'était impossible ! Le pire avait été d'accueillir un homme dans son lit – non pas Chase, mais Algernon.

Elle se sentait ridicule d'avoir pleuré, d'avoir à ce point perdu la tête.

Lorsque Chase frappa doucement à sa porte, elle fut tentée de ne pas répondre. Et pourtant, elle alla ouvrir. Ce n'était pas le moment d'être lâche.

Dans la pénombre du couloir, il était encore plus séduisant avec sa chemise blanche. Il émanait de lui une force qui n'avait rien de menaçant. Il remarqua qu'elle portait toujours son ensemble gris. Dès qu'il plongea dans son regard, il comprit.

Elle recula, pensant qu'il n'entrerait pas, mais il avança dans la pièce. Incapable de le regarder, elle se tourna vers la fenêtre. Elle ressentait sa présence de toutes les fibres de son corps, comme s'il emplissait totalement la pièce.

— Je regrette, dit-elle. Je ne suis pas certaine d'y arriver. Je… je regrette de vous avoir laissé croire le contraire.

Ce n'était pas ce qu'elle avait prévu de lui dire. Elle voulait être ferme. Tranchante. Hélas, le désir qui naissait en elle sapait sa détermination.

— Une dame a le droit de changer d'avis.

En entendant ses pas, elle pivota pour constater qu'il se tenait tout près d'elle.

— Est-ce le cas ? insista-t-il. Ce n'est pas clair.

Elle espérait qu'il s'en irait, furieux. Il fallait qu'elle lui énumère ses raisons. Hélas, elle se trouva à cours de mots face à cet homme d'une beauté presque insoutenable. Le souffle court, elle sentit son corps vibrer.

— Alors ? souffla-t-il.

— Je… je ne sais pas. Ce n'est pas comme cet après-midi. Je crains de ne pas… apprécier vos attentions.

Elle se força à être honnête :

— Ce n'est pas vous, le problème. C'est moi.

Il parut peser ces paroles, puis elle lut de la compréhension dans ses yeux.

— Vous vous trompez à ce propos. Toutefois, si vous n'appréciez pas ce que nous faisons, nous cesserons.

Ils restèrent ainsi pendant ce qui parut une éternité à la jeune femme. Chase lui laissait le choix, mais elle était incapable de réfléchir. Ses conclusions raisonnables s'étaient envolées.

— Peut-être que si vous m'embrassiez, je...

Il haussa un sourcil.

— Vous voulez que je vous séduise ? Je préférerais ne pas m'imposer à vous. Oh, j'ai envie de vous embrasser, je suis même fou de désir pour vous, à condition que ce désir soit réciproque.

Son seul regard suffisait à la convaincre, à établir un lien entre eux.

— Je me disais qu'un petit rappel...

— Je me ferai un plaisir de vous rappeler nos baisers de cet après-midi, mais je veux que vous veniez à moi, que vous écartiez le moindre doute.

Elle n'était sûre de rien, en réalité. Son désir ne parvenait pas à effacer totalement le passé. Et pourtant elle avait envie de lui, en cet instant. Elle fit un pas vers lui, puis un autre. Son hésitation s'atténua pour faire place à de la détermination. Il lui avait demandé d'exprimer clairement sa décision. Savait-il que cela la rassurait ?

Enfin, il l'attira dans ses bras pour l'embrasser, doucement d'abord, puis de plus en plus fougueusement. Emportée dans un tourbillon, elle se laissa aller contre lui. Bientôt, entre deux baisers, il ôta sa chemise. Le contact de sa peau nue et chaude sous ses mains incita Minerva à l'embrasser de plus belle, savourant les caresses de Chase sur ses seins.

L'espace d'un instant, elle revint à la réalité et hésita. Chase ôta sa main, mais la jeune femme se ressaisit et remit la main en place, avant de l'embrasser avec passion.

Esquissant un sourire, il lui pétrit un sein. Submergée, elle se hissa sur la pointe des pieds pour mieux s'offrir. Une onde de plaisir la parcourut tout entière, emportant ses dernières réticences.

— Ces jupons et dessous sont de trop, murmura-t-il en lui titillant le lobe d'une oreille.

— Je ne veux pas que ça s'arrête...

— Laissez-moi faire.

— J'espère que vous savez... ah... je vois.

Il ne fallut que quelques instants pour qu'elle soit soulagée de sa robe. Chase la déshabilla avec adresse, sans cesser de la caresser, fidèle à sa promesse. Elle tenait à peine debout. Un seul contact sur un sein dénudé la fit gémir de plaisir.

Sans qu'elle s'en rende vraiment compte, ils se retrouvèrent au lit. Chase entreprit d'explorer son corps de ses mains et de ses lèvres, qui s'attardèrent sur ses seins et son ventre plat. Plus rien n'existait que ces caresses exquises qui la mettaient en joie.

— Viens..., souffla-t-il en s'allongeant sur le dos pour l'attirer contre lui, à califourchon.

Elle sentit son sexe durci niché entre ses cuisses. Elle le dévisagea dans la pénombre et se pencha. Il prit ses seins dans ses paumes et se redressa un peu pour les embrasser. Minerva était soulagée de ne pas avoir à redouter l'instant où il se coucherait sur elle. Peut-être était-ce son intention en adoptant cette position.

— Est-ce que l'on peut... comme ça... ?

— Oui.

— Peut-être que...

— Si tu veux. Quand tu voudras.

Elle se pencha davantage pour regarder la verge palpitante.

— Je ne sais pas comment...

— Je vais t'aider, mais c'est toi qui prends le contrôle. Tu peux arrêter quand tu veux, si tu n'aimes pas ça.

Elle hocha la tête. Il la souleva légèrement pour placer son sexe à l'orée du sien. Elle fut d'abord intriguée, car elle n'avait jamais connu cette sensation. Elle eut envie de le prendre entièrement en elle. Peu à peu, elle descendit sur lui. Chase ne put réprimer un long soupir.

— C'est trop lent pour toi, n'est-ce pas ? s'enquit-elle.

— Ne pense pas à moi. Fais comme bon te semble.

Elle l'accueillit plus profondément en elle et se mit à trembler. Chaque va-et-vient provoquait un plaisir grandissant, qui l'incitait à poursuivre l'ascension. Le rythme enfla, décupla peu à peu vers des hauteurs abyssales, merveilleuses.

Soudain, il la prit par les hanches pour accompagner ses mouvements frénétiques, jusqu'à ce que le plaisir l'engloutisse et que sa raison soit anéantie.

Le souffle court, ils restèrent un long moment enlacés, savourant le contact de leurs corps brûlants. Chase sentait la douceur de ses cheveux sur son épaule. Lorsqu'elle bougea la tête, il rouvrit les yeux et remarqua qu'elle examinait son propre corps.

— Tu as mal quelque part ? demanda-t-il.

— Non. Je me sens… nue.

Il se redressa et couvrit la jeune femme du drap. Lorsqu'il ramassa sa camisole pour la lui tendre, elle l'observa, les yeux écarquillés.

— C'est la première fois que tu vois un homme nu, n'est-ce pas ?

— Presque. J'ai aimé que tu me déshabilles, et la sensation de ton corps contre le mien. C'est très audacieux, mais aussi très agréable. Quand j'y pense, ta retenue pour me ménager fut héroïque. J'ignorais que les hommes pouvaient se contenir de la sorte. Je croyais qu'ils avaient besoin de se soulager rapidement.

Que répondre à cet aveu ? Elle n'avait sans doute connu que de la brutalité, par le passé. Jamais un homme n'avait fait l'effort de lui donner du plaisir.

— Dis-moi la vérité, insista-t-elle en riant.

— Il est vrai que ce fut héroïque. J'ai cru que j'allais exploser…

— Merci, dit-elle en retrouvant son sérieux. Merci de m'avoir montré que j'étais une femme normale.

— Cela t'a plu, finalement ?

— Oh oui ! Cela ne se voyait pas ? Et toi ?

— Quelle question ! Bien sûr. Cela ne se voyait pas ?

— Oui. Tu as pu terminer. Je n'ai pas tout gâché.

Ces paroles étonnèrent Chase, qui plongea dans son regard.

— Que veux-tu dire par là ? Ton mari ne pouvait pas terminer ? Je ne comprends pas.

— Il n'a réussi que quelques fois, au début de notre mariage.

Il fronça les sourcils.

— Il était impuissant et t'en a rendue responsable ?

Elle ne répondit pas.

Quelle ordure ! Ce goujat avait fait croire à sa jeune épouse qu'elle était responsable de ses défaillances. Quel cauchemar elle avait dû endurer...

— Écoute-moi, Minerva. Tu n'avais rien à voir avec son problème d'érection, et il le savait. Sans doute avait-il toujours été ainsi. Son comportement était stupide et impardonnable.

Il préférait ne pas imaginer la peur de la jeune femme. Pas étonnant qu'elle réagisse comme une innocente devant le désir. Il comprenait tout, à présent. Elle se croyait froide au point de rendre un homme impuissant...

— C'est du passé, dit-elle en lui caressant la joue. Je vais mettre un peu de temps à admettre que je me suis trompée sur moi-même. Tu me fais un beau cadeau.

— Tu t'es donnée à moi, tu m'as offert ta passion. C'est toi qui me fais un cadeau. Tu ne me dois rien, surtout pas de la gratitude.

Il l'embrassa tendrement et la serra longuement dans ses bras, dans un silence complice.

Il attendit qu'elle dorme profondément avant de s'en aller. Il savait désormais pourquoi elle avait changé de nom.

À son réveil, au petit matin, elle était seule dans son lit. La présence de Chase demeurait palpable. Elle s'enveloppa dans le drap pour contempler le lever du jour par la fenêtre. C'était un nouveau départ.

Dans un premier temps, elle avait regretté que le spectre d'Algernon s'insinue entre elle et Chase. Heureusement, ce dernier avait confirmé ce qu'elle avait soupçonné dès le début : son mari était un monstre. À cause de son inexpérience, elle s'était crue coupable, incapable de donner et de prendre du plaisir, à peine une femme.

Chase lui avait rendu l'espoir. Algernon lui avait volé tant de choses, mais celle-ci était la pire. Alors que le soleil montait à l'horizon, elle se dit que si Chase avait été l'homme qu'il lui fallait pour retrouver sa féminité, cela s'arrêterait sans doute là. Il n'y aurait pas d'autre nuit.

De plus, il risquait de l'interroger sur son mariage avec Algernon. Ou pire : de mener son enquête.

Laissant les rideaux ouverts, elle retourna se coucher. Elle sentit le parfum de Chase sur l'oreiller, qui lui rappela la magie de cette nuit.

Chase était d'humeur joyeuse en entrant dans la salle à manger. Nicholas leva les yeux de son courrier.

— Tu es bien matinal. Personnellement, j'ai mal dormi. Et toi ?

— N'oublie pas que je me suis retiré de bonne heure.

Chase garnit une assiette d'œufs brouillés. Sa tasse de café l'attendait.

— Toutefois, reprit Nicholas, tu arrives trop tard pour assister au départ de Mme Rupert.

Je l'ai saluée à ta place en lui promettant un dîner dès mon retour à Londres.

Surprise, Chase se figea, sa tasse à la main.

— Tu savais qu'elle partait, je suppose ? ajouta Nicholas.

— Bien sûr, mais pas aussi tôt.

— Elle a chargé sa femme de chambre de commander une voiture pour elle et son amie. Le majordome a eu l'idée de lui proposer l'une des miennes. Donc, elles sont en route pour Londres.

Nicholas prit une autre lettre qu'il décacheta.

— Elle a dit qu'une autre mission l'attendait et qu'elle ne pouvait s'attarder davantage, car son travail pour toi était terminé.

— Elle t'a raconté tout cela ? railla Chase en dévorant son petit déjeuner.

— Eh bien, je l'ai interrogée. Son départ me semblait un peu précipité. Et je comptais sur le souper de ce soir. Elle a insisté pour que l'on ne te prévienne pas, comme je le suggérais. J'ai pensé à un moment que vous étiez en froid, tous les deux, mais en réalité elle paraissait plutôt de bonne humeur. Comme toi, en arrivant tout à l'heure.

Chase ne dit rien. Son cousin tentait de lui tirer les vers du nez. Minerva avait effectivement terminé sa mission – sans lui faire part de ses découvertes, certes, mais elle n'avait plus rien à faire à Melton Park. Dans ce cas, pourquoi était-il agacé ? À quoi s'attendait-il ? Quelques mots, au moins. Un sourire complice. Un message.

Il se mentait. En vérité, il espérait une autre nuit d'amour, d'autres confidences sur l'oreiller.

Face au regard inquisiteur de son cousin, il posa sa fourchette.

— Aujourd'hui, je compte interroger les domestiques. Je devrais m'y mettre sans tarder.

— Reste un peu, je te prie. Une chose m'a intrigué. Au moment du départ des deux femmes, Mlle Turner admirait la voiture de ses beaux yeux bleus. « Regardez, Minerva ! » a-t-elle dit. Minerva. Quelle coïncidence, non ? Mme Rupert porte le même prénom que l'une des trois héritières. Celle que tu as retrouvée. C'est un prénom original, pourtant. Assez rare.

— Pas tant que cela. Si elle se nommait Perséphone ou Terpsichore, peut-être, mais Minerva… Bon, je file.

— Pas encore ! Je t'en prie, ne me laisse pas m'interroger toute la journée.

Chase se rassit en soupirant.

— Était-ce en réalité Minerva Hepplewhite ? s'enquit Nicholas avec sa franchise coutumière.

— Oui.

— Ah…

Lorsque Chase voulut se lever à nouveau, il lui fit signe de rester en place.

— Qu'est-elle venue faire ici ?

— Elle s'intéresse à la mort de notre oncle. C'est compréhensible.

— Mais si ce n'était pas un accident, elle constitue une suspecte de choix, non ?

— C'est vrai. Elle voulait voir de ses yeux le lieu du drame.

— Et tu as tout organisé. Tu es bien bon. Moi qui croyais que tu l'avais invitée ici pour la séduire. Je me disais qu'elle s'était enfuie ce matin pour échapper à tes attentions.

— Je ne m'impose jamais à une femme.

— Je sais. Il suffit de voir votre air épanoui pour comprendre que vous étiez tous les deux consentants. Je suis soulagé de constater que certains respectent les femmes, dans cette maison. Ceci dit, je ne suis pas sûr d'apprécier que tu t'acoquines avec l'une des héritières citées dans le testament.

— Je ne « m'acoquine » pas. Elle est partie.

— En effet.

— Dans ce cas, nous en avons terminé, conclut Chase en se levant, la mine renfrognée.

— Tu es détective, mais tu n'apprécies guère que l'on enquête sur toi, commenta Nicholas.

— Tu me fais plutôt l'impression d'une commère avide de ragots. Laisse-moi les enquêtes, cousin. Tu manques de subtilité.

Sur ces mots, il quitta la pièce. Sa belle humeur s'était envolée.

— Vous vous sentez bien ? demanda Élise. Vous êtes triste et silencieuse, depuis notre départ.

Minerva pensait à la nuit qui venait de s'écouler. Oui, elle était plutôt triste, mais ne voulait pas parler de ses sentiments.

— Discutons plutôt de ce que nous avons appris. Vous me raconterez vos découvertes.

— Je préférerais parler de la maison. Elle est si spacieuse, si luxueuse ! Je ne reverrai sans doute jamais rien de tel. Quelle chance nous avons eue !

Elle écouta Élise s'extasier pendant plusieurs minutes, puis se perdit dans ses propres pensées et demeura peu loquace durant tout le trajet.

Le soir venu, elle comprit qu'il lui faudrait du temps pour surmonter les sentiments que lui inspirait Chase...

De retour chez elle, elle fila vers sa chambre et s'assit sur son lit, égarée.

— Vous êtes malade ?

Cette question la fit émerger de ses souvenirs de Melton Park. Elle eut une vision un peu floue de Beth. Elle ne s'était même pas rendu compte qu'elle pleurait.

— D'après Élise, vous n'êtes plus vous-même.

Minerva soupira.

— J'ai fait une grosse bêtise, Beth.

— C'est cet homme, je parie. Vous avez accepté qu'il vous embrasse ?

Et beaucoup plus. Elle garda le silence.

— Ne vous en voulez pas.

Beth s'assit au bord du lit et ajouta :

— Ce n'était certes pas une bonne idée, vu les circonstances. Ce n'est pas l'homme qu'il vous faut.

— Je sais.

— Je vous ai prévenue de ne pas vous laisser séduire.

— C'est vrai.

— Mais ces choses-là n'ont rien à voir avec la raison, n'est-ce pas ? fit Beth en la prenant par les épaules.

La jeune femme fondit en larmes.

15

Chase resta deux jours de plus à Melton Park. Un soir, il sortit après le souper et tenta de s'introduire dans la maison à l'insu de tous. Il laissa son cheval dans l'allée, sous les arbres, et revint à pied. Malgré la présence des domestiques, il monta sans encombre sur le toit.

Le lendemain, il s'entretint longuement avec le régisseur et les garçons d'écurie.

Il lui faudrait savoir ce que le personnel avait révélé à Minerva. Ce qui le contraignait à revoir la jeune femme. Il l'entendait déjà lui assurer qu'ils n'auraient pas dû partager cette nuit d'amour. Cependant, il n'en regrettait pas une seconde, en dépit des complications qu'elle engendrait.

Il pensait à la jeune femme à tout moment de la journée. Il pensa à elle, même après son retour à Londres…

Le troisième jour, il quitta son appartement pour se rendre aux écuries voisines. Soudain, un grand jeune homme blond lui barra le passage.

— Je vous reconnais, dit Chase en le dévisageant. Vous étiez garçon d'écurie à Whiteford House.

— Pendant quelques jours, oui.

— Vous travaillez ici, désormais ?

— J'ai un message pour vous, de la part de ma mère. Vous devez la rejoindre à Portman Square à 15 heures. Elle veut vous parler.

— Qui est votre mère ?

— La gouvernante de Mlle Hepplewhite.

Il s'agissait donc du fils de Beth.

— J'y serai.

Le jeune homme disparut aussi vite qu'il était apparu. En récupérant sa monture, Chase se demanda combien de collaborateurs Minerva avait placés chez le duc, lors de la réunion de famille.

Beth flânait dans le parc. Il reconnut sa coiffe blanche. Il mit pied à terre pour aller à sa rencontre.

— Je crois que nous pouvons parler en toute discrétion, dit-elle en scrutant les alentours.

Ils marchèrent quelques instants.

— Je suis tiraillée, avoua-t-elle enfin. Minerva est rentrée à la maison dans un triste état. Elle s'en veut mais, pour moi, c'est vous le responsable.

— Je vous le concède.

— Vraiment ? Pourquoi avez-vous agi ainsi ? Son mari l'a anéantie. Elle ne vous l'a pas raconté ?

— En partie.

— C'était une brute de la pire espèce. Quand il buvait, il était cruel. Je ne suis restée à son service que parce que je devais élever seule mon fils.

Chase posa une main sur le bras de la gouvernante.

— Vous voulez dire qu'il la battait ?

— Ce n'est rien de le dire ! Quand il a ramené cette gamine de dix-sept ans à la maison, après l'avoir épousée, il s'est comporté à peu près normalement pendant deux mois. Ensuite...

Elle se sécha les yeux avec le coin de son tablier.

Innocente, sans famille vers laquelle se tourner... Finley cherchait une victime.

— Elle s'est sentie coupable, a essayé de le satisfaire. Elle avait peur. Je la retrouvais pleine d'ecchymoses, en larmes. Un jour, elle a cessé de pleurer, comme si une partie d'elle-même était morte. Selon elle, il aimait la voir souffrir et elle refusait de lui donner cette satisfaction plus longtemps. Les violences ont empiré, mais elle semblait indifférente à tout.

Fou de rage, Chase serra les dents. Si Finley n'avait pas déjà été mort, il...

— Elle a mûri très vite, reprit Beth. Elle a changé. Puis le miracle s'est produit.

— Quel miracle ?

— Un soir, nous étions à Londres... Il l'amenait rarement dans la capitale et ne l'autorisait pas à sortir. Un soir, donc, il a bu plus que de coutume et s'en est pris à elle. J'ai cru qu'il allait la tuer. Le lendemain, après son départ, un garçon est venu en demandant à parler à la maîtresse de maison. Elle n'était pas en état d'être vue, mais elle s'est présentée sur le seuil. Le gamin lui a remis une boîte et a filé. La boîte contenait des pièces d'or. D'où venaient-elles ? Nous pensions qu'il s'agissait d'une méprise et que quelqu'un allait venir les réclamer. Personne n'est venu. Si ce n'est pas un miracle, ça ?

— Alors elle est partie ?

— Avec moi et mon fils, dès notre retour dans le Dorset. Au début, nous vivions dans une seule pièce, le temps d'obtenir le divorce. Elle a acheté un pistolet et a appris à s'en servir. Elle l'emportait partout. Elle le gardait même dans son lit. Elle redoutait qu'il ne vienne la chercher pour l'obliger à rentrer à la maison. Heureusement, il est mort peu après avoir été contraint d'accepter une séparation. Je tenais à vous raconter ça. Elle s'est un peu confiée sur elle et vous. Elle a perdu confiance dans les hommes, surtout quand ils peuvent lui faire du mal. Les messieurs tels que vous devraient la laisser tranquille.

Beth affichait un air hostile qu'il ne pouvait lui reprocher. De plus, son enquête risquait de nuire à Minerva. N'était-ce pas pour voir s'il pouvait l'incriminer qu'il s'était introduit chez elle ?

Bien que se sachant une suspecte idéale, elle avait succombé non pas à son charme mais à son envie d'être libérée de ce passé pesant.

— Est-elle à la maison, en ce moment ?

— Non. Elle est à la City, dans un bureau. Elle avait rendez-vous.

— Savez-vous lequel ?

Beth secoua négativement la tête.

— Elle a mentionné un service dont j'ai oublié le nom. Il était question de bateaux, c'est tout ce que je peux vous dire.

— Merci de m'avoir parlé.

— Je vous ai épargné les détails sordides.

Sur ces mots, elle s'éloigna.

Il imaginait sans peine les sévices que ce monstre avait infligés à sa jeune épouse. Chase demeura abasourdi un long moment. Il aurait dû s'en douter, après la révélation de l'impuissance de Finley. Par la force de sa volonté, la petite souris que son mari avait façonnée était devenue une lionne.

Il remonta en selle et quitta le parc. Elle se renseignait sur des bateaux... Envisageait-elle de quitter le pays ?

Minerva referma le registre. En général, elle se réjouissait qu'une enquête aboutisse. Pas cette fois.

Il aurait fallu qu'elle parle à Chase, mais elle n'en ferait rien. Il ne tarderait pas à se renseigner sur l'endroit où chacun se trouvait, la nuit de la mort du duc. Il apprendrait alors ce qu'elle venait de découvrir : Kevin Radnor n'était pas en France, comme il l'avait prétendu, mais en Angleterre.

Elle remercia l'employé qui l'avait aidée et se leva. Au moment où elle émergeait du bâtiment, elle vit Chase Radnor de l'autre côté de la rue, les bras croisés, le visage fermé. Il vint à sa rencontre et riva ses yeux d'un bleu intense aux siens.

— Tu n'as rien à voir avec la mort du duc, commença-t-il. J'en ai la certitude.

— Sans la moindre preuve et malgré des indices qui s'accumulent contre moi.

— Je le sais, Minerva, un point c'est tout.

Sa confiance la toucha.

— Viens, j'aimerais te parler, si tu le veux bien, dit-il en lui offrant son bras.

Ils déambulèrent dans les rues de la City, jusqu'aux jardins de Lincoln's Inn. Assis sur un banc, ils regardèrent des avocats aller et venir.

Discrètement, Chase prit la main de la jeune femme. Leurs doigts gantés s'entrelacèrent sur le banc.

— Beth m'a parlé.

Elle frémit.

— Je le regrette.

— Moi, je m'en réjouis. Tout ce qu'elle m'a confié correspond à ce que tu m'as raconté. En plus terrible. J'aurais dû le comprendre. D'après Beth, il t'a fait beaucoup de mal.

Minerva fut parcourue d'un frisson.

— Nous avions peur qu'il n'aille trop loin. Heureusement, j'ai réussi à le quitter.

— Tu es venue à Londres, c'est cela ?

— Je suis allée vivre seule avec Beth et son fils. Il voulait que je revienne. Il a même lancé une procédure pénale pour m'obliger à réintégrer le domicile conjugal. C'était hors de question, alors j'ai trouvé l'information qu'il me fallait pour le contraindre à accepter la séparation.

— Tu as enquêté sur lui.

— Ce fut ma première enquête, avec l'aide de Beth et même de Jeremy, malgré son jeune âge. Nous avons appris qu'Algernon n'était pas toujours impuissant. Il se livrait à des jeux étranges avec une autre femme.

— Tu l'as menacé ?

— Quand je lui en ai parlé, il m'a ri au nez. Il n'avait même pas honte d'avoir pour maîtresse sa propre tante. Une femme de son sang ! J'ai donc décidé de les prendre sur le fait.

— Tu avais des témoins, je suppose.

— Bien sûr. J'ai trouvé leur lieu de rendez-vous et j'ai attendu qu'ils soient ensemble. J'ai payé l'aubergiste pour qu'il monte avec la clé. Ils étaient là, en pleine action. Je n'oserais pas décrire ce qu'ils faisaient devant un tribunal. Il a immédiatement proposé de l'argent à mes témoins, qui ont refusé. Une semaine plus tard, il acceptait une séparation.

— Tu as un courage extraordinaire, et tu es plus avisée que la plupart des hommes. Je n'ai jamais connu une femme comme toi.

Elle sentit qu'il avait d'autres questions à lui poser. Elle devinait lesquelles.

— Oui, dit-elle. Je sais ce que tu penses. Cela a commencé comme ça. Son impuissance le rendait fou de colère et violent. Le seul moyen de survivre, pour moi, était de ne plus rien ressentir.

— Si j'avais su, je n'aurais pas..., souffla Chase.

— Tu ne m'aurais pas touchée, ni embrassée, fit-elle en déposant un baiser sur sa joue. Et je n'aurais jamais compris qu'il n'avait pas totalement anéanti cette partie de moi. Ma féminité.

Il embrassa sa main.

— Passons le reste de la journée ensemble, tu veux bien ? Allons dans un endroit où tu pourras sourire, rire, être Minerva Hepplewhite. Je suis prêt à faire les boutiques avec toi, si cela te chante.

Elle sourit.

— Je comptais commander un nouvel ensemble. Connais-tu une bonne couturière ?

— Une ou deux. Allons-y !

Ils retournèrent chercher le cheval de Chase, qu'il attacha à un fiacre. La jeune femme espérait que la couturière accepterait une commande à crédit...

— C'est une folie, dit Minerva dans la voiture qui les ramenait chez elle.

Elle s'était offert non pas un mais deux ensembles.

— Pas du tout, répondit Chase. La directrice de l'agence Hepplewhite se doit d'avoir une garde-robe digne de ce nom. Je regrette que tu n'aies pas commandé cette robe de soirée également.

— Elle était trop chère.

— N'oublie pas que tu es une riche héritière.

— Tu n'aurais pas dû le dire à Mme Tissot.

Impressionnée, celle-ci lui avait proposé les plus belles étoffes et des modèles luxueux, comme cette robe du soir en soie, dont le décolleté et la taille étaient ourlés de perles fines. Hélas, elle ne pouvait se permettre d'acheter un tel article, qu'elle ne mettrait sans doute jamais.

— Mes deux ensembles en laine suffiront, dans l'immédiat.

Elle chassa de son esprit ses recherches de la journée pour évoquer une autre information.

— Je n'ai pas eu l'occasion de t'en parler. Une domestique m'a fait une révélation, à Melton Park.

Elle relata les confidences de Joan.

Il hocha pensivement la tête.

— C'était peut-être un autre domestique.

— Je ne le pense pas. Et toi ?

— Je ne sais pas. C'est un détail de plus à noter, en tout cas, peut-être un maillon manquant de la chaîne de la vérité.

— Un élément à noter dans ta liste, tu veux dire.

— Oui, celle des pièces à conviction et non celle des faits avérés.

Il demanda au cocher de s'arrêter à deux rues de chez elle. Lorsqu'il se tourna à nouveau vers elle, elle comprit qu'ils ne parleraient plus de leur enquête dans l'immédiat.

Il lui caressa tendrement la joue.

— Je veux que tu viennes à moi si tu en as envie, expliqua-t-il. N'importe quand. Il te suffit de m'envoyer un message au préalable, de jour comme de nuit. Nous pourrons bavarder, faire des emplettes. Tout ce que tu voudras. Ne te sens pas contrainte par quoi que ce soit.

Il ordonna au cocher de poursuivre son chemin. Devant chez Minerva, il lui tendit la main pour l'aider à descendre. La jeune femme le dévisagea et l'embrassa furtivement, avant de mettre pied à terre.

— Beth nous observe depuis la fenêtre, dit-il avec un sourire.

Elle aperçut sa coiffe blanche derrière la vitre.

— Son fils nous espionne depuis l'allée.

Les cheveux blonds de Jeremy étaient visibles derrière le portail.

Elle sourit.

— Je vais devoir m'expliquer, je crois.

Sur le seuil, elle pivota pour le voir détacher son cheval et s'éloigner dans la rue. Enfin, elle entra. Elle allait avoir une longue conversation avec les deux seuls êtres à qui elle avait osé faire confiance depuis cinq ans.

16

Derrière son masque, Chase observait son adversaire à l'escrime tandis qu'ils croisaient le fer. Cela faisait presque une heure qu'ils s'affrontaient. Jusqu'à présent, ils faisaient jeu égal.

Une offensive, une esquive. Chase baissa les yeux sur la pointe de l'épée posée sur son torse.

— Tu as fait des progrès, admit-il en ôtant son masque.

— J'ai pris des leçons avec un maître d'armes en France, répondit Kevin.

Ils commencèrent à se défaire de leur équipement.

— Tu ne l'aurais jamais emporté au sabre, ajouta Chase.

— Nous nous sommes affrontés à l'épée, ce qui n'est pas ta spécialité, je le sais. J'ai apprécié ce combat.

— Moi aussi.

La fatigue atténuait son humeur maussade.

Il n'avait pas vu Minerva depuis deux jours et n'avait reçu aucune nouvelle d'elle. Il ne pouvait lui en vouloir. Il avait l'esprit en ébullition, cherchant à se convaincre qu'il s'était comporté de la meilleure manière possible.

Ce matin-là, il avait parcouru quelques lettres fraîchement arrivées. Nicholas voulait l'adresse de Mlle Hepplewhite pour l'inviter à dîner. Il avait rejeté la requête sans hésitation. Les complaintes de tante Dolorès s'étaient retrouvées sur la pile du courrier non urgent. Peel sollicitait un rapport dans la semaine. Qu'il aille au diable.

Kevin et lui allèrent prendre une douche et se rhabiller. Kevin semblait un peu négligé dans sa tenue.

— Tu n'es pas rentré chez toi, hier soir ?

— Pourquoi cette question ? demanda le jeune homme en nouant sa cravate.

Chase désigna son col douteux et sa chemise froissée.

— J'ai traîné..., fit le jeune homme d'un ton désinvolte. Je faisais des recherches, si tu tiens à le savoir.

— Sur quoi ?

— J'ai vu tes annonces dans les journaux. Encore. Tu ne trouveras pas ces femmes ainsi. J'ai décidé de faire mes propres enquêtes.

— Dans les bordels, c'est ça ?

Kevin enfila sa veste.

— Je ne plaisantais pas en te donnant ce conseil.

— Celle que j'ai localisée n'était pas dans un bordel. Elle n'y a même jamais mis les pieds. L'oncle Frederick fréquentait peut-être ce genre d'endroits, mais il n'aurait pas eu l'idée de léguer quelque chose à ces filles.

— Dans ce cas, je perds mon temps. Mais c'est mon droit le plus strict. Ce n'est pas le temps qui me manque, en ce moment.

— Tu as obtenu des résultats ?

Si son cousin voulait courir les maisons closes, grand bien lui fasse ! Il connaissait ces établissements.

— J'ai découvert avec agacement que certaines filles étaient très discrètes en ce qui concerne notre oncle.

Les deux hommes quittèrent la salle d'armes.

— En tant que duc, il devait exiger une discrétion absolue, répliqua Chase.

— Hier soir, j'ai essayé une nouvelle approche. J'ai annoncé d'emblée à la tenancière que j'étais son neveu et que je voulais rencontrer sa dernière favorite pour jouir de ses faveurs à mon tour.

— Une passe en hommage à ton oncle ! s'esclaffa Chase. Tu es un grand sentimental, dis-moi.

— Je me disais que sa favorite connaîtrait certainement les précédentes, y compris leur véritable identité. Elles prennent toutes un pseudonyme.

— Je ne suis pas né de la dernière pluie, Kevin.

— Je voulais prendre une chambre avec cette fille et la faire parler.

— Très habile.

— Tu es sarcastique ?

— Non. Comment s'est déroulé ton plan ?

— La tenancière m'a répondu qu'il lui semblait malsain qu'un parent boive dans le même verre que le défunt. Elle était très sérieuse, en plus ! J'ai eu l'impression d'être sermonné. Elle m'a pratiquement accusé d'être un cochon.

Ils rejoignirent leurs montures.

— Je parie que l'oncle lui avait ordonné de nous refuser ses femmes, marmonna Kevin. Ne ris pas ! Tu sais à quel point il pouvait être égoïste.

— Je ne ris pas. Enfin, pas beaucoup. Je pense que tu as peut-être raison.

Kevin détacha son cheval.

— Il ne voulait pas faire l'objet de comparaisons.

Chase s'esclaffa de plus belle.

— Je me rends à Whiteford House pour faire quelques recherches, annonça Kevin avant de monter en selle. Tu m'accompagnes ? On boira de cet excellent vin dont Nicholas a hérité.

— J'ai autre chose à faire, désolé. Tu vas chercher l'automate ?

— Entre autres choses. Notre conversation a fait ressurgir des souvenirs.

Il fit volter son cheval et partit vers l'ouest, tandis que Chase mettait le cap vers l'est.

M. Oliver était mécontent. Ventripotent, le crâne dégarni, il ne cessait de regarder sa femme avec une impatience à peine contenue. Assise en face de lui dans leur salle à manger, Minerva ouvrit le paquet qu'elle avait apporté.

— Mademoiselle Hepplestone, ma femme n'aurait jamais dû vous faire perdre votre temps.

— Hepplewhite. Je m'appelle Hepplewhite. Dans quelques minutes, vous la remercierez.

— C'est peu probable. Les femmes n'ont pas le sens des affaires, et je ne tolère pas leur ingérence.

— Ce n'était pas de l'ingérence, objecta son épouse.

— Comment appelles-tu ton comportement ? rétorqua-t-il.

— Votre femme a remarqué une anomalie et m'a demandé de confirmer ses soupçons. Si vous préférez vous faire escroquer et voir votre entreprise compromise, je peux m'en aller sur-le-champ.

Ayant réussi à capter son attention, elle lui exposa ses résultats et présenta les articles achetés dans la boutique incriminée.

— Seymour avait vendu tout son stock et attendait une livraison, précisa-t-elle. J'ai vu votre représentant entrer dans la boutique. Une demi-heure plus tard, j'ai pu acheter ces dentelles. Cet article est particulièrement intéressant.

Oliver mit ses lunettes et examina la marchandise.

— Enfer et damnation ! Ce modèle ne fait pas partie de mon catalogue.

— Il en était très fier et en attendait de gros profits.

— Le voleur..., grommela Oliver. Dieu sait ce qu'il a fait d'autre...

— Bien. Je vais vous laisser, déclara Minerva.

— Je vous raccompagne, proposa Mme Oliver.

Sur le seuil, elle se pencha vers Minerva :

— Beau travail. Envoyez-moi votre note d'honoraires.

— Vous ne me devez rien, répondit-elle en regardant en direction de la salle à manger. Il n'est pas du genre à vous en vouloir, j'espère ?

— Dans deux jours, il aura oublié mon intervention et s'attribuera tout le mérite.

Naturellement. Il n'allait pas admettre que sa femme avait eu raison...

— Une livraison ! lança Beth.

Minerva vit un gros paquet rectangulaire dans l'escalier. Il était bien trop gros pour Beth, qui faillit tomber à la renverse. Elle s'empressa de l'aider.

— Un cadeau ? hasarda Beth en désignant le ruban de mousseline qui l'entourait.

Minerva le dénoua. La boîte en carton ne contenait pas ses deux ensembles en laine, mais la superbe robe de soirée qu'elle n'avait pas osé acheter.

Beth en eut le souffle coupé.

— Vous m'aviez parlé de tenues de tous les jours, pas d'une telle splendeur, murmura-t-elle.

— Il s'agit d'une erreur. Cette couturière aura mal compris.

Elle souleva la robe dont la soie moirée surpassait les étoffes les plus sophistiquées.

— Et ceci ? fit Beth en sortant une autre pièce, un peignoir qui se déplia de lui-même et qu'elle avait admiré chez la couturière.

Beth fit la moue et ajouta :

— Il est superbe. Le vôtre a été raccommodé plusieurs fois.

Elle effleura le fin tissu.

— Ce n'est peut-être pas une erreur. La couturière voulait peut-être que vous l'ayez.

— Ces gens ne font pas de tels cadeaux à une cliente comme moi. Remballe tout ça et dis à Jeremy de...

— C'est peut-être M. Radnor qui voulait vous remercier de votre coopération.

Sa coopération ? Elle contempla les articles avec convoitise.

— Dans ce cas, je ne puis accepter. Ce serait inconvenant.

— Très inconvenant, confirma Beth en palpant la dentelle. C'est exquis.

Minerva admirait les perles du décolleté de la robe.

— Il est vraiment dommage de devoir les rendre. Hélas, il le faut.

— Pas forcément, fit Beth en haussant les épaules. Vous m'avez écoutée quand je vous ai conseillé de ne plus rien avoir à faire avec cet homme, mais vous n'avez pas accepté formellement. Et vous ne l'avez pas évité.

Minerva se sentit rougir. Elle était toujours tiraillée entre le désir charnel et toutes les bonnes raisons de fuir cet homme.

— Je vous comprends, reprit Beth. Si seulement il était marchand ou poissonnier, tout sauf détective !

— Si seulement…

Beth porta le peignoir vers l'armoire.

— Attendons quelques jours, pour voir si la couturière signale son erreur, décréta-t-elle. Dans le cas contraire, vous pourrez toujours renvoyer les articles si vous le voulez.

17

La lettre de Chase recelait une phrase lapidaire : *J'exige de savoir pourquoi tu as enquêté sur les déplacements de mon cousin Kevin, le mois dernier.* Rien n'indiquait comment elle était supposée lui fournir ces explications. Par courrier, sans doute.

Il vérifiait toutes les versions des membres de sa famille, apparemment. En se renseignant sur Kevin, il avait appris sa visite dans les locaux du service de transports maritimes.

Leur conversation de ce jour-là n'avait pas bifurqué vers les raisons de la présence de la jeune femme dans le quartier.

Elle avait pourtant préparé un mensonge, au cas où elle aurait dû se justifier :

« Je me renseignais sur la ville d'Amérique où mon oncle et mes cousines ont débarqué après avoir quitté l'Angleterre. »

Elle s'assit pour lui écrire, mais s'interrompit très vite. Pas question de lui répondre par lettre. Il était en droit d'obtenir des réponses rapidement.

Elle prit une autre feuille de papier.

Je viendrai à 20 heures, ce soir, pour te dire ce que je sais.

Elle chargea Jeremy de livrer le message, puis tenta de se concentrer sur le reste de sa journée. Mme Oliver lui envoyait une nouvelle cliente, Mme Jeffers, qui recherchait un cousin perdu de vue. Ce dossier lui changerait les idées.

Elle dîna en compagnie de Beth et Jeremy, puis monta se préparer dans sa chambre. Ses doigts tremblaient tant qu'elle eut du mal à se coiffer. Elle oublia même son réticule. Enfin, elle pria Jeremy de lui trouver une voiture.

— C'est inutile, répondit-il. Il y en a une qui passera vous chercher dans quelques minutes. Elle est là depuis une demi-heure et le cocher est parti faire un tour.

— C'est gentil d'y avoir pensé.

— Je n'y suis pour rien. Je ne savais pas que vous sortiez.

Il la toisa d'un air curieux.

— Ne rentrez pas seule au milieu de la nuit, reprit-il.

— Je serai de retour dans une heure tout au plus, et je rentrerai sans doute en voiture.

— Espérons-le, conclut Jeremy en faisant signe au cocher.

Très agité, Chase marchait de long en large dans sa bibliothèque. En recevant le message de Minerva, il s'était dit : « Enfin ! » Hélas, elle ne venait pas chez lui pour les raisons qu'il espérait. Même pas par amitié. Il avait exigé des explications, et elle avait décidé d'accéder à sa demande. Rien de plus.

Si son corps n'acceptait pas cette vérité, c'était sans doute à cause de la frustration accumulée ces derniers jours...

— Monsieur, j'ai préparé du porto chaud. Je le garde en réserve jusqu'à l'arrivée de votre visiteuse, annonça Brigsby, surgissant de nulle part. Dois-je prévoir un souper pour deux ? J'ai du gibier.

— Je ne crois pas.

— Je peux vous préparer un repas pour plus tard, après le départ de cette personne.

— Comme vous voudrez. Je n'en ai que faire !

Le majordome arqua les sourcils et pinça les lèvres. Puis il disparut aussi vite qu'il était venu. Il remonta bientôt l'escalier et s'approcha en se lissant les cheveux.

— Monsieur, Mlle Hepplewhite demande à vous voir, annonça-t-il.

— Faites-la entrer, bon sang !

Minerva apparut quelques instants plus tard. Brigsby referma la porte de la bibliothèque. Elle était particulièrement belle, ce soir, avec son teint lumineux et ses prunelles sombres. Il la fixa un peu trop longtemps avant de l'inviter à s'asseoir.

— J'ai préféré répondre en personne à cette lettre grossière, de peur que tu ne te méprennes sur des explications écrites.

— Elle n'était pas grossière. Elle était directe.

— Directement grossière. Cependant, je comprends ton mécontentement. Tu pensais que je te dirais tout, comme une employée loyale. Ce que je n'ai jamais été.

— Je pensais que tu me fournirais les renseignements que tu récoltes, puisque nous partageons nos informations.

— Je vois, fit-elle en levant fièrement la tête. Donc, tu m'as tout dit de ton côté ?

Un silence pesant s'installa.

— Je m'en doutais, reprit-elle. En tout cas, me voici. Pose-moi tes questions, et j'y répondrai dans la mesure du possible.

— Je sais que tu es allée consulter les registres des passagers maritimes sans me le dire ensuite.

— Tu ne m'as rien demandé. Nous avons parlé d'autre chose.

De choses importantes. Il aurait aimé revivre cet après-midi d'intimité retrouvée. Il se força à revenir au sujet qui les préoccupait.

— Je suis allé dans ce bureau et l'employé se souvenait d'une femme ayant consulté les mêmes registres. Toi.

— Tu sais donc que ton cousin Kevin n'était pas à l'étranger au moment de la mort de ton oncle. Qu'il est rentré de France pour quelques jours, avant d'y retourner.

Chase serra les dents et alla se poster près de la cheminée.

— Je veux savoir ce qui t'a poussée à chercher son nom sur une liste de passagers.

— C'est une phrase de M. Edkins.

— Le valet ?

— Il me disait que son maître avait coutume de se promener sur le toit, la nuit, pour se calmer, du moins en général. Parfois, il en revenait énervé. La veille de sa mort, le duc est redescendu en maugréant qu'ils se comportaient comme s'il était une banque qu'ils n'avaient pas à rembourser. Qu'après tout ce qu'il avait donné à ce garçon, il en voulait encore pour sa maudite invention. Il m'a semblé évident qu'il parlait de Kevin, alors que ce dernier était censé être à l'étranger.

— Et naturellement, tu es allée vérifier qu'il n'y était pas. Nom de Dieu, Minerva ! Pourquoi ne m'en as-tu pas parlé ?

Le visage de la jeune femme se voila et son regard se fit vague. Elle s'était mise aussitôt en retrait de sa colère, comme elle avait appris à le faire avec Finley.

Affolé, il alla s'agenouiller devant elle et lui prit les mains.

— Je suis désolé. Je n'aurais pas dû m'emporter.

Elle ne retira pas ses mains des siennes, et finit par croiser son regard.

— Je savais que cela te perturberait, dit-elle en retrouvant un peu de son allant. Je voulais t'épargner, tout en sachant que tu finirais par l'apprendre, bien sûr. Je n'avais pas à être la porteuse de mauvaises nouvelles, puisque tu allais enquêter sur chacun des membres de ta famille.

Touché par sa sollicitude, il lui embrassa les mains.

— De plus, ajouta-t-elle, je ne crois pas que ce soit lui le coupable.

— Ah non ?

— Ce n'est pas son genre.

— Il n'y a pas de « genre » qui tienne, Minerva.

— Je ne suis pas d'accord, objecta-t-elle en se penchant vers lui. Puisque tu es à genoux, en proie aux affres du remords, le taquina-t-elle, réponds à ma question : dis-moi ce que tu ne m'as pas révélé.

— Un détail. Une broutille.

— Permets-moi d'en décider.

Il se redressa.

— Il reste à confirmer l'éventuelle visite de Kevin à l'oncle Frederick. En tout cas, il a reçu une autre visite.

— De qui ?

— Une femme. C'est tout ce que je sais. Je n'ai pas de description.

— Qui te l'a dit ?

— Edkins.

Elle fronça les sourcils.

— Il ne m'en a pas parlé...

— Il fallait lui poser franchement la question. C'est parfois plus efficace.

— Ma méthode a bien fonctionné, assura-t-elle. À l'avenir, nous devrions peut-être nous partager le travail : j'obtiendrai des détails involontairement, et toi des réponses à tes questions directes.

Il s'assit sur le divan à côté d'elle, sans lâcher sa main.

— C'est un excellent plan.

Leur proximité, leur intimité fit oublier à Chase les propos d'Edkins.

Minerva le regarda droit dans les yeux.

— Tu ne m'as rien dit parce que cette femme aurait pu être moi. C'est cela ?

— Je savais que ce n'était pas le cas. Et je ne voulais pas que tu penses que je te soupçonne.

— Comment savais-tu que ce n'était pas moi, si personne n'a vu son visage ?

— Je le savais, c'est tout.

Minerva se doutait que Chase espérait beaucoup de cette nuit. À en juger par son propre désir, il fallait qu'elle prenne rapidement une décision. Il régnait une tension palpable entre eux. Elle ressentait le trouble de Chase, même s'il n'en laissait rien paraître.

Il ne la séduirait pas, comprit-elle. Il était prêt à bavarder avec elle pendant des heures, si elle le souhaitait.

Le domestique leur apporta un plateau et versa du porto chaud dans deux verres. Elle dégusta l'alcool épicé pour se donner une contenance, puis posa son verre après le départ du majordome.

— Je n'arrive pas à me décider, avoua-t-elle. J'hésite...

Il haussa les épaules.

— Je doute que la réponse que tu cherches te vienne comme par magie. Et tu n'as pas à te décider tout de suite.

Il fallait qu'elle prenne son courage à deux mains. Elle en avait assez d'être l'esclave de ses démons.

— Tu devrais m'embrasser, dit-elle.

Il ne se fit pas prier et posa aussitôt ses lèvres sur les siennes. La barrière qu'elle avait dressée entre eux céda. Il prit son visage entre ses mains pour la dévorer de baisers avec une passion qui démentait son attitude posée.

Il l'enlaça et l'embrassa dans le cou, sur l'épaule. Elle connaissait ces sensations et s'y abandonna avec joie. Elle sentit son sang bouillonner dans ses veines. Elle parvint à lui ôter sa veste et sentit ses muscles fermes sous sa chemise. Puis ce fut au tour de sa cravate de tomber à terre. Elle osa un petit baiser dans son cou.

Il en voulait davantage, et entreprit de déboutonner sa pelisse.

— Tu penses faire ça ici ? s'enquit-elle en balayant la pièce du regard.

— Seulement si tu en as envie, répondit-il avec tendresse.

Le tapis ne semblait pas très confortable.

— Ce n'est pas raisonnable, décréta-t-elle.

— Suis-moi, alors, ordonna-t-il en l'entraînant par la main.

Ils n'allèrent pas très loin, car il n'occupait qu'un étage de la maison. Derrière un escalier, il lâcha la main de la jeune femme pour actionner le loquet d'une porte.

La chambre était élégante et masculine, un peu trop classique, peut-être, avec ses boiseries sombres. Face à l'immense lit, elle sentit poindre de mauvais souvenirs, mais elle les chassa bien vite.

Les rideaux étaient simples, à son image. Il ne se souciait guère de la mode. Il ferma la porte de ce qui devait être l'antichambre.

— Veux-tu que je me déshabille ? demanda-t-elle.

— Reste ici.

Il alla fermer la porte à clé, puis ôta les boutons de sa chemise.

Dans la lueur dorée d'une chandelle, ils se retrouvèrent face à face. La gorge de la jeune femme se noua d'émotion. Il était si beau, si masculin.

— Tu peux te dévêtir, à présent.

Elle déboutonna sa robe de ses doigts tremblants. Le tissu glissa sur ses épaules et tomba à terre. Chase le suivit des yeux, puis son regard remonta le long de son corps.

Elle s'attaqua ensuite à ses dessous, de plus en plus nerveuse et maladroite. Il aimait cet effeuillage sensuel, elle le lisait dans son regard. Elle se pencha pour dérouler ses bas.

— Garde-les pour la fin.

Elle allait se retrouver nue au milieu de la pièce, et non au lit ou dans ses bras. Relevant le défi, elle ôta sa camisole et le dévisagea, audacieuse et provocante. Percevant son désir, elle fut parcourue d'un frisson.

Il posa les yeux sur ses jambes, comme pour l'inviter à enlever ses bas. Elle plaça un pied sur une chaise pour faire rouler le premier sur sa peau. Sa posture la troubla, surtout lorsqu'elle ôta le second bas, car Chase s'était déplacé pour mieux la contempler.

À peine capable de tenir debout, tant elle tremblait de désir, elle vit Chase s'agenouiller devant elle pour faire doucement glisser son bas sur sa cheville. Il se pencha pour embrasser l'intérieur de sa cuisse, avant de remonter lentement. Elle sentit son souffle sur son sexe, léger comme une plume.

Elle n'osait fermer les yeux, de peur de basculer. Il poursuivit ses baisers enivrants et ses caresses sur sa jambe. Il enfouit la main entre ses cuisses, dans les replis humides. Un tourbillon sensuel l'emporta. Elle lui agrippa les épaules et laissa monter le plaisir.

Il déposait des baisers brûlants sur son ventre, ses hanches. Elle repoussa sa chemise pour dénuder son torse et sentir enfin sa peau.

— Assieds-toi dans le fauteuil, ordonna-t-il dans un souffle.

Il l'attira vers le bord du siège et embrassa ses cuisses tremblantes, puis se pencha sur le cœur de sa féminité.

— Je peux ?

Elle opina sans comprendre ce qu'il lui demandait. Elle voulait simplement le plaisir qu'il lui offrait. Dès le premier contact de ses lèvres sur son bouton de rose, elle se cambra, transpercée d'un plaisir indicible. Elle se mit à gémir.

Soudain, il attrapa ses pieds pour les poser sur ses propres épaules, et souleva ses hanches pour avoir un meilleur accès à son sexe brûlant qu'il dévora de la langue. Le plaisir monta encore de plusieurs crans, irrépressible. Au moment où elle croyait ne pouvoir en supporter davantage, son plaisir explosa en vagues successives et elle fut secouée d'éclairs magiques et fulgurants.

Il sentit à ses gémissements qu'elle était proche de la jouissance. Quand elle poussa un cri, le corps tendu, il eut l'impression de remporter une victoire. Il se redressa et finit de se dévêtir sous son regard voilé. Elle semblait repue. Lorsqu'il la souleva pour la porter vers le lit, elle murmura des mots qu'il ne saisit pas.

Sur le matelas, elle se plaça à califourchon sur lui, comme la dernière fois, et se pencha pour l'embrasser.

Il prit ses seins dans ses mains et les pétrit. Elle rejeta la tête en arrière et offrit son buste à sa bouche, tout en se frottant contre ses hanches.

Le regard hanté, elle passa lentement un doigt sur la verge durcie jusqu'à le rendre fou. Fière du pouvoir qu'elle avait sur lui, elle poursuivit son exploration par une caresse plus ferme. Chase n'en pouvait plus. Il devait l'arrêter.

Lorsqu'il la prit par les hanches, elle comprit ce qu'il voulait et l'inséra dans sa chaleur humide. Il serra les dents dès les premiers mouvements de va-et-vient sensuel. Bientôt, il prit le relais, ivre de volupté, pour la posséder totalement et monter vers l'apothéose qui les emporta au même instant.

Elle s'écroula sur lui, dans ses bras, et embrassa son cou. Dans sa torpeur, il crut l'entendre crier à nouveau.

Ils restèrent un long moment enlacés, en silence, ce dont il se réjouit. Les mots risquaient de gâcher la perfection de leur union. Enfin, elle se dressa sur un avant-bras pour l'observer.

— Merci, dit-elle avec un regard intense. Tu as été un héros, mais différemment, cette fois.

— Je t'ai fait mal ?

— Non. J'ai aimé cela. Tu peux arrêter de faire attention à ne pas me brusquer, je crois.

Il n'osait pas penser à une prochaine fois, or elle venait d'y consentir. Elle se redressa sans dissimuler sa nudité. Ses seins plus lourds attirèrent le regard de Chase.

— Il est temps que je parte, annonça-t-elle.

— Fais ce que tu veux. Tu n'as pas de comptes à me rendre, tu sais.

— Beth...

— Elle sait où tu es.

— Oui, mais...

— Elle a deviné pourquoi tu venais, même si ce n'était pas ton cas.

Minerva s'écarta pour se lever.

— Avant de t'habiller complètement, reprit-il, va regarder par la fenêtre, à l'endroit où les deux maisons se rejoignent.

Elle enfila sa camisole et s'éloigna vers le salon.

— Quand l'as-tu remarqué ? s'enquit-elle à son retour.

— Peu après ton arrivée.

— Il a dû s'accrocher à l'arrière de ma voiture.

— Ou il a couru de toit en toit. Il est vif et connaît la ville comme sa poche. S'il ne travaillait pas pour toi, je tenterais de le recruter.

Elle ramassa sa robe et la secoua.

— Je ne lui ai rien demandé, tu sais.

— Il a agi de sa propre initiative, je m'en doute. Il attend, au cas où tu changerais d'avis et où je me mettrais en colère.

— Je ferais mieux de partir, pour lui épargner de faire le pied de grue toute la nuit.

— Tu pourrais aussi ouvrir la fenêtre et lui dire de rentrer à la maison.

— Dans ce quartier ? railla-t-elle. Tes voisins seraient scandalisés. Aide-moi à nouer ma robe, je te prie.

Il s'exécuta et, ensemble, ils se rhabillèrent pour retrouver une apparence plus civilisée. Chase prit la jeune femme dans ses bras.

— Il va falloir régler cette question avec lui et sa mère, Minerva. Ils n'ont pas à m'aimer, bien sûr, mais ils doivent respecter tes décisions.

Elle acquiesça.

— Et je te promets de ne parler à quiconque de notre conversation de tout à l'heure, dit-elle.

Il en fut touché.

Sur le pas de la porte, il la fit patienter pour se diriger vers Jeremy. Il lui remit quelques pièces.

— Prenez donc un fiacre pour rentrer chez vous. Je la raccompagne.

Le jeune homme l'observa un instant, puis il fila sans demander son reste.

18

Toute la journée du lendemain, Minerva erra comme une âme en peine dans la maison, la tête pleine des souvenirs de la nuit.

Elle savait qu'il existait des femmes qui aimaient l'intimité physique. Elle les avait crues superficielles. Comme elle les comprenait, à présent ! Sans doute avaient-elles épousé un homme qui savait s'y prendre. Quand l'amour et la tendresse étaient au rendez-vous, ce devait être encore mieux.

Chase et elle avaient-ils de l'affection l'un pour l'autre ? Elle éprouvait des sentiments pour lui, sans doute, mais quand étaient-ils apparus ?

Après un repas durant lequel Jeremy s'était montré bavard, elle se rendit à peine compte que Beth faisait la vaisselle.

— Comment s'est déroulée votre visite chez M. Radnor ? demanda celle-ci.

D'un regard, Minerva comprit que Beth était au courant de tout.

— Très bien, répondit-elle. S'il m'en voulait un peu de mes cachotteries, il a compris mes arguments.

— C'est très raisonnable de sa part.

— Donc, cette conversation a été fructueuse, à l'image de toute la soirée. En réalité, elle a été merveilleuse à certains égards.

— Ravie de l'entendre, fit Beth. Désormais, je ne dirai plus un mot de travers sur lui. À moins qu'il ne m'en donne l'occasion.

Fidèle à lui-même, Brigsby se garda de tout commentaire. Il prépara un bain et ramassa les vêtements épars dans la chambre de son maître. Il prépara Chase et servit un petit déjeuner pour une personne. Il monta le courrier et le journal.

Quand Chase regagna sa chambre pour écrire sa correspondance, il changea les draps du lit, comme si ce genre de visite nocturne était monnaie courante.

Il termina trois lettres à temps pour que Brigsby aille les poster. À peine son valet fut-il parti que Chase reprit la plume.

Vers 13 heures, il se rendit à Gilbert Street où vivait sa tante Agnès. Le majordome l'escorta vers un petit salon à l'étage. Ses deux tantes étaient installées sur un divan, chacune à une extrémité. L'une observait le mur, l'autre le sol.

Après la réunion avec le notaire, Dolorès était restée en ville pour tenter de faire valoir ses idées. Par deux fois, elle avait prié Chase de convaincre Nicholas de se rallier à elle. Il avait toujours refusé fermement. Nicholas avait forgé son opinion, et c'était à Dolorès d'infléchir la sienne.

Si les deux sœurs se ressemblaient, Agnès avait une douceur dans les traits dont Dolorès était dénuée. Elles étaient toutes deux très grandes, mais Dolorès était aussi maigre qu'Agnès était ronde.

— Assieds-toi, Chase, dit Dolorès. Il est rare de te voir en petit comité.

C'était mauvais signe.

— Vous avez bien profité de la ville ?

— Je préfère la campagne, comme tu le sais. Mon petit cottage du Kent.

— Tu parles d'un petit cottage ! railla Agnès.

La bâtisse comptait une quinzaine de chambres.

— Vous comptez rester encore longtemps ?

— Oui, Dolorès, renchérit Agnès. Tu comptes rester encore longtemps ?

— Jusqu'à ce que cette affaire soit réglée, répondit Dolorès, les sourcils froncés.

— Si tu comptes la régler à ta façon, cela prendra des années et tu mourras ici, objecta Agnès. Je te le répète, tu peux tout faire par courrier. Et si ta présence est requise, ton *petit* cottage se trouve à une journée de Londres.

Chase avait semble-t-il interrompu une querelle et sa question venait de jeter de l'huile sur le feu.

— Je t'ai dit que je ne m'imposerais pas beaucoup plus longtemps, assura Dolorès de sa voix grave. Je profiterai de l'hospitalité de mon neveu, si tu préfères. Nicholas acceptera de me recevoir quelques jours.

Chase s'alarma. Nicholas le tuerait s'il laissait faire une telle chose.

— Tante Dolorès, vous ne seriez pas bien chez lui. La maison est sens dessus dessous, avec ces allées et venues de domestiques. Il paraît que la nouvelle gouvernante vient de prendre ses fonctions. Nicholas serait gêné de vous imposer ce chaos.

Si Dolorès ne dit mot, Agnès ne masqua pas sa satisfaction.

— Si vous voulez rester en ville quelques semaines de plus, louez donc une maison, proposa Chase. Il y en a beaucoup de libres, en cette saison.

— Excellente idée ! renchérit Agnès avec un regard complice à son neveu.

— C'est trop cher, je te l'ai déjà dit ! Malheureusement, mon frère m'a laissée dans une telle situation que je compte chaque sou. Alors qu'il avait de l'argent caché.

— J'ai l'impression que tu vas t'incruster chez moi pour toujours.

— Jusqu'à ce que cette affaire soit réglée !

— Que Dieu me vienne en aide, fit Agnès en implorant Chase du regard. Elle a rencontré un juriste pour contester le testament. Ne fais pas semblant d'être choquée : je suis au courant, chère sœur. Chase parviendra peut-être à te ramener à la raison.

— J'espérais que Nicholas s'en serait déjà chargé, marmonna Chase.

— De quel droit dis-tu ça, Agnès ?

Il les laissa s'entre-déchirer pendant cinq minutes, avant de se lever.

— Je vais prendre congé pour revenir un autre jour. Tante Dolorès, je souhaitais vous entretenir d'autre chose que de votre lieu d'habitation.

— Je croyais que c'était une visite de courtoisie, fit Agnès, perplexe.

— Pas vraiment.

Elles l'observèrent, puis échangèrent un regard intrigué.

— Assieds-toi, Chase, dit Agnès. Nous garderons nos querelles pour nous.

— D'accord. J'irai droit au but. J'ai enquêté sur la mort de l'oncle Frederick. À Melton Park, j'ai découvert des éléments intéressants. J'ai des questions à vous poser.

— À elle ou à moi ? demanda Agnès.

— D'abord à vous deux, puis à tante Dolorès.

— Quelle audace ! commenta l'intéressée en se crispant.

— Tu ne sais même pas ce qu'il va nous demander ! lui reprocha Agnès.

Chase décida d'ignorer interruptions et commentaires.

— Étiez-vous à Melton Park le jour de sa mort ?

Agnès demeura bouche bée, et Dolorès blêmit.

— Qu'est-ce que tu nous demandes là ? fit cette dernière.

— Ma question est pourtant simple. J'ai d'autres moyens de le savoir, mais je préfère vous le demander directement.

— Dans ce cas, ma réponse est non.

— La mienne aussi, ajouta Agnès. Quelqu'un a affirmé que nous y étions ? Quelqu'un nous accuse ou nous cherche des noises ?

— Rien de tout cela. Je dois éliminer certaines hypothèses, c'est tout. Merci d'être franches.

Elles se détendirent un peu.

— Tante Dolorès, j'ai d'autres questions un peu plus complexes. Souhaitez-vous les entendre en privé ?

— Je vous laisse, fit Agnès en se levant.

— Non ! protesta Dolorès en tendant la main. Reste.

Agnès comprit la détresse de sa sœur et se rassit.

— Tante Dolorès, aviez-vous un ressentiment de longue date envers votre frère ? Un affront que vous ne lui auriez jamais pardonné ?

Elle feignit l'étonnement. Puis soupira.

— Cela ne te regarde en rien, Chase. Quiconque t'en a parlé est cruel et déloyal. Cela remonte à très longtemps.

— Mais vous n'avez pas oublié.

— Je n'ai pu pardonner, avoua-t-elle, les lèvres pincées.

Agnès prit sa main dans la sienne.

— Dis-lui, Dolorès, avant que quelqu'un d'autre déforme la vérité.

— Je ne peux pas. Je te permets de le faire pour moi, Agnès.

Celle-ci prit une longue inspiration.

— Chase, elle a eu un homme dans sa vie. Elle avait vingt-quatre ans, ce n'était plus une enfant. Elle était très amoureuse.

Dolorès ferma les yeux.

— Hélas, continua Agnès, c'était un vaurien.

— Non ! s'insurgea Dolorès. Il ne l'était pas.

— Mais si ! C'était une crapule de la pire espèce. Un chasseur de dot, en quête d'un nom et d'un héritage. Frederick a vu clair dans son jeu dès la première rencontre. Il l'a donc mis à l'épreuve.

— Il m'a trahie !

— Il t'a sauvée.

— Il m'a condamnée à une vie sans amour.

— Il a offert à cet homme une somme rondelette afin qu'il quitte Dolorès. Et l'autre a accepté. Il a passé un an en Amérique du Sud, comme le stipulait leur accord. De l'argent facile. Du jour au lendemain, il a disparu. Frederick nous a envoyées en voyage sur le Continent, Dolorès et moi. C'était merveilleux.

— J'ai détesté ce voyage.

— Tu as dansé dans les bals de toutes les cours européennes et flirté avec des princes !

— Il n'aurait pas dû agir de la sorte. Il n'aurait pas dû le tenter avec une telle somme. Quel homme aurait refusé ? Pas même le diable en personne. De l'or. Une montagne d'or. Il en gardait toujours en réserve.

— Vous en avez parlé avec lui ? s'enquit Chase.

Dolorès secoua négativement la tête.

— À part notre dispute quand il m'a raconté ce qui s'était passé, non. Il savait ce que j'en pensais. Je lui avais dit que je ne le lui pardonnerais jamais, et il l'a fait quand même.

— Il s'est montré généreux envers nous deux, néanmoins, intervint Agnès. Seul ce testament vient nous léser.

— C'est sa conception de la punition, geignit Dolorès. De me montrer combien je l'ai déçu...

— Ne dis pas de bêtises, sœurette ! Nous ne l'avons pas tous déçu, il me semble. Et pourtant...

— Qui t'en a parlé ? demanda Dolorès à Chase, ayant retrouvé ses esprits. Je veux le savoir.

— Aucun membre de la famille, rassurez-vous. Quelqu'un que vous n'avez jamais rencontré, il me semble.

Une femme brillante qui avait entendu une phrase et deviné le reste.

— Les ragots vont bon train, soupira Dolorès.

— Je vous remercie, mes tantes, conclut Chase en se levant. Lors d'une enquête, il est bon de procéder méthodiquement et de rayer une à une chaque mention d'une liste.

— Nous sommes donc rayées de la liste ? s'enquit Agnès.

Il s'inclina en souriant et prit congé sans répondre.

En cette fin d'après-midi, la salle de boxe de Gentleman Jim était bondée. Parmi les boxeurs,

Chase repéra Nicholas et Kevin dans un coin. Il alla les observer.

Nicholas dépassait Kevin de trois centimètres et de plusieurs kilos, mais le jeune homme avait une force et une agilité qui les plaçaient à égalité. Chase était en retard. Ils combattaient depuis un moment, sans doute.

Quand il le vit, Nicholas mit fin à la rencontre.

— Tu me sembles bien apprêté, compte tenu du fait que c'est toi qui nous as conviés ici, déclara le nouveau duc en s'épongeant le visage à l'aide d'une serviette. Déshabille-toi vite, et affronte Kevin le temps d'une reprise. Il déborde d'énergie.

— J'ai dû rendre visite à nos tantes et endurer leurs complaintes et leurs prises de bec.

— Je m'étonne qu'Agnès n'ait pas encore tué Dolorès, commenta Nicholas.

— Elle a failli, mais a décidé que la mettre à la porte était aussi efficace.

— Kevin, dis à ton père de verrouiller sa porte. Il est son seul frère en ville, prévint le duc. Elle risque de débarquer chez lui.

— Whiteford House lui convient mieux, semble-t-il, assura Chase.

Nicholas se figea, consterné.

— Si elle s'impose chez moi, je file à la campagne et je lui laisse la maison.

— Je pense l'avoir convaincue que ta résidence londonienne était encore trop inconfortable pour recevoir des visiteurs – selon ses critères, bien sûr.

— Elle le restera un bon moment, si cela m'évite de trouver des membres de la famille sur le pas de ma porte. Tu ne t'es pas changé ; j'en conclus que tu as peur de Kevin. Attends-nous ici pendant que nous nous rhabillons.

Ils gagnèrent les vestiaires tandis que Chase flânait dans la salle, au milieu des boxeurs. Il regrettait d'être arrivé trop tard pour combattre. Il avait besoin de se dépenser régulièrement. La nuit qu'il avait passée avec Minerva n'avait pas été de tout repos, mais il lui restait de l'énergie à revendre.

Ses cousins réapparurent, très élégants. Kevin avait le sourire aux lèvres.

— Excellente idée de se donner rendez-vous ici, Chase, même si tu n'as pas boxé.

Chase avait trouvé ce moyen de les réunir discrètement. De plus, cela permettrait à Kevin d'oublier un peu le testament de leur oncle.

— Taverne ou club ? lança Nicholas lorsqu'ils quittèrent les lieux.

— Taverne, répondit Kevin. Le Cygne blanc. Mon père m'a conseillé de voir un cheval à vendre là-bas.

Ils mirent le cap vers l'est, jusqu'au Cygne blanc. Kevin demanda à voir le cheval sans tarder. Nicholas et Chase l'assistèrent.

— Combien ? s'enquit le duc.

— Quarante.

— C'est cher.

— Les chevaux blancs sont chers, en général, dit Kevin en faisant signe au garçon d'écurie de le faire marcher dans la cour. Ce sont les préférés de mon père. L'un des chevaux de son attelage est malade. Il lui en faut un autre.

Nicholas hocha la tête.

— Je lui conseillerais de proposer trente et de conclure à trente-cinq.

Ensuite, ils prirent une table et commandèrent des bières.

— Passons la soirée ensemble, proposa le duc. Buvons un coup et, après le repas, nous irons voir des filles.

— Il y a la réception de lady Trenholm, précisa Kevin. Hélas, je ne peux t'y accompagner car j'ai décliné l'invitation.

— Je ne songeais pas à ce genre de filles. Chase m'a conseillé de fréquenter des femmes infréquentables.

— Il y en aura à cette soirée, c'est certain, se moqua Kevin. J'ai des noms.

— Si je me rends à une soirée, ou même vous deux, les gens seront choqués car nous sommes en deuil, même si le testament de notre oncle nous demande de ne pas respecter de période de deuil. De plus, une meute de matrones me barrerait la route pour m'empêcher de flirter avec des filles infréquentables.

Kevin se mit à rire.

— Tu es un parti de choix, désormais. Dès le début de la saison, la chasse sera ouverte.

— Ne m'en parle pas. Je suis déjà démoralisé.

— Tu pourrais aller au bordel, suggéra Kevin. Infréquentables, sans complications... Plusieurs filles t'accueilleraient comme le digne successeur de ton oncle.

— Qu'en dis-tu, Chase ? fit le duc. Nous pourrions montrer au jeune Kevin comment l'on s'y prend.

— Je te remercie de te soucier de mon éducation, fit Kevin avec un sourire.

Chase était moins enthousiaste. Il n'avait aucune envie de se rendre dans une maison close avec ses cousins. Un mois plus tôt, il l'aurait peut-être fait, mais aujourd'hui...

— J'ai un rendez-vous, dit-il. Je ne peux me joindre à vous, hélas.

— Regarde-moi ce sourire narquois ! commenta Nicholas. Il a déjà trouvé une femme infréquentable.

— Il faut dire qu'il se promène pas mal en ville...

— C'est vrai, admit Chase. Vous devriez essayer. C'est mieux que de se morfondre.

— Je ne me morfonds pas, protesta le duc. Je m'inquiète. Nuance. Hier, j'ai passé la journée à lire des lettres de candidature pour le poste de régisseur de toutes mes propriétés.

— Tu as trouvé quelqu'un de valable ? questionna Chase.

— Comment le saurais-je ? Je n'ai jamais géré de terres. Je devrai me fier à leurs références, signées par des hommes qui sont aussi incompétents que moi.

Chase se tourna vers Kevin.

— Et toi ? Tu retournes bientôt en France ? demanda-t-il.

Le jeune homme secoua négativement la tête.

— Je n'ai plus de raisons d'aller là-bas.

— Comment cela ? fit Nicholas, curieux.

— Je ne voudrais pas vous ennuyer avec mes histoires...

— Pas du tout !

— Vous savez que je suis en train de mettre au point un système qui augmente la pression et la vélocité d'un moteur à vapeur, n'est-ce pas ?

— Je sais, mais je n'y ai jamais rien compris.

— En France, j'ai rencontré un homme qui possédait un autre engin qui, associé au mien, améliorerait le système. Ces moteurs pourraient avoir de nombreuses applications. J'ai tenté de convaincre ce type de me vendre son invention ou de m'accorder le droit de l'utiliser. J'ai passé une semaine à gagner sa confiance. Il a enfin fixé son prix. Il est exorbitant.

La ténacité de Kevin impressionnait Chase. À vingt-sept ans, il avait depuis longtemps laissé ses amis à leurs distractions pour se consacrer à ses recherches.

— Combien demande-t-il ? s'enquit Chase.

— Huit mille. L'objet vaut bien davantage, en réalité. Je suis venu solliciter l'oncle Frederick et...

Soudain, il se tut et avala une gorgée de bière. Chase espérait ne pas avoir à lui demander quand il était venu. Au terme d'un long silence, Nicholas se mit à bâiller.

— À propos de ces femmes infréquentables..., dit-il.

— Non, fit Kevin en levant une main. Autant que vous le sachiez. On l'apprendra un jour, de toute façon. Je suis allé trouver l'oncle Frederick, qui n'était guère convaincu. Selon lui, j'aurais pu recréer ce système ici pour moins cher. C'est peut-être vrai, mais j'aurais alors perdu beaucoup de temps. Car impossible d'en faire une copie. Il a persisté dans son refus. Quelle déception cela a été pour moi...

— Donc, tu as regagné la France.

Kevin opina.

— J'espérais encore convaincre cet homme, mais il n'a pas changé son prix. Quelqu'un d'autre finira par l'acheter. Ce type sait qu'il détient un trésor.

— Quand es-tu venu parler à notre oncle ? demanda Nicholas.

— La veille de sa mort. Je suis allé à Melton Park. Je l'ai prévenu de mon arrivée en sollicitant un entretien dans le parc. Nous nous sommes un peu disputés. Dans la soirée, je suis revenu en ville.

— Je comprends que tu n'en aies pas parlé, commenta Chase.

— Je n'ai rien fait de mal. Ce soir-là, je ne suis pas monté sur ce maudit toit. J'étais déjà parti.

— Certes, mais tu étais sur place, et non en France comme tout le monde le croyait. N'en parle à personne, surtout.

Kevin croisa son regard.

— Quant à l'argent, peux-tu trouver un autre financement ? Un autre associé ? demanda Nicholas.

— Qui donc ? Tu sais que mon père n'apprécie pas mes recherches. Il en voulait à son frère de m'avoir encouragé dans cette voie. Ses automates sont bien gentils, mais une machine se doit d'avoir une autre fonction que le divertissement. De plus, je n'ai pas le droit de prendre un autre associé. Mon entreprise est à l'arrêt jusqu'à ce que l'on trouve l'héritière qui a obtenu les parts. Elle doit donner son accord sur tout. Si elle demeure introuvable, vous serez tous mes associés et vous devrez tous valider mes décisions. Je devrai expliquer la mécanique à tante Dolorès et, pire encore, à Walter.

— Aucun homme ne mérite de connaître un tel enfer, admit Nicholas.

— Tu es bien placé pour le savoir, non ?

— Oh oui, fit Nicholas en balayant la salle de la taverne d'un regard. J'ai faim. Ils servent des tourtes à la viande acceptables, ici, il me semble.

Il fit signe au patron de leur apporter trois tourtes.

— C'est excellent, confirma Chase dès la première bouchée. Parfois, les plats les plus simples sont les meilleurs.

— C'est vrai. Ma cuisinière prépare des plats raffinés, mais c'est trop pour moi seul. Je m'étonne que l'oncle Frederick n'ait pas fini gras comme un moine.

— Il ne prenait qu'un vrai repas par jour, expliqua Chase. Sinon, il se contentait de pain et de fromage.

— Quelle tristesse, commenta Nicholas. Tu connais des détails étranges sur lui.

— Ce régime lui a évité de grossir, voilà tout, répondit Chase en posant les yeux sur le ventre de son cousin.

— Tu me suggères d'être aussi excentrique que notre oncle ? s'enquit le duc en suivant son regard. Quel toupet ! Je ne suis pas gros.

— Pas encore, marmonna Kevin dans sa barbe.

Chase l'entendit et rit de bon cœur avec lui.

— Je voudrais revenir au sujet des femmes infréquentables, dit Nicholas.

— Quel bordel te conviendrait ? s'enquit carrément Kevin.

— Je te laisse le choix. N'importe lequel… À moins que tu ne fréquentes des lieux réservés aux hommes ayant des goûts particuliers…

Kevin afficha un air innocent.

— Tu as des goûts simples, c'est cela ? Eh bien, je connais une adresse.

Chase laissa ses cousins à leurs aventures nocturnes et rentra chez lui.

J'ai besoin de te voir ce soir. Je t'envoie une voiture à 21 heures.

La lettre lui était parvenue dans l'après-midi, et Minerva s'interrogeait. Devait-elle y aller ? Elle finit par admettre qu'elle en avait très envie.

Lorsqu'elle se prépara après le souper, Beth insista pour la coiffer. Elle lui sortit une robe presque à la mode, d'un vert profond, dont le décolleté était ourlé d'une fronce. Elle ne cessait de regarder par la fenêtre.

— La voiture est arrivée, annonça-t-elle. Il n'en possède donc pas une à lui ?

— Je ne crois pas.

— Il lui en faudra une, désormais. Comment vous emmènera-t-il au théâtre, sinon ?

— Il n'a jamais parlé de m'emmener au théâtre, Beth. Il n'aime peut-être pas sortir.

— Tout le monde aime sortir ! Vous devriez le lui suggérer. Il n'est pas bon de ne le voir que pour...

Dans le vestibule, la jeune femme trouva Jeremy.

— Qu'est-ce que tu fais là ? Ne t'avise pas de me suivre, cette fois !

— Je vous servirai de valet. Je vais vous escorter vers la voiture, comme une lady.

Elle ravala son agacement, touchée par cette sollicitude.

Une fois dehors, il l'aida à monter en voiture.

Chase était à bord.

— Toujours à l'heure, dit-il. Tu aimes la musique ? Il y a un concert philharmonique aux

Argyll Rooms, ce soir. Nous pourrions nous y rendre, si cela te convient.

— Avec plaisir.

Il indiqua leur destination au cocher et s'installa à côté d'elle. Pour l'embrasser.

— Désolé de t'imposer cette cabine un peu usée, mais Brigsby n'a pas trouvé mieux. J'aurais dû acheter ma propre voiture. Je vais y remédier sans tarder.

— Beth t'aurait-elle sermonné ?

— Je ne lui ai pas parlé. Qu'est-ce qui te fait croire une chose pareille ?

Elle sourit.

— Rien. Je plaisantais.

— Oublions Beth pour ce soir. Et le reste. Et même le travail.

— Excellente idée ! Cela réduit toutefois nos sujets de conversation. Je ne peux rien apprendre sur toi sans évoquer ta famille, par exemple.

— Ma famille n'envahit pas tous les aspects de mon existence, j'espère.

— Argyll Rooms, murmura-t-elle. N'est-ce pas là qu'est organisé le bal de Cyprien ?

— Tu connais ce bal un peu libertin qui permet à l'aristocratie de s'encanailler ?

— Tout le monde en a entendu parler. Y es-tu déjà allé ?

— Comme tous les gentlemen de la ville. C'est bien moins sulfureux que je ne l'imaginais au départ.

— Quelle déception pour toi !

Le cocher arrêta la voiture près de l'entrée de la salle. Chase aida la jeune femme à descendre et fit ses recommandations au cocher, avant de lui remettre quelques pièces.

— J'ai des billets, expliqua Chase en entrant. Nous utiliserons la loge du duc.

Ils montèrent au grand salon, puis se dirigèrent vers une porte.

— Sera-t-il présent également ?

— Il est occupé ailleurs, ce soir.

Le duc de Hollinburgh disposait d'une loge élégante, l'une des plus belles. En contrebas, les musiciens accordaient déjà leurs instruments. Sur un côté de la scène, elle découvrit un superbe clavecin. Elle prit place dans la seconde rangée de sièges afin de ne pas être trop en vue, comme les femmes des autres loges.

Chase s'assit à côté d'elle sans un mot. Lorsqu'un employé se présenta pour allumer les lampes, il le renvoya.

— Merci, dit Minerva. Je ne suis pas habillée pour l'occasion, encore moins pour occuper une place aussi prestigieuse.

— J'aurais dû te prévenir. Je ne voulais pas te mettre mal à l'aise. En vérité, tu es ravissante ce soir, à l'égal de ces dames de la bonne société, ruisselantes de bijoux. Tu es belle en toutes circonstances.

Les musiciens jouèrent les premières notes. Dans la pénombre de la loge, Minerva se laissa entraîner par la musique, la tête posée sur l'épaule de Chase.

Après le spectacle, la voiture les attendait comme prévu. À la lueur d'un réverbère, le visage de la jeune femme parut à Chase transfiguré et radieux. Comme après l'amour.

— Avais-tu déjà entendu une telle musique ? demanda-t-il dans la voiture.

— Non. Pas comme le dernier morceau. Les premiers me rappelaient un peu ce que j'ai entendu à l'église.

Ils avaient notamment écouté une fugue pour clavecin de Bach, puis une symphonie de Beethoven. L'oncle Frederick trouvait les œuvres de Beethoven dionysiaques. « L'ordre et la mesure sont présents, disait-il, mais enfouis sous un enthousiasme exubérant. Quand on veut séduire une femme, mieux vaut lui faire écouter du Beethoven. »

— On jouait des morceaux aussi sophistiqués que Bach, dans ton église du Dorset ?

— Non. En revanche, à Londres, je fréquentais l'église St. George, près de Hanover Square. Je ne manquais jamais l'office dominical. Beth et son fils m'accompagnaient et nous y allions à pied, même par mauvais temps.

Finley n'avait pu empêcher sa femme d'aller à la messe. Cela devait le contrarier, car lui-même n'avait pas sa place dans une église.

— C'était loin ?

— Pas vraiment. Il fallait quand même partir de bonne heure, car nous aimions marcher lentement... Merci pour cette soirée, dit-elle en l'embrassant sur la joue. Tu m'as gâtée. Je ressens encore la musique en moi.

Il se tourna pour l'embrasser avec fougue, comme il brûlait d'envie de le faire depuis leur départ de la maison.

— Veux-tu que je te dépose chez toi maintenant ?

— Surtout pas.

Il n'en fallut pas davantage à Chase pour laisser libre cours à sa passion. Elle ouvrit les lèvres pour l'accueillir, l'invitant à une tendre exploration sensuelle. Elle s'enhardit même à lui mordiller la lèvre pour voir quel effet cela produisait sur lui.

Quand la voiture s'arrêta, il eut du mal à relâcher son étreinte. Tandis qu'il réglait la course au cocher, elle afficha une attitude impassible pour gagner la porte d'entrée. Ils gravirent tranquillement les marches, alors qu'il mourait d'envie de se mettre à courir.

Dès que la porte se fut refermée, il souleva la jeune femme dans ses bras pour grimper vers la chambre. Brigsby était invisible. Rapidement, Chase ôta son manteau et sa veste, puis sa cravate. Minerva lâcha son réticule. Entre deux baisers torrides, ils se dévêtirent fébrilement puis se dirigèrent vers le lit.

Lorsqu'ils s'écroulèrent sur le matelas, entièrement nus, Chase fit preuve de retenue, malgré son envie de la pénétrer sans attendre.

Il prit son temps pour être certain de lui procurer le plaisir qu'elle méritait. Le rythme de ses soupirs et de ses plaintes s'accentua, à l'unisson des battements de son cœur. Elle s'abandonna vite à ses attentions. Il insinua une main entre ses jambes, tout en titillant ses mamelons dressés avec sa bouche.

— Ouvre-toi, mon amour, souffla-t-il en lui écartant les cuisses.

Lorsqu'il la pénétra d'un doigt, elle retint son souffle et se cambra pour mieux s'offrir à lui. Il dut résister à l'envie de la faire sienne pour poursuivre ses caresses. Elle ne put réprimer un râle et fit onduler ses hanches pour accompagner son rythme. Soudain, elle fut secouée de spasmes. Le doigt de Chase décrivit de petits cercles sur son bouton de rose. Engloutie par mille sensations magiques, elle s'étendit sur lui et prit sa verge durcie en elle.

Elle était si belle qu'il la désirait chaque jour davantage. Serrant les dents, il se retint pour ne pas libérer trop rapidement sa semence.

Ils demeurèrent ainsi un long moment. Son sexe palpitait en elle, exigeant. Il était tendu comme un arc, sur le point de céder, lorsqu'elle rouvrit les yeux et se pencha pour l'embrasser. Enfin, elle entama de lents mouvements.

Puis très vite, de plus en plus frénétique, elle partit en quête de l'extase. Il explosa en elle, ébloui, émerveillé. Ensuite, elle se lova dans ses bras, le souffle court, ne formant plus qu'un avec lui, le temps qu'ils reprennent leurs esprits.

Lorsqu'il relâcha son étreinte, elle roula sur le côté. Il la rapprocha de lui pour les couvrir du drap et de la couverture.

— Je ne trouve pas les mots, souffla-t-elle à son oreille. J'ai l'impression que tu es un très bon amant.

Ce compliment le flatta à un point qu'il n'aurait pu imaginer.

— Tu as poursuivi ton enquête, n'est-ce pas ? murmura-t-elle en se lovant contre lui.

— Oui. Tu avais raison, à propos de Dolorès. Elle en voulait à mon oncle d'avoir payé un prétendant afin qu'il la quitte. Elle ne s'en est pas remise. Et Kevin m'a avoué qu'il était revenu de France pour voir mon oncle juste avant sa mort. Ils se sont disputés.

Elle ne réagit pas.

— Pas sur le toit, précisa Chase. Et la veille de sa mort.

— Cela change la donne.

À condition qu'il dise la vérité. Enfer et damnation, cette affaire était un sac de nœuds.

— Il est difficile d'enquêter sur sa propre famille, reprit-elle. Tu devrais peut-être attendre les résultats de l'enquête officielle, s'il y en a vraiment une, et reprendre alors tes recherches si besoin.

Il contempla son profil dans la pénombre, ses cheveux épars. Il n'avait révélé à personne que c'était lui qui menait l'enquête officielle. L'idée l'avait effleuré plusieurs fois de demander à Peel de trouver un autre détective. Cependant, il voulait garder le contrôle de la situation.

— Si le coupable fait partie de la famille, je veux être le premier à le découvrir.

— Afin de lui dire de prendre le premier bateau en partance pour l'étranger ?

— En quelque sorte.

— Tu as déjà agi de la sorte ?

— J'aurais pu, mais une personne en qui j'avais confiance m'a trahi. Ensuite, il était trop tard.

— J'espère que tu ne t'en es pas voulu de cette confiance, malgré la tournure des événements.

— C'est une erreur que j'ai payée cher, voilà tout.

Elle l'observa comme pour déchiffrer ses pensées. Il n'en dit pas davantage. Elle ne parut pas vexée qu'il garde ces souvenirs pour lui.

Il fixa le plafond tandis qu'elle posait la tête sur son épaule.

Vous l'avez tué ? Il n'avait répondu que deux fois à cette question, sans tout raconter, sans s'expliquer.

— Quand j'étais dans l'armée, commença-t-il, il m'arrivait de mener des enquêtes. C'est là que j'ai appris les ficelles du métier. Après la bataille de Waterloo, je me trouvais en France avec mon régiment. On a retrouvé un Français mort, en ville. Tué à coups de couteau. Certains ont affirmé que l'un de nos hommes se trouvait aux alentours. J'ai été chargé d'élucider ce mystère.

Attentive, Minerva ne broncha pas.

— J'ai découvert que la victime avait une maîtresse d'une grande beauté, et un rival, l'un de nos officiers – un ami très proche.

Étrangement, parler lui faisait du bien, de sorte qu'il poursuivit son récit :

— Mon ami ne pouvait être le coupable. Je le savais au plus profond de moi-même. Il n'avait pas le profil. J'ai donc continué mes recherches, en vain. Pas d'autre coupable à l'horizon. Je n'ai accepté la vérité que lorsque mon ami a été arrêté. Une domestique a déclaré avoir assisté à la scène. Les deux hommes se disputaient à cause d'une femme. Un crime passionnel, comme disent les Français. L'armée britannique s'est emparée de l'affaire. Il a été condamné à l'échafaud.

— C'est terrible. Pour toi aussi, s'il était ton ami.

— Une exécution atroce, et sa réputation anéantie. Une honte pour son entourage.

L'avez-vous tué ? Cette question résonnait encore dans la tête de Chase. Il revoyait la peur dans les yeux de son ami.

— Le jour du procès, on l'a retrouvé mort dans sa cellule. Une balle de pistolet – un suicide, apparemment, mais aucune arme n'a été trouvée sur place.

Minerva se tourna vers lui :

— Tu l'as tué ?

Elle était plus courageuse que lui, car il n'avait jamais osé lui poser la même question.

— Il m'a avoué sa culpabilité et m'a demandé de le tuer. Il m'a imploré. J'ai refusé. Je lui ai donné mon pistolet et je suis sorti. Il s'en est servi dans sa cellule. J'ai ensuite récupéré mon arme afin qu'il ne s'agisse pas officiellement d'un suicide.

Chase avait parlé d'une traite, sans reprendre son souffle, en ravalant ses émotions.

— Personne n'a rien pu prouver, mais ils ont deviné la vérité. Peu de soldats m'en ont voulu. Un officier m'a confié qu'il aurait agi de la même façon. Quand on me demandait si je l'avais tué, je répondais par la négative.

— C'était le cas.

— D'une certaine façon, je l'ai tué.

— C'est pour cela que tu as quitté l'armée ?

Elle le sentit sourire dans la pénombre.

— Tu es une excellente détective, tu sais. On m'a conseillé de renoncer à mon poste d'officier, car un acte de cet ordre poursuit un homme tout au long de sa carrière. Les rumeurs allaient bon train, même dans ma famille. Comment me justifier ?

Elle l'embrassa tendrement sur l'épaule.

— Dans cette triste histoire, tu n'es en rien responsable.

— Si je ne m'étais pas fié aveuglément à lui, j'aurais pris de meilleures décisions.

— Tu lui aurais conseillé de fuir ?

Il lui caressa les cheveux.

— Peut-être.

— Voilà pourquoi tu ne crois qu'en des éléments concrets, que tu notes sur des listes. À mon avis, tu as su tout de suite la vérité à l'époque, mais tu étais dans le déni par loyauté.

Il faillit répondre, puis se ravisa. Elle poussa un long soupir et sombra bientôt dans le sommeil. Il se réjouit qu'elle n'ait pas souhaité se rhabiller et partir tout de suite.

Chase sombra à son tour dans un demi-sommeil perturbé par des bribes de souvenirs, de l'histoire de Dolorès, des propos de Kevin et de Minerva. Au moment de s'endormir pour de bon, il sentit le corps de la jeune femme contre lui, et tout fut plus léger dans son esprit.

19

— J'ai réfléchi. Tu m'as confié que tu aurais parfois besoin d'un assistant tel que Jeremy. Je t'autorise à lui proposer du travail, du moment qu'il reste à mon service.

Les premières lueurs de l'aube pointaient. Chase la raccompagnait chez elle. Elle préférait rentrer maintenant, même si Beth et Jeremy savaient pertinemment qu'elle avait découché.

— Autrement dit, je peux faire appel à lui tant que tu n'as pas besoin de lui pour ton agence ?

— À condition qu'il soit d'accord, bien sûr. Il voudra sans doute gagner un peu d'argent supplémentaire. Je crois qu'il ne supporte pas l'inaction.

— Je lui demanderai ce qu'il en pense. J'espère qu'il n'a pas une trop haute opinion de sa propre valeur. Tu me prêteras Mlle Turner, également ?

— Elle manque encore un peu d'expérience, mais pas de potentiel. Dans quelques mois, peut-être.

Il l'embrassa encore une fois. Devant la maison, elle dut le repousser.

— Il doit être debout, dit la jeune femme. Va lui parler. Il habite dans la dépendance située à l'arrière de la bâtisse depuis deux ans.

— À son âge, il voulait son doute échapper à l'autorité de deux dames ?

— Il a pris son indépendance par rapport à Beth, qui se mêlait trop de ses affaires à son goût. Mais il garde un œil sur nous.

— Que comptes-tu faire de ta journée ? s'enquit-il sans lâcher son bras.

— D'abord, je vais dormir.

Il sourit. Elle avait découvert que l'on pouvait connaître l'extase plusieurs fois en une nuit, mais différemment. Ils étaient plus proches que jamais.

— Ensuite, je commencerai ma nouvelle enquête.

— Intéressante ?

— Je dois retrouver une personne disparue après une brouille avec sa famille. Je passerai des annonces dans les journaux.

Elle ouvrit la porte d'entrée.

— J'aimerais t'embrasser à pleine bouche et choquer les voisins, mais je dois te laisser, hélas.

Il lui sourit et tourna les talons.

Une fois dans sa chambre, elle espéra que Beth lui poserait des questions pour l'inciter aux confidences. Elle avait besoin de raconter ce qu'elle venait de vivre.

Chase détacha son cheval et renvoya le fiacre, en se promettant d'acheter une voiture et d'engager un cocher et un garçon d'écurie.

Il s'attarda près de la grille du jardin. Si Jeremy était debout, il voulait lui soumettre sa proposition d'emploi. L'ancienne écurie avait un toit neuf.

Il frappa à la porte.

— Entre ! lança Jeremy.

Le logement était modeste mais confortable, avec quelques meubles rudimentaires, sans doute issus de la maison principale. Chase s'approcha d'une autre porte, celle de la chambre à coucher. Torse nu, Jeremy terminait sa toilette, penché sur une cuvette. Il se tourna vers Chase et lui sourit. Il enfila sa chemise avant de rejoindre son visiteur.

— Je croyais que c'était ma mère. Je ne reçois personne, ici.

— Tu es bien installé, constata Chase.

— J'y suis bien, en effet. Ma mère n'est pas d'accord. Elle pense que je suis trop loin pour entendre des cambrioleurs éventuels. Vous avez appris à vos dépens qu'elles sont parfaitement capables de se défendre. De plus, elles tirent mieux que moi au pistolet.

— C'est ta mère qui a appris cet art à Mlle Hepplewhite ?

— En effet. Fille de fermier, elle a épousé un militaire. Un simple soldat. Il est mort au début de la guerre, et elle a dû travailler pour me nourrir. Asseyez-vous donc. Vous devez avoir une raison de me rendre visite.

Jeremy fit du feu dans la cheminée.

— Je vous proposerais bien quelque chose, mais je prends tous mes repas dans la grande maison. Je n'ai même pas de café.

— Je n'ai besoin de rien, merci. Mlle Hepplewhite m'a fait une suggestion, dont j'aimerais te parler.

— En général, elle a de bonnes idées.

— Elle n'a pas toujours une mission à te confier. Aimerais-tu collaborer avec moi, dans ces moments d'inactivité ?

Jeremy réfléchit un instant.

— Je serai payé ?

— Je te verserai la même somme qu'elle.

Jeremy sourit.

— Il me faudra davantage, car elle ne me paie pas. Pas encore. Elle me procure le gîte et le couvert, comme si je faisais partie de sa famille.

— Très bien. Mettons-nous d'accord sur une rétribution, puisque je ne fais pas partie de la famille.

Cette proposition plut au jeune homme.

— Il sera parfois compliqué de me trouver.

— Nous nous arrangerons.

Jeremy semblait amusé.

— Qu'y a-t-il de drôle ? fit Chase.

— Minerva est la personne la plus intelligente que je connaisse, et vous ne semblez pas dénué d'intelligence, vous non plus. Mais aucun d'entre vous ne le voit.

— Quoi donc ?

— Puisque vous êtes disposés à partager vos agents et votre lit, pourquoi ne pas partager la même agence ?

Cette idée n'était pas venue à l'esprit de Chase, mais elle faisait sens, d'autant que leurs méthodes de travail étaient complémentaires… Non. C'était ridicule ! Un tel projet serait voué à l'échec. Jeremy était perspicace, néanmoins.

— Je vais te laisser. Ah, une dernière question. Quand vous alliez à Londres avec les Finley, où se trouvait la maison que vous louiez ?

— Dans Old Quebec Street, non loin d'Oxford Street et de Portman Square.

Chase laissa Jeremy, songeur. Avant que le jeune homme enfile sa chemise, il avait remarqué les cicatrices sur ses épaules. Il avait subi des sévices. Des coups de fouet.

Finley ne brutalisait pas seulement sa femme, apparemment.

Deux jours plus tard, Chase reçut une visite inattendue.

M. Martin Monroe, disait la carte. *Détective privé.*

Monroe balaya le salon du regard. Le détective était souriant, entre deux âges, un peu bedonnant. Ses cheveux bruns étaient striés de gris et il avait les joues rebondies. Ses yeux bleus étaient plus vifs que ne le suggérait sa bonhomie apparente.

— Ma visite est professionnelle, annonça-t-il. Confraternelle, à vrai dire.

— Je vois que vous vous êtes renseigné sur mon compte.

— Je vous ai vu au concert, et un ami m'a indiqué votre nom. S'il n'est pas votre ami, il connaît cette loge.

— Pourquoi vous êtes-vous renseigné sur moi ? demanda Chase, méfiant.

— Je détenais des informations qui pouvaient être utiles à l'occupant de cette loge. Imaginez ma surprise en apprenant que c'était un confrère. Le cousin d'un duc, de surcroît.

— Si vos informations sont utiles, je serai ravi d'en prendre connaissance. Parlez-moi de vos honoraires.

Monroe ne s'en offusqua pas. Il était du métier, après tout.

— Je ne pensais pas à des honoraires en tant que tels, mais à la promesse d'un service en retour. Il faut être solidaires, n'est-ce pas ?

Les intentions de Monroe semblaient honorables.

— Je manque à tous mes devoirs, dit Chase. Permettez-moi de vous offrir un cognac.

Chase servit deux verres d'alcool. Monroe goûta le cognac avec gourmandise.

— Voilà... La dame qui vous accompagnait lors du concert, je la connais. Pour être honnête, je me demande si vous la connaissez vraiment, vous.

— Je le crois.

— Elle vit sous le nom de Hepplewhite. Il y a six ans de cela, elle s'appelait Margaret Finley et était mariée à un certain Algernon Finley.

— Je sais.

— Ah oui ? Savez-vous aussi qu'elle a tué son mari ? Elle a échappé de peu à la pendaison pour ce crime.

Chase demeura impassible en dépit de sa stupeur, une réaction qui n'échappa pas à Monroe.

— Je suis sûr de mon fait, précisa-t-il. Ce ne sont pas des ragots.

— Comment cela ?

— Je me trouvais dans le Dorset pour une autre affaire, et ensuite je m'y suis attardé pour travailler pour son mari. Il m'a chargé d'enquêter sur elle, voyez-vous.

— Algernon Finley a fait appel à vos services à propos de sa femme ?

— Absolument. Elle l'avait quitté, et il était certain qu'elle avait un amant. Ce n'est pas le genre d'enquête que je préfère, mais je me suis dit que ce serait facile. Je me trompais. Cette femme est rusée. Elle a compris que je la surveillais, et son amant ne s'est jamais présenté chez elle. Parfois elle sortait à mon insu, pour le rejoindre, sans doute. Je cherchais à gagner la confiance d'une voisine qui pouvait avoir des renseignements, quand Finley est mort. Il allait parfois chasser dans la région. On l'a retrouvé abattu.

Enfer et damnation.

— Un accident de chasse, certainement.

— Ce fut la conclusion du médecin légiste. Mais, dans ce cas, la victime prend du plomb en plein cœur et non une balle de pistolet. Qui chasse au pistolet ? Elle en avait un, dissimulé sous son châle. Je l'ai tout de suite remarqué. Elle a prétendu être au marché au moment du crime, mais aucun témoin n'en atteste. Il y avait foule. Elle a pu y aller plus tôt ou plus tard. Son mari présumait qu'elle était entretenue par un autre homme. Cet amant a pu l'aider ou éliminer le mari pour elle.

Minerva lui avait raconté la majeure partie de l'histoire, en omettant la balle de pistolet en plein cœur et l'enquête de Monroe, qu'elle ne pouvait ignorer.

— Pourquoi n'a-t-elle pas été inculpée ?

Monroe but une autre gorgée de cognac.

— Par manque de preuves. L'assassinat n'était pas avéré, d'après le légiste. Aucun élément ne situait cette femme en forêt. Il n'a laissé aucun patrimoine, rien que des dettes, donc elle n'avait aucun mobile. Je n'ai pas retrouvé son amant. Je suis pourtant certain qu'elle a fait le coup. Cette révélation est officieuse, bien sûr. Et confraternelle.

— Je vous remercie, et je ne doute pas de vos meilleures intentions. Dites-moi, travaillez-vous souvent à Londres ? s'enquit Chase d'un ton aimable, malgré sa colère.

— Jamais. Je suis ici pour des raisons familiales, hélas. J'officie dans les Midlands et les villes du Nord, Liverpool ou Manchester. Des dossiers financiers pour des industriels, le plus souvent. C'est plus intéressant que les affaires d'adultères. Certes, ces hommes fortunés ne sont pas des saints. D'ailleurs, j'ai mené une enquête concernant un membre de votre famille. Le dernier duc.

Chase tressaillit.

— Quelle coïncidence ! Il faut que vous m'en parliez. Et ne craignez pas d'être indiscret.

Chase alla chercher la carafe de cognac pour servir son invité, qui s'en réjouit.

— Je peux vous révéler quelques bribes.

Il savoura son cognac avant de raconter :

— C'était près de Manchester. Il y a un canal que les propriétaires songeaient à élargir. L'un des associés n'était pas d'accord. Selon lui, les travaux ne bénéficieraient qu'aux usines des deux autres associés et ne seraient pas assez rentables. Les deux autres se sont fâchés, et j'ai été chargé de me renseigner sur l'associé récalcitrant. Je cherchais quelque secret gênant. Cet associé entêté n'était autre que le défunt duc.

Ces ordures avaient voulu faire chanter l'oncle Frederick !

— Avez-vous découvert quoi que ce soit de compromettant ?

— Non. Il n'est pas facile d'enquêter sur un duc. Et j'ai vite compris qu'il se moquait de ce qu'on disait de lui. Son goût pour les prostituées aurait pu en mortifier plus d'un. Lui ne s'en cachait pas. Être duc change bien des choses.

— Et comment !

— J'ai appris qu'il aimait se costumer, comme pour aller au bal masqué. J'ai glané ce détail grâce à une femme de chambre de sa résidence londonienne. Il se déguisait par plaisir, même quand il était seul. Il était un peu fou, je pense.

— Il était excentrique, mais pas fou.

Le visage rubicond, Monroe posa son verre.

— J'en ai terminé. Merci. Je peux retourner chez ma sœur pour le souper. J'espère vous avoir rendu service, comme il était dans mes intentions.

— Absolument. Je serai heureux de vous retourner cette faveur.

Chase s'en voulut presque d'avoir soupçonné cet homme de vouloir lui soutirer de l'argent.

Tandis que son invité descendait les marches du perron, il lui posa une ultime question :

— Qui vous a confié l'enquête sur le défunt duc ?

— Eh bien, je ne devrais pas..., bredouilla Monroe.

— Je comprends.

Le détective s'attarda un instant et revint sur ses pas.

— Veuillez m'excuser... Je viens de me rappeler que je devais écrire une lettre urgente, à poster avant ce soir. Vous permettez ?

— Bien sûr. Installez-vous à mon bureau.

Monroe rédigea son message et le glissa dans la poche de sa veste. Lorsqu'il revint à la porte, la lettre tomba à terre.

L'homme s'éclipsa sans la ramasser. Chase en prit connaissance et alla la ranger dans un tiroir. Depuis sa fenêtre, il regarda Monroe s'éloigner, furieux contre lui-même.

Il avait failli à son devoir, à sa mission. Il aurait dû se renseigner davantage sur cette inconnue qui héritait d'une grande partie de l'argent de son oncle. Au lieu de cela, il l'avait séduite. Le désir l'avait emporté sur tout le reste.

Pas étonnant qu'elle se méfie de lui et qu'elle s'intéresse tant à la mort du duc. Son passé et son héritage la situaient en bonne place sur la liste des suspects. Si l'on apprenait qu'elle avait été soupçonnée de meurtre…

Je sais que tu ne l'as pas tué. Désormais, il ne savait plus rien du tout.

Minerva observa une dernière fois son reflet dans son miroir et croisa deux grands yeux sombres. La semaine précédente, elle avait reçu une invitation à dîner de la part du duc. Elle attendait cette soirée avec une impatience à peine contenue. Heureusement, Chase serait là. Elle était heureuse de le retrouver, car ses affaires l'accaparaient depuis quatre jours.

Elle fit mine de ne pas être anxieuse.

— Cette robe est très flatteuse, déclara Beth alors qu'elle prenait son réticule. Digne de celles des autres dames invitées, j'en suis sûre.

Minerva arborait la robe en soie arrivée mystérieusement chez elle. Lorsqu'elle avait écrit à la couturière pour lui signifier son erreur de livraison, Mme Tissot lui avait répondu que sa boutique ne commettait jamais d'erreurs.

Combien d'autres femmes participeraient à ce dîner ?

— Vous êtes un peu pâle, fit Beth en lui pinçant les joues. Reprenez-vous ! Vous êtes leur égale, désormais. Mieux encore. Peu de femmes en ont fait autant que vous, au cours de leur vie, et jouissent de votre liberté. D'ailleurs, vous trouverez peut-être des clientes pour l'agence.

— Beth, tu trouves toujours les mots justes. Je veillerai à parler de l'agence. C'est une occasion unique de la faire connaître. Je ne me contenterai pas de déguster un repas succulent.

— Profitez bien de ces mets. Vous me raconterez tous les détails demain, soupira Beth. J'imagine déjà les sauces, les pièces de viande, les desserts...

Minerva descendit pour attendre la nouvelle voiture de Chase. Dès qu'elle entendit le véhicule, elle sortit.

Jeremy jouait les valets. Élise était présente pour assister au départ. Tous deux bavardaient gaiement et riaient. Ils s'interrompirent en la voyant.

Minerva remarqua à peine la splendeur de la voiture, de couleur verte, avec des cuivres rutilants et un cocher en tenue. Dans la cabine, les coussins rouges étaient moelleux.

Jeremy ferma la portière et jeta un coup d'œil à l'intérieur.

— Vous allez remonter Park Lane avec classe, approuva-t-il.

Minerva était touchée par les efforts de Chase pour qu'elle se sente à l'aise dans la haute société que fréquentait son cousin.

À son arrivée, deux valets en livrée étaient chargés d'accueillir les invités. L'un escorta la jeune femme dans la maison et la confia au majordome. Un autre domestique la fit monter au salon.

Il y avait déjà une dizaine d'invités présents. Le duc vint la saluer et l'entraîna de groupe en groupe. Elle aperçut soudain Chase, en grande discussion avec une femme en rouge qui cherchait ouvertement à le séduire. Il ne semblait pas s'en soucier.

Minerva se concentra sur les présentations en mémorisant chaque nom.

— C'est la comtesse von Kirchen, en visite depuis Vienne, dit le duc qui avait remarqué où se portait sans cesse son regard.

— Elle est... ravissante.

Minerva avait failli la qualifier de voluptueuse, car son décolleté en révélait plus qu'il n'en cachait. Et elle qui trouvait sa propre robe un peu trop audacieuse ! Enfin, le duc la mena vers Chase, avant d'entraîner au loin la dame en rouge, qui fut apparemment ravie de pouvoir flirter avec un duc.

— Belle femme, commenta-t-elle.

— Je le suppose.

— Il faudrait être aveugle pour prétendre le contraire.

Chase la dévisagea.

— Tu es jalouse, ma parole !

— Pas du tout.

— Tu es sûre ? demanda-t-il en se penchant vers elle. Je suis vexé. Je ne suis pas aveugle, mais je ne vois que toi.

Elle s'en voulut de son ton cassant.

— J'étais un peu jalouse, d'accord. J'imagine que de nombreuses femmes flirtent avec toi à longueur de temps. Je ne devrais pas m'en soucier.

— Cette robe te rend encore plus attirante.

Personne ne lui avait jamais adressé un tel compliment.

— Je devrais peut-être flirter de façon éhontée, moi aussi.

Il sourit.

— Seulement avec moi. Rejoignons donc Kevin et cette femme qui le pourchasse depuis des mois. La femme d'un vicomte, qui trouve très séduisante la passion de Kevin pour les machines.

— C'est lui qui lui plaît, je suppose. Il est charmant, d'ailleurs. Tous les cousins Radnor sont beaux, même celui qui laisse sa femme parler à sa place.

Ils se dirigèrent vers Kevin.

— Merci pour la voiture. J'ai eu l'impression d'être une reine, dit Minerva.

— Tant mieux. Je l'ai achetée hier.

— Et merci pour cette robe. Tu dois être mon mystérieux bienfaiteur.

— Je ne démens ni ne confirme.

Si Kevin les salua avec un soulagement manifeste ; la vicomtesse sembla contrariée par leur intrusion. En apprenant que Minerva secondait Chase dans certaines enquêtes, elle se détendit et en tira ses propres conclusions. Par la suite, elle se montra des plus amicales.

— J'ai trop mangé, dit Minerva. Je me sens aussi raide que le majordome de ton cousin.

— Tu as bien profité de cette soirée, en effet.

— C'est à cause de Beth. Elle veut que je lui raconte tout dans les moindres détails.

Ils étaient installés dans la voiture. La première soirée officielle du nouveau duc avait été un succès. Minerva s'était sentie à l'aise, entourée de lords et de ladies.

— Tu devrais me raccompagner chez moi, dit-elle. Ce soir, je ne ferai pas long feu.

— D'accord, mais j'aimerais te serrer dans mes bras, au moins.

Il voulait lui parler de la mort de son mari. Enfin.

Depuis trois jours, il était en lutte avec sa conscience. Les conclusions qu'il avait tirées sur elle, sur lui-même et sur leur liaison étaient surprenantes. Une fois sa colère dissipée, il avait ressenti le besoin de protéger la jeune femme, et non d'enquêter sur elle.

— Viens chez moi, proposa-t-elle. J'ai vraiment trop mangé…

Chase indiqua l'adresse au cocher.

— Tu te sentiras mieux dans une heure. Tu as bu trop de vin, peut-être.

Arrivée à destination, elle monta dans sa chambre pour se changer et réapparut drapée dans son nouveau peignoir. À en juger par son expression, cette tenue lui convenait mieux.

— Beth ne dira rien ? s'enquit-il en l'enlaçant sur le divan.

— C'est *ma* maison.

— Bien sûr.

Elle posa la tête sur son épaule.

— Quelle soirée merveilleuse ! Les lustres, la vaisselle, les mets, les riches amis de ton cousin… Certaines dames semblaient intéressées par mon agence. Je crois avoir trouvé quelques clientes.

En une soirée, elle était devenue une concurrente de Chase, qui ne manquait déjà pas de rivaux. Minerva se démarquait en tant que femme et attirerait une clientèle différente.

— J'ai parlé à Jeremy, dit-il. Il a aimé ton idée.

— Tant mieux. Il a besoin de travailler.

— Il m'a dit que tu ne le payais pas.

— Beth non plus. Ils sont logés et nourris. Si mon entreprise prospère, je leur verserai un salaire, bien sûr. D'autant que je toucherai mon héritage.

Cette perspective ne le contrariait nullement. Elle était si belle, ainsi alanguie, les cheveux en désordre, les paupières lourdes... Maintenant qu'elle avait un pied dans la bonne société, elle trouverait des clients. Un jour, il maudirait peut-être Nicholas d'avoir organisé ce dîner.

— Jeremy m'a un peu provoqué.

Elle releva soudain la tête.

— Il t'a fâché ?

— Non. Il ne comprenait pas pourquoi nous ne sommes pas partenaires en affaires, puisque nous allons partager des employés.

— En quoi est-ce provocateur ?

— Il m'a fait réfléchir.

— Tu serais prêt à le faire ?

— Ce n'est pas idiot. Nos compétences sont complémentaires, répondit-il. Nous pourrions nous embaucher mutuellement.

— Tu veux faire de moi ton employée ? demanda-t-elle, les sourcils froncés. Tu m'as présentée comme telle à Melton Park. L'astuce était utile, mais l'idée ne me plaît guère.

— Je n'ai rien suggéré de tel !

— Qui serait le patron, alors ?

Moi, bien sûr. Il n'y avait pas d'autre possibilité. Quel homme ferait appel à une entreprise dirigée par une femme ? De plus, Chase ne voulait pas être son employé. Pour un homme bien né, être enquêteur était une chose ; toucher un salaire en était une autre.

— Ce ne serait pas une bonne idée, dit-elle, ayant sans doute suivi le même raisonnement.

— Probablement pas, admit-il.

Il la reprit dans ses bras pour aborder le sujet qu'il ne pouvait éviter plus longtemps.

— Il faut que je te dise… j'ai reçu la visite d'un certain Monroe.

Elle se redressa, les yeux écarquillés.

— Que voulait-il ?

— Il t'a vue au concert et voulait me parler de toi, de ton passé.

— Quel casse-pieds, celui-là ! Il était toujours là, à me suivre, à observer ma maison, à fouiner partout…

— Il était chargé de prouver que tu avais un amant.

— Je reconnais bien là Algernon. D'abord il m'accuse d'être à peine une femme, puis il m'imagine en train de me rouler dans la fange avec un autre homme. Je n'ai jamais eu d'amant, bien sûr. Monroe perdait son temps.

— Il a dit que Finley s'était fait tirer dessus à la chasse, que sa mort n'était pas accidentelle. Que le juge te soupçonnait.

Que tu portais un pistolet, que la victime avait reçu une balle de pistolet en plein cœur, ce qui exclut l'accident de chasse.

Il la dévisagea. S'il ne doutait pas d'elle, à quoi bon l'insulter avec ces questions ?

Il aurait aimé la croire incapable de tuer. Certains en étaient incapables, même dans l'armée. Ils mouraient sur les champs de bataille. Mais, si les circonstances l'exigeaient, elle pourrait tuer quelqu'un, pour sauver sa peau ou celle d'un proche. Son mari constituait-il un tel danger ?

— Je me demandais pourquoi tu n'avais pas trouvé un peu de temps à me consacrer, ces derniers jours, murmura-t-elle. Tu as décidé de mettre fin à notre histoire, c'est ça ?

— Je n'ai rien décidé de tel.

— Si j'en avais le courage, je prendrais cette décision pour toi. Si cette nouvelle se répand, ta réputation sera aussi compromise. Je serai soupçonnée de la mort du duc.

— Je ne dirai au notaire que le strict minimum sur Margaret Finley. Le reste ne le regarde pas. Avec un peu de chance, nul n'en saura rien.

Elle lui caressa la joue.

— Je n'avais aucune raison de le tuer. J'étais libre. Cette séparation lui a sans doute sauvé la vie, jusqu'à ce que quelqu'un d'autre lui règle son compte.

Elle venait d'admettre que, sans cette séparation, elle aurait pu tuer son mari.

— Tu ne pourras peut-être pas me protéger, si c'est ce à quoi tu penses, dit-elle.

— Cela reste à prouver.

Ces révélations avaient modifié sa vision de l'affaire. Il devrait remettre en ordre les éléments dont il disposait.

— Chase, tu m'as confié un jour que tu savais que je n'avais pas tué le duc. Es-tu aussi certain que je n'ai pas assassiné Algernon ?

Il la dévisagea.

— Je ne te crois pas coupable, et en réalité, je me moque que tu aies tué ou non cette ordure. Une partie de moi espère même que tu l'as fait.

20

À l'aube, Chase quitta la maison de Minerva pour gagner Park Lane. Il entra dans les appartements du duc, à Whiteford House, et traversa le petit salon pour ouvrir les rideaux.

La ville était nimbée de brume. Quelques réverbères luisaient encore. Dans la grisaille, le soleil tentait une timide percée. Au nord-est s'étendaient Oxford Street, puis Portman Square. Un peu plus loin se profilaient Grosvenor Square et, au-delà, Berkeley Square.

— Que diable fais-tu ici ?

Il se retourna vers Nicholas, le corps entouré d'une serviette.

— Je pensais à l'oncle Frederick…

Le duc étouffa un bâillement.

— La ville est si paisible, à cette heure matinale, continua Chase. Presque belle. Elle se réveille, dit-il en ouvrant la fenêtre. La nuit, c'est le silence. Il aimait ce silence, il aimait la nuit.

— Cela lui a été fatal.

— Savais-tu qu'il se promenait ici dans les rues, la nuit ? Comme sur le toit de Melton Park. Il m'en avait parlé, et son valet l'a confirmé.

Nicholas frissonna.

— J'ai l'impression qu'il hante la maison.

— La nuit, quand les lampes sont allumées, on voit ce qui se passe à l'intérieur, même si les rideaux sont tirés. Dieu sait ce qu'il voyait...

— Écoute, fit Nicholas en passant une main dans ses cheveux. Je n'ai rien dit hier soir car le moment était mal choisi, mais je m'inquiète pour Kevin.

— Moi aussi. La justice est sévère quand il s'agit de la mort d'un duc. Il peut toujours embarquer sur un bateau pour le Continent.

— Selon toi, il y a une chance qu'il ait... ? Je refuse d'y croire.

— Un jour, je te raconterai les risques que l'on prend en refusant de croire quelque chose en dépit des faits. Je pense qu'il y a une chance qu'il l'ait fait, oui, même si je n'y crois pas vraiment. Kevin sera à la merci de l'opinion des autres.

— Quelle sale affaire ! J'espère que tu ne m'en veux pas de t'avoir entraîné dans cette galère.

— Je m'y trouvais déjà, répondit Chase.

Nicholas s'éloigna, comme pour prendre ses distances avec ce sujet.

— Mlle Hepplewhite était très en beauté, hier soir. Pleine d'entrain.

— Elle a passé une excellente soirée, je crois.

— Lord Jennings a remarqué son appétit.

— Elle serait gênée de l'apprendre.

— Jennings était impressionné, et non critique. C'était flatteur pour mon nouveau chef. Il vient de commencer. Mme Fowler n'a pas voulu rester, maintenant que tous ses amis sont partis.

Le duc s'écroula dans un fauteuil.

— Kevin s'est enquis plusieurs fois de Mlle Hepplewhite, en qui il voit sans doute une possible conquête infréquentable.

— Que lui as-tu répondu ?

— Que tu m'avais mis en garde, mais que j'ignorais si tu la protégeais encore.

— Dis à Kevin de s'occuper de sa vicomtesse. Elle le dévorait des yeux.

— Tu es bien susceptible quand il s'agit de Mlle Hepplewhite, remarqua Nicholas avec un haussement de sourcils. J'en conclus que sa fuite de Melton Park n'est plus un problème pour toi. Vous sembliez très amis, hier soir.

— Je ne l'entretiens pas, si c'est ce que tu veux savoir.

— Je ne te demande rien, même si sa robe était bien plus luxueuse que les tenues de Mme Rupert. D'autant qu'elle n'a pas encore empoché son héritage. Dois-je décourager Kevin, la prochaine fois ?

— Dis-lui de garder ses distances. Et d'aller au diable.

Pourquoi réagissait-il ainsi ? Ce n'était pas seulement de la jalousie. La précarité de leur liaison le rongeait.

Ils partageaient des nuits de plaisir, des confidences, une affection mutuelle, sans doute. Ils étaient amants. Mais il n'avait aucun droit sur elle.

— Je préviens la cuisine que tu prendras le petit déjeuner avec moi, annonça le duc.

— J'ai une question, avant.

Nicholas se retourna.

— Je t'écoute.

— As-tu trouvé de l'or dans la maison ? Des pièces d'or ?

Le duc parut surpris. Puis il sourit.

— Tu es très fort ! Le lendemain de ton départ de Melton Park, j'ai trouvé une cachette, dans le double fond d'un tiroir d'une armoire, près de son antichambre. Un tas de pièces d'or. Après avoir bondi de joie, je me suis demandé si je devais en informer le notaire.

Chase haussa une épaule.

— Tu as hérité des maisons et de leur contenu.

— C'est ce que je me suis dit. Il y avait de quoi équilibrer mes comptes. Comment es-tu au courant ?

— Dolorès a évoqué de l'argent caché. Il y en a sans doute aussi dans ces appartements. Tu n'auras aucun mal à le trouver. Je t'attends dans la salle du petit déjeuner.

L'annonce passée par Minerva pour le compte de Mme Jeffers porta ses fruits sans tarder. Dans l'après-midi, elle reçut une lettre anonyme. Douglas Marin, l'homme recherché, vivait dans Litchfield Street.

Le lendemain matin, heureuse de pouvoir se changer les idées, elle enfila son ensemble gris, prit son réticule et partit à pied. À mesure qu'elle s'approchait du quartier malfamé de Seven Dials, les habitations étaient plus modestes.

Le cousin de Mme Jeffers n'était pas fortuné. Il serait ravi d'apprendre que sa cousine voulait se réconcilier avec lui. Elle repéra facilement l'immeuble grâce à un gamin des rues qui le lui montra. Sur le perron, elle croisa une femme.

— Veuillez m'excuser, madame. Seriez-vous Mme Marin ?

La femme éclata d'un rire narquois.

— Comme si je pouvais épouser ce genre de type ! Il y a assez d'ivrognes en ce bas monde sans que j'en prenne un pour mari.

— Il habite bien ici ?

— Première porte à droite. Sortez votre mouchoir. Ça empeste.

Sur ces mots, elle s'éloigna.

Minerva constata que la voisine n'avait pas menti quant à l'odeur infecte. Elle se couvrit le nez de son mouchoir et entra. Pourvu que M. Marin soit levé. En frappant, elle entendit un mouvement à l'intérieur. Puis un choc et des jurons. La porte s'entrouvrit sur un homme aux yeux injectés de sang.

M. Marin semblait avoir vieilli avant l'âge. Ses cheveux blonds étaient trop longs, sales et hirsutes. Mme Jeffers affirmait qu'ils jouaient ensemble, enfants... Ce temps était à jamais révolu.

— Vous êtes qui ? Une dame patronnesse ?

— Non, pourquoi ? J'en ai l'air ?

— Un peu. J'ai pas besoin de vous. Montez à l'étage. Il y a un homme et deux femmes qu'il faudrait sauver. Ils font trop de bruit, la nuit.

— Monsieur Marin, je ne suis venue sauver personne. Je suis...

— Comment vous connaissez mon nom ?

— Je suis chargée de retrouver Douglas Marin, et j'ai l'impression que j'ai réussi. Ouvrez-moi et je vous expliquerai. Vous avez tout intérêt à m'écouter.

Il fit la moue et réfléchit un instant, puis recula pour la laisser entrer. Aussitôt, la puanteur redoubla. Elle se fraya un chemin parmi les détritus et les bouteilles vides.

— Un intérêt ? demanda Marin. Lequel ? Un héritage ? Je ne vois pas autre chose.

— Sachez que votre cousine, Mme Jeffers, vous recherche et veut se réconcilier avec vous.

Elle sourit et attendit une réaction de joie.
— C'est elle qui vous envoie ? fit-il, méfiant.
— Oui. Elle m'a engagée pour vous retrouver.
— Ça ne lui a pas suffi de me ruiner ? Il faut qu'elle me traque jusqu'ici ? Et si je ne veux pas être retrouvé ? Vous y avez réfléchi ?
— Cela arrive parfois, mais il s'agit d'une histoire familiale. Avoir une famille est préférable à ceci...
Elle désigna le désordre qui régnait dans le taudis.
— Je suis bien, ici, dit-il en faisant les cent pas. Vous allez me causer des ennuis. Ma cousine ne cherche pas à me ramener dans le giron familial. Elle veut terminer ce qu'elle a commencé, ce qui m'a conduit ici.
Minerva n'y comprenait rien. Il semblait très fâché, et l'alcool ingurgité n'arrangeait pas les choses.
— Très bien, je vous laisse, puisque vous êtes satisfait de votre sort.
Elle se dirigea vers la porte.
— C'est ça, partez ! Et n'allez pas lui dire où je suis, c'est compris ?
Soudain, son instinct lui dicta de se retourner. Elle perçut un mouvement et reçut un coup sur la tête, si violent qu'elle chancela. La porte claqua, l'empêchant de sortir.
Lorsqu'elle glissa une main dans son réticule, il se jeta sur elle en brandissant une chaise. Le visage en sang, elle faillit s'évanouir. Rassemblant son courage, elle lui griffa le visage avec ses épingles à cheveux.
Sa vision se troubla. Tandis qu'il hurlait, elle ouvrit la porte et s'enfuit aussi loin que ses jambes

pouvaient la porter. Elle se retrouva assise en pleine rue, se disant qu'elle allait se faire écraser par une voiture...

Dans la bibliothèque qui lui servait de bureau, Chase prenait des notes comme s'il rédigeait un rapport militaire, énumérant les faits et les pièces à conviction. Il décelait déjà des lacunes, qu'il devrait s'appliquer à combler.

Il remarqua à peine le vacarme qui régnait en bas, devant sa porte. Brigsby alla ouvrir à Jeremy, qui surgit une minute plus tard dans la bibliothèque.

— Vous devez venir immédiatement ! Une voiture vous attend dehors.

Le jeune homme semblait affolé.

— C'est Minerva. Elle est blessée. Elle a...

Chase se précipita dans le couloir.

— Tu me raconteras en route.

Une fois dans la voiture, Chase ordonna au cocher de se hâter.

— Que diable s'est-il passé ?

— Ils l'ont ramenée à la maison avec une blessure à la tête. Elle a beaucoup saigné.

— Qui l'a trouvée ? Et où ?

— Je n'étais pas là. D'après maman, des passants ont trouvé sa carte de visite dans son réticule, avec son adresse. Ils l'ont ramenée en charrette, je crois. Ma mère la soigne et m'a envoyé vous chercher. Elle a été agressée lors d'une enquête.

— Elle enquêtait seule ? Tu n'étais pas avec elle ?

— J'étais absent. Maman dit qu'elle a reçu une lettre et qu'elle s'est mise en route après le petit déjeuner, en affirmant que c'était une enquête facile. Elle ignorait que ce serait dangereux. Sinon, elle n'y serait pas allée seule.

« Les pires menaces surviennent là où on ne les attend pas », songea-t-il.

— Qui a fait cela ? La lettre est-elle toujours à la maison ?

— Aucune idée. Minerva n'est ni stupide, ni imprudente. Si vous comptez la sermonner, descendez tout de suite.

Ce blanc-bec lui faisait-il la leçon ? Il réprima un juron. Ce n'était pas le moment de s'énerver.

— L'essentiel est qu'elle reçoive les meilleurs soins et qu'elle se remette.

Le fiacre fila dans les rues, secouant ses passagers. Ils mirent pied à terre dans Rupert Street.

— Attendez ici ! lança Chase au cocher. Où est-elle ?

— Dans la bibliothèque.

Devant la porte, il prit le temps de se ressaisir avant d'entrer. Beth était assise près du divan sur lequel Minerva était endormie, pâle et en partie dévêtue. Sa capeline ensanglantée gisait à terre. Et sa pelisse tachée était posée sur une chaise. La jeune femme avait une compresse sur le crâne.

— Une blessure à la tête, expliqua Beth. J'ai arrêté le saignement et posé un cataplasme. Elle gardera sans doute une cicatrice. C'est une vilaine plaie, monsieur Radnor. On dirait que quelqu'un l'a frappée à l'aide d'un gourdin.

Chase s'assit près de la gouvernante.

— Où l'a-t-on retrouvée ?

Il effleura la main glacée de la jeune femme.

— Dans la rue. Elle était assise sur la chaussée. Les gens ont cru qu'elle était ivre, puis quelqu'un a remarqué qu'elle saignait. Elle avait ses épingles à cheveux dans une main. Elle a dû s'en servir contre son agresseur avant de s'enfuir.

— A-t-elle ouvert les yeux ?

— Plusieurs fois, furtivement. Je crois qu'elle dort. Mais elle m'a reconnue. C'est bon signe, non ? Les gens qui l'ont secourue ont cru qu'elle était inconsciente, au départ, mais elle a remué dans la charrette.

— Je vais faire venir un chirurgien de l'armée, décréta Chase. Ainsi qu'un médecin.

Beth trempa la compresse dans une cuvette d'eau.

— Je croyais ne plus revoir ça. Je croyais que c'était terminé..., geignit-elle.

Chase posa une main réconfortante sur l'épaule de la gouvernante. Puis il rédigea un bref message, qu'il remit à Jeremy.

— Prends la voiture et file chez le duc de Hollinburgh, dans Park Lane. Dis bien aux domestiques que tu viens de ma part et que le duc doit te recevoir sur-le-champ. Reste un peu, pour voir s'il a besoin de toi. En rentrant, dis au cocher de m'attendre. Prends cette pièce, que tu lui remettras.

Jeremy partit sans demander son reste. Au chevet de Minerva, Chase fouilla sa mémoire. Que faisait le chirurgien de l'armée dans une telle situation ?

— Relevez-lui un peu la tête, Beth, et tirez les rideaux. Nous attendrons l'avis des médecins avant de la monter dans sa chambre.

Minerva rouvrit les yeux pendant que la gouvernante plaçait un coussin sous sa tête.

— J'ai sali ma robe, gémit-elle.

— Aucune importance, répondit Beth, au bord des larmes.

— Que s'est-il passé ? J'ai mal au crâne…

Chase s'agenouilla et plongea dans son regard.

— On t'a frappée. Tu te souviens ?

— Non…

— N'essaie pas. Ferme les yeux et repose-toi.

Beth remit la compresse sur la plaie. La blessée soupira comme si cela lui faisait du bien. Elle tendit une main.

— Chase ? Reste un peu. J'ai très mal. Tu me donneras du courage.

Il prit sa main entre les siennes.

— Je reste. Sois courageuse.

Des larmes perlèrent au bord de ses paupières.

— Pauvre Beth… je suis si pénible. Elle aurait dû partir depuis longtemps…

— Vous êtes comme ma fille ! s'exclama Beth. Je voudrais être la seule à m'occuper de vous.

Chase lui fit signe de se taire.

— C'est injuste envers elle et Jeremy, poursuivit la jeune femme comme si elle n'avait pas entendu. Devoir vivre sous le toit de cet homme pour veiller sur moi…

Elle semblait avoir replongé dans le passé.

— Tu les as libérés de tout cela, assura Chase. C'est un autre homme qui t'a infligé cette blessure.

Minerva fronça les sourcils et rouvrit les yeux, désorientée.

— Repose-toi, dit-il en l'embrassant.

La jeune femme parut s'assoupir.

— Elle s'en sortira, affirma Beth, déterminée. Elle a connu pire. Ce n'est pas une petite nature.

— Avez-vous de la soupe, Beth ? s'enquit Chase. Elle acceptera peut-être d'en manger.

— Je peux préparer de la soupe, mais je voudrais rester à son chevet.

— Elle va dormir. Je suis là. Je promets de vous appeler en cas de besoin.

Après une hésitation, Beth se leva.

— Trempez la compresse dans l'eau toutes les dix minutes. Et ne l'embrassez pas. Ce n'est ni le lieu, ni le moment.

Il accepta ces consignes avec un hochement de tête et s'assit au chevet de Minerva.

21

Elle entendait des voix autour d'elle. Des murmures... Une douleur lancinante lui vrillait les tempes.

Elle aurait voulu ouvrir les yeux, mais n'osait pas. Le moindre mouvement la faisait souffrir.

Une autre voix. Celle de Chase.

— Des médecins sont là, Minerva. Ils vont t'examiner. Laisse-toi faire.

Elle sentit des mains sur son crâne, ses tempes. On lui souffla d'ouvrir les yeux, ce qu'elle fit pour découvrir un visage rond et des petites lunettes. Et un autre visage, aux cheveux grisonnants, aux yeux perçants qui plongèrent dans son regard comme pour lire au fond de son âme.

— Vous dites qu'elle a dormi ? Qu'elle n'a perdu connaissance que peu de temps ?

— Apparemment, oui.

— Bien. Elle vous a reconnu ? Aucune confusion ?

— Seulement sur ce qui s'est passé.

— C'est fréquent. Dans quelques jours, les choses se remettront en place.

Les deux visages s'écartèrent et échangèrent à voix basse. Ils s'adressaient à une autre personne, postée derrière elle. Elle referma les yeux.

— Elle a eu de la chance. Cet homme aurait pu la tuer. Elle doit se reposer au moins une semaine. Au lit, dans une lumière tamisée, sans bruit. Vous pouvez la déplacer, mais avec précaution. Si elle ne va pas mieux dans une semaine, nous aviserons.

Elle entendit des pas s'éloigner.

— Vous avez bien fait de l'appeler. Avec son expérience, vous n'aviez pas besoin de moi. Il est spécialisé dans les blessures de guerre. On n'en est pas loin.

— Merci quand même d'être venu.

— Quand un duc envoie un médecin royal, le médecin de famille s'incline. C'est sa bonne amie ?

— Non.

— Ah. Inutile de préciser que les rapports sexuels sont proscrits.

Ils s'éloignèrent, et ce fut le silence. Ses rêves revinrent à la charge. Elle reconnut les pas de Beth et crut entendre Jeremy, au loin.

Deux bras la soulevèrent. Rouvrant les yeux à grand-peine, elle croisa le regard de Chase.

— Je me sens mieux dans tes bras, murmura-t-elle.

Il lui sourit, mais sa mine demeurait soucieuse.

— J'ai été négligente, Chase. Je n'ai pas cherché à savoir pourquoi Mme Jeffers voulait revoir son cousin. J'imaginais une réconciliation, or il ne voulait pas qu'elle le retrouve.

— N'y pense plus. Ne pense à rien.

Rassurée par sa voix, elle referma les yeux.

Chase patienta dans la bibliothèque, le temps que Beth déshabille Minerva et lui fasse avaler un peu de soupe. Guettant le retour de Jeremy, il avait les doigts crispés sur la lettre anonyme qui indiquait l'adresse de Douglas Marin. Il avait chargé le jeune homme d'aller chercher sa voiture chez lui.

Au moment où les chevaux s'arrêtèrent devant la maison, Beth descendit. De son poste, Chase vit Jeremy entrer et s'effacer. Puis Beth s'arrêta net, les yeux écarquillés.

— Il a insisté pour venir, expliqua Jeremy.

— Qui êtes-vous donc, monsieur ? gronda Beth, les bras croisés.

— Brigsby. Je viens m'occuper de mon maître, déclara le majordome en s'approchant, l'air hautain.

Beth renifla.

— Votre maître vous a ordonné de venir ? Non ! Je l'ai entendu donner ses consignes à Jeremy. On ne vous a pas convoqué !

— La requête de ce jeune homme ne faisait aucun sens. Il voulait une valise, du linge, comme si mon maître partait en voyage. Je dois l'accompagner, en ce cas.

— Il ne part pas en voyage, pauvre imbécile ! Il ne rentre pas chez lui, voilà tout. Donnez-moi cette valise et retournez d'où vous venez. Comme si on avait besoin d'un valet ! fit-elle en secouant la tête.

— Je ne suis pas valet, protesta Brigsby lorsqu'elle lui tourna le dos. Je suis majordome. J'ai des compétences spécifiques. Je suis capable d'effectuer vos tâches mieux que vous.

Beth se redressa et fit volte-face.

— Je sais cuisiner, par exemple, poursuivit-il avec condescendance. Je gère l'intérieur de mon maître. Je lui procure tout ce dont il a besoin. Veuillez me montrer ses appartements, que je l'installe.

Beth le fusilla d'un regard noir, au point que Chase crut bon d'intervenir.

Il toussota, attirant l'attention des deux domestiques qui en restèrent un instant sans voix.

— Vous voici, monsieur, dit Brigsby en retrouvant une contenance. J'ai apporté vos effets.

Croisant le regard de Chase, le domestique fit signe au cocher chargé du bagage. Beth s'éclipsa.

Chase vérifia sa valise. Brigsby avait préparé des chemises, des cravates, un gilet, des dessous et des articles de toilette. De quoi tenir cinq ou six jours.

— Votre pistolet et vos munitions sont au fond, sous le reste, précisa le domestique. Vous l'emportez toujours dans vos déplacements, et j'ai cru bon...

— Je ne pense pas en avoir besoin, mais merci d'y avoir pensé.

Chase referma sa valise et la mit de côté.

— Cette femme semblait vouloir que je parte, monsieur, murmura le domestique. Je le ferai si vous me l'ordonnez.

— Vous devrez attendre mon retour, car j'ai besoin de la voiture pour quelques heures.

— Indiquez-moi alors où se trouvent vos appartements, et je rangerai vos affaires en votre absence.

— Je n'en ai pas la moindre idée. Demandez à Beth, la femme à qui vous venez de parler.

— Je dois l'appeler Beth, monsieur ? se plaignit-il, les lèvres pincées.

— Optez plutôt pour Mme Shepherdson, après cette retentissante entrée en matière. Elle est descendue à la cuisine. Proposez-lui de préparer à manger pour tout le monde, car elle souhaiterait rester au chevet de sa patronne. Elle vous adoptera peut-être.

Chase se dirigea vers la porte d'entrée.

— Suis-moi, Jeremy. Nous avons une course à faire.

— Si nous allons bien où je crois que nous allons, prenez ce pistolet.

— Je risquerais de m'en servir sur cette ordure. Monte à côté du cocher et fais en sorte qu'il ne traîne pas.

— ... le duc a fait quérir un médecin royal, racontait Beth. C'est commode d'avoir un duc dans ses relations.

La gouvernante retrouvait sa bonne humeur, et Minerva n'avait presque plus mal à la tête. Au-dessus de son œil gauche, elle sentait un cataplasme. Ainsi que sur son crâne. Elle ne saignait plus et demanda à Beth de l'aider à s'asseoir.

— C'était délicieux, dit-elle en finissant sa soupe. Demain, je mangerai peut-être un repas plus substantiel.

— C'est ce maudit valet, Brigsby, qui a préparé la soupe. Il voulait toutes sortes d'ingrédients bizarres, des herbes, de la crème, du poivre ! Je l'ai laissé se débrouiller seul.

— Si Brigsby est là, où est Chase ?

Beth prit le plateau et le posa sur la table.

— Il ne devrait pas tarder.

Au bout d'un moment, Beth regagna sa place au chevet de la blessée et essora la compresse.

— Arrête, je te prie. Je n'en ai plus besoin. D'ailleurs, je n'ai pas envie de rester dans ce lit.

— Que voulez-vous faire, en pleine nuit ?

— Je ne suis pas fatiguée. J'ai dormi toute la journée. J'ai reçu un choc, mais je vais mieux.

Elle rejeta les couvertures.

— Je vais m'installer dans un fauteuil pour lire. Apporte-moi une lampe.

— Vous devez rester couchée. Ce sont les consignes des deux docteurs !

— Qu'en savent-ils ?

— Ils en savent plus que vous.

— Je vais devenir folle si je ne fais rien. Écarte-toi !

— Qu'est-ce que tu fabriques ?

Ce n'était pas la voix de sa gouvernante mais celle de Chase, debout sur le seuil. Il semblait fatigué, échevelé et furibond.

— Au lit, Minerva !

Il entra. Satisfaite, Beth emporta le plateau sans émettre un commentaire.

— Ce n'est pas nécessaire, insista la jeune femme.

— Une semaine.

Il désigna les couvertures. Elle obéit de mauvaise grâce.

— Ton état est un bon signe, admit-il. Mais il faut être prudents.

— Tu n'as pas passé une semaine alité quand je t'ai frappé sur la tête.

— Ce n'était pas la même chose.

— Si !

— Tu as perdu beaucoup de sang.

— Toi aussi. Les blessures à la tête saignent toujours abondamment, m'as-tu dit.

— Tu as perdu connaissance. Il y a un risque de lésion interne.

— Pour toi aussi, et cela ne t'a pas inquiété pour autant !

— Je savais que je n'avais rien de grave. Je n'ai perdu connaissance que quelques instants.

— Je peux en dire autant. Je n'ai presque plus mal et la lumière ne me dérange pas. Regarde !

— Je te répète que ce n'est pas la même chose ! s'emporta-t-il.

— Parce que je suis une femme, c'est ça ?

Il inspira bruyamment.

— Exactement. S'il t'arrivait malheur parce que tu as ignoré les recommandations des médecins, je ne me le pardonnerais pas. Fais ce que je te dis, je t'en prie !

Elle rechigna face à Chase qui affichait un air implacable.

— Je me reposerai pendant trois jours. Si je me sens alors parfaitement rétablie, je veux que tu l'acceptes.

Exaspéré, il ferma les yeux et opina.

— D'accord.

— Approche la lampe, s'il te plaît.

Il s'exécuta en soupirant. Lorsqu'elle prit sa main dans la sienne, elle remarqua ses phalanges meurtries.

— Où es-tu allé ?

— J'avais des choses à faire.

— Tu l'as tué ?

— Non. J'avais emmené Jeremy en lui confiant la mission de m'en empêcher. J'ai néanmoins dû jouer des poings.

Elle imaginait la scène, dans ce taudis nauséabond.

— Que lui as-tu fait ?

— Je lui ai donné le choix entre monter en voiture pour se rendre dans un établissement à la campagne, où sa cousine espérait le faire soigner, ou être emmené devant le juge pour tentative de meurtre sur ta personne.

— Il a choisi la campagne ?

— J'ai dû le convaincre, mais il a fini par entendre raison.

— Ne laisse pas Brigsby te voir dans cet état, s'il est encore là. Il voudra te baigner, te coiffer...

— C'est pourquoi je suis venu directement ici. Et pour m'assurer que tu obéis aux docteurs.

— Tu comptes monter la garde toute la nuit ?

— Je comptais rester à ton chevet pour changer tes compresses. Je ne m'attendais pas à te voir ainsi.

— J'ai l'ordre de rester au lit, mais pas forcément seule.

— Hélas, je ne peux m'imposer à toi. Le médecin me l'a interdit.

— Dormir contre moi est différent. Je guérirai plus vite entre tes bras. Il va juste falloir se serrer un peu...

— Très bien. Je trouverai ma place.

Il ôta ses vêtements et éteignit la lampe, avant de se coucher.

— Glisse-toi sous les couvertures...

— Beth viendra me remplacer à l'aube, donc je m'abstiendrai.

Il immisça cependant un bras pour l'enlacer, lui procurant une sensation qui effaça les épreuves de la journée.

— Aujourd'hui, j'ai compris quelque chose, murmura-t-elle. Je me suis rappelé un détail enfoui dans ma mémoire.

— Lequel ? s'enquit Chase en étouffant un bâillement.

— Le jour où j'ai reçu ces pièces d'or venues du ciel, le garçon qui me les livrait a déclaré : « On m'a chargé de vous dire de vous défendre, la prochaine fois. » Cette phrase m'est revenue, et je me demande…

— Quoi ?

— Si la personne qui m'envoyait ces pièces savait ce qui se déroulait sous mon toit.

— Je le crois. Il devait savoir que Finley te frappait.

— Sinon, il ne m'aurait pas remis ces pièces d'or ? C'était pour m'aider à fuir ?

— Et en mourant, il t'a légué une jolie somme.

Elle fixa le plafond.

— C'était le duc, d'après toi ? souffla-t-elle.

— J'en suis presque certain. Je n'ai pas trouvé d'autre lien possible entre vous.

— Pourquoi ne m'en as-tu pas parlé ?

— J'allais le faire, mais tu as reçu un coup sur la tête, répliqua-t-il, un sourire dans la voix. On verra ça plus tard. Dors, maintenant.

Elle fit semblant de dormir et écouta son souffle régulier, touchée par les émotions que suscitait sa présence chaque fois qu'il lui montrait à quel point il tenait à elle.

22

— J'exige de quitter cette chambre.

Le regard noir, Minerva était déterminée. Désespérée, Beth se tourna vers Chase.

— Je vous ai appelé pour que vous lui fassiez entendre raison.

Le lit qu'ils partageaient depuis deux nuits était fait. Drapée dans le peignoir qu'il lui avait offert, la jeune femme avait tenté de se coiffer seule.

À part son ecchymose sur le front, elle semblait totalement tirée d'affaire. Elle ne tiendrait pas une journée de plus. Il redoutait qu'elle ne s'évade par la fenêtre.

— Tu m'avais promis que si j'étais guérie au bout de trois jours, je pourrais me lever.

— J'ai menti pour que tu te tiennes tranquille. Cependant, si tu jures de m'obéir, tu pourras quitter cette chambre un petit moment.

Beth voulut protester, mais se ravisa.

— Qu'exigeras-tu ? demanda Minerva.

— Tu ne dois descendre l'escalier qu'avec moi, ne prendre l'air dans le jardin que si tu es habillée chaudement. Nous ferons un tour en voiture cet après-midi, ainsi qu'une promenade à pied. Il faudra me signaler la moindre faiblesse.

— Ce n'est pas très amusant.

— Tu peux aussi rester enfermée.

— Tu n'oserais pas !

Il se garda de lui répondre.

— Très bien, soupira-t-elle, mais tu es injuste. Beth, aide-moi à m'habiller. Je compte prendre mon petit déjeuner en bas.

Il sortit un instant pour la laisser s'habiller, puis il accompagna en bas la jeune femme qui se servit un copieux petit déjeuner, heureuse d'être libre.

Dès que Chase eut pris place à son tour, Brigsby apparut avec le courrier et le journal. Après avoir lu deux lettres, Chase fronça les sourcils.

— Comment mon courrier est-il arrivé ici ?

— J'ai envoyé le jeune homme le chercher.

— Jeremy n'est pas votre laquais, Brigsby.

— Il n'y a pas vu d'inconvénient. Je lui ai permis de prendre votre voiture et d'emmener la jeune fille.

— *Vous* lui avez permis... ?

— Vous étiez occupé, monsieur.

— Quelle jeune fille ? intervint Minerva.

— Mlle Turner, répondit Brigsby. Elle vient de temps en temps. Hier, je les ai vus bavarder dans le jardin. J'ai pensé qu'elle apprécierait un petit tour en voiture.

Il leur servit du café.

— Vous aviez besoin d'une redingote propre, ajouta-t-il. J'ai prié le jeune homme de rapporter la bleue, et de prendre votre courrier au passage. Je suis allé chercher le journal moi-même.

Toujours guindé, Brigsby salua et se retira.

— Jeremy et Élise ? s'étonna Minerva.

— Ils ont travaillé ensemble à Whiteford House. De quoi sympathiser. Tu réprouverais une liaison ?

— Cela pourrait compliquer mes enquêtes.

— Comment ça ?

— Jeremy risque de devenir très protecteur et de s'inquiéter pour elle, au point d'intervenir dans son travail s'il le juge nécessaire.

Dans son courrier, Chase découvrit une lettre de Peel. Enfer et damnation.

— Mais non. Il est raisonnable et sait que tu n'exposerais Élise à aucun danger.

Il avait presque fini son courrier quand il remarqua le silence qui s'était installé. Minerva l'observait d'un air sceptique. Qu'avait-il donc dit pour la contrarier ?

— Si un homme raisonnable ne peut se montrer trop protecteur, selon toi, me voilà rassurée. Tu ne me protégeras pas de façon excessive.

Ce n'est pas la même chose. Il tenait à la sécurité de la jeune femme. Le moment était toutefois mal choisi pour évoquer les changements de comportement qu'il exigerait d'elle lors de ses prochaines enquêtes.

Face à son sourire, Minerva changea de sujet.

— Je n'ai pas envie de passer la matinée assise dans le jardin. Je veux des explications de ta part sur le rôle de bienfaiteur du défunt duc. Le moment est venu.

— Faisons dès à présent ce tour en voiture, proposa-t-il en regardant par la fenêtre. Je te montrerai quelque chose.

— Je vais chercher ma capeline et ma cape.

Il se leva avant elle.

— Je m'en charge. Ne t'approche pas de l'escalier.

Elle le regarda s'éloigner avec un long soupir agacé.

— J'aime cette voiture, dit-elle. Elle est très confortable.

Chase avait posé une couverture sur ses épaules. Ils roulaient vers l'ouest, assis face à face.

— Dis-moi si tu es trop secouée.

— Je m'en souviendrai lors du prochain coup que tu recevras sur la tête. Je te harcèlerai de la même façon. Méfie-toi.

Elle refusait de s'expliquer désormais sur ses moindres gestes. Elle refusait de devenir une petite chose fragile.

Certes, elle avait commis une erreur d'appréciation avec M. Marin. Mais c'est parce qu'elle était distraite. Un mois plus tôt, elle aurait feint de s'être trompée de porte en voyant de quel individu il s'agissait. Hélas, elle était obnubilée par Chase, tiraillée entre son amour et l'épée de Damoclès suspendue au-dessus de sa tête.

C'était la première fois qu'elle formulait le mot *amour* dans son esprit. Elle l'aimait, et en était stupéfaite.

Il la couvait du regard, un sourire au coin des lèvres. À quoi pensait-il ? Se demandait-il si elle avait fait en sorte de se débarrasser d'Algernon ? Il n'avait pas affiché la même conviction en son innocence qu'à propos du duc.

Oxford Street était encore assez calme à cette heure matinale. Elle observa les boutiques qui la bordaient. Au croisement suivant, Chase ordonna au cocher de s'arrêter.

— Si tu regardes vers les toits, tu vois celui de Whiteford House, face à Park Lane. L'arrière est proche d'ici. Quand mon oncle se rendait en ville, à Oxford Street ou Mayfair, voire à la City, il longeait le parc et sortait par ici, dans l'une de ces rues.

— Sans doute.

Il l'invita à regarder par l'autre fenêtre.

— On m'a appris que tu avais séjourné dans Old Quebec Street, non loin de chez mon oncle.

Il ouvrit la portière.

— Allons y faire un tour, proposa-t-il.

L'air frais la revigora, sous un soleil radieux. Chase l'entraîna vers l'extrémité d'Old Quebec Street.

— Il sortait souvent, la nuit. Dans les parcs et les squares. Portman est le plus proche. Il cherchait à voir les étoiles. Marchons jusqu'au square, si tu es d'attaque, suggéra-t-il en la prenant par la main.

— Bien sûr que je suis d'attaque !

Au bout de quelques pas, cependant, elle se figea comme si elle avait heurté un mur.

— Nous pouvons passer par la rue suivante, si tu ne supportes pas de revoir la maison.

Elle la discernait déjà, ainsi qu'une partie de la porte.

— Viens par ici.

Ils gagnèrent le croisement suivant dans Oxford Street.

— Imagine-le quittant sa maison à pied, marchant vers le square. Il passe devant chez toi.

— Tu crois qu'il a vu ou entendu quelque chose ?

— Oui. Le quartier est calme, le soir. On voit davantage l'intérieur des habitations qu'en pleine journée.

— Comment aurait-il appris qui j'étais ?

— Il a pu se renseigner dans les environs, chez les commerçants.

C'était plausible.

— Depuis combien de temps penses-tu à cette théorie ?

— Presque deux semaines. Je t'ai crue, la première fois, quand tu as affirmé ne pas connaître le duc. Lui connaissait tes deux identités. Et cet argent que tu as reçu. Un don étrange, qui lui ressemble assez. Mais je n'ai eu de certitude qu'en t'entendant relater les paroles du messager.

La prochaine fois, défendez-vous. Cet argent le lui avait permis, ainsi que son intelligence.

Ils flânèrent vers le square.

— Je suis rarement venue ici, alors que je vivais tout près, avoua Minerva. Quand Algernon sortait, Beth et moi en profitions parfois. Mais il fallait que je sois là à son retour. J'étais comme en prison.

Il serra sa main dans la sienne.

— Je ne comprends toujours pas pourquoi le duc m'a légué cette fortune, ajouta-t-elle.

— Il pensait que tu en ferais un meilleur usage que nous autres. Il était informé de la mort de ton mari et de ton installation à Londres.

— J'ai été discrète, pourtant.

— Être duc a des avantages. Il a certainement chargé quelqu'un d'enquêter sur toi, après ton départ du Dorset.

— Si au moins il avait joint un message aux pièces d'or, j'aurais pu le remercier !

— Il préférait l'anonymat. Il est intervenu en ma faveur quand j'ai quitté l'armée, sans m'en parler.

— Nous lui sommes tous deux redevables.

Ils retournèrent à la voiture. Elle laissa Chase l'envelopper de la couverture.

— Un petit tour dans le parc, à présent, décréta-t-il.

— Dis au cocher de passer lentement devant Whiteford House, d'abord.

Cinq minutes plus tard, blottie contre Chase, elle contempla la maison de ce bienfaiteur qu'elle n'avait jamais rencontré.

Ce soir-là, Chase prit une décision. Il devait rendre un rapport à Peel dans les jours à venir, et n'avait d'autre possibilité que d'évoquer Minerva. Mais il n'aurait peut-être pas besoin de parler de la mort de Finley.

Il entra dans la chambre de la jeune femme. Il avait renvoyé Brigsby chez lui afin qu'il prépare son retour, le lendemain. Beth ronflait au bout du couloir.

Il se glissa entre les draps et prit Minerva dans ses bras pour savourer sa chaleur.

— Je te croyais endormie, dit-il.

— Je t'attendais. Je dors mieux quand tu es là.

Il la serra contre lui et l'embrassa sur le front. La main de Minerva glissa le long de son torse.

— Ta peau est différente de la mienne. Elle couvre des muscles fermes.

Sa curiosité un peu candide l'enchantait. Elle poursuivit son exploration.

— Qu'est-ce que tu fais ? demanda-t-il lorsqu'elle s'aventura plus bas.

— Je cherche à te faire réagir.

— Je te garantis que tu en es capable, mais les médecins nous ont interdit de...

— Ils voulaient plaire à ton cousin, voilà tout. Se donner de l'importance devant un duc.

Du bout de l'index, elle parcourut la longueur de son phallus. Il se crispa aussitôt.

— Je me suis engagé à ne pas te toucher, même si ce n'est pas l'envie qui m'en manque… Arrête !

— Tu n'aimes pas ?

— Si, mais nous ne pouvons pas…

— C'est toi qui t'es engagé à ne rien me faire, et non moi. Tu ne m'imposeras rien. Ne bouge pas.

Elle ôta sa chemise de nuit. Un homme plus déterminé, un gentleman digne de ce nom, aurait quitté la chambre sur-le-champ. Pas lui.

À genoux, elle l'observa avec gourmandise, en se demandant par où commencer. Son sexe se gonfla de désir.

Il était si beau, fort et musclé… Et sa façon de s'occuper d'elle, de lui parler… Elle commença par l'embrasser avec tendresse, puis ses lèvres glissèrent dans son cou, sur son épaule, son bras, son torse, avec révérence.

Il la laissa exprimer ainsi ses sentiments, sans la toucher ni l'enlacer. Le moindre frôlement de ses seins suffisait à le rendre fou, et son parfum l'enivrait. Elle se mit à lécher sa peau et constata avec joie le plaisir qu'il en retirait. Bientôt, il ne put réprimer une plainte rauque.

Elle s'assit sur ses cuisses et le caressa entièrement, fascinée. Enfin, elle enroula les doigts autour de son sexe palpitant pour entamer des mouvements sensuels. Chase ferma les yeux, la mâchoire crispée. Elle avait l'impression délicieuse de le tenir en son pouvoir.

— Tu te sens forte ?

— Invincible. Une guerrière.

— Remonte vers moi, que je te dévore.

Elle ne comprit pas tout de suite à quoi il faisait allusion. Elle s'avança à quatre pattes au-dessus de lui et lui permit de capturer un sein entre ses lèvres.

Il la titilla dans une douce torture qui la fit trembler de désir. Sans qu'il l'ait touchée avec ses mains, elle sentait monter l'extase. Elle recula légèrement.

— Non, protesta-t-il. Avance… encore…

Elle n'eut alors d'autre possibilité que de se mettre à genoux sur son visage, agrippée à la tête de lit. Chase lui écarta les cuisses et leva la tête vers ses replis humides.

Dès le premier coup de langue, elle fut transpercée d'une onde de plaisir, puis l'intensité de ses sensations monta à tel point qu'elle crut perdre la raison. Elle se mit à l'implorer d'arrêter et de continuer à la fois. Enfin, une vague incroyable l'emporta dans son fracas.

Il la déplaça pour s'unir à elle, l'envahir comme jamais. Il donna un coup de reins puissant, puis un autre, jusqu'à se répandre en elle avec une force brute. Elle s'abattit sur lui, haletante et repue. Incapable du moindre mouvement.

— Tu es belle, Minerva. Superbe et parfaite…

Elle le crut car c'était ainsi qu'elle se voyait – grâce à lui.

23

— J'espère que vous avez une bonne raison de m'avoir convoquée, dit Beth avant même que Chase la salue. C'est un peu loin.

Elle observa le pied d'un arbre. Quelques touffes de verdure annonçaient le printemps.

Rendez-vous au même endroit, au moment des courses. Tel était le message qu'il lui avait glissé après le petit déjeuner. Elle posa son panier vide à ses pieds.

— Je ne lui ai pas dit que vous vouliez me parler, précisa-t-elle. Il n'y avait aucune raison à cela.

— Tant mieux. Selon elle, un homme vous aurait affirmé à l'époque qu'il avait tué son mari, ce qui signifie qu'elle serait toujours possiblement en danger.

— Peut-être. Mais je ne le pense pas.

Il distinguait à peine son visage dissimulé sous la coiffe.

— S'ils établissent que le duc a été assassiné, ils risquent d'étudier son passé et de la soupçonner, voire de s'intéresser à la mort de cette ordure.

— En effet. Le dossier pourrait être rouvert. Ce n'est pas comme si elle avait été déclarée innocente par un tribunal.

— Essayons de faire en sorte que ça ne se produise pas.

Beth ne le regardait toujours pas, visiblement accablée.

— Marchons un peu, proposa-t-il en ramassant le panier.

Ils firent le tour de Portman's Square, en silence.

— J'ai remarqué les cicatrices, sur les épaules de Jeremy. Il devait être jeune quand on l'a frappé.

Elle se redressa et regarda droit devant elle.

— Treize ans, la première fois.

— Finley ?

Elle hocha la tête.

— Je m'en doutais, grommela-t-il.

— Ce monstre aimait faire souffrir les autres. Il ne pouvait que s'en prendre à mon garçon. Mais je ne l'ai pas tout de suite compris.

— S'il a essayé après votre départ, s'il a agressé Jeremy dans la rue ou chez lui, celui-ci avait quelques années de plus et était sans doute capable de riposter.

Beth poussa un long soupir.

— C'est ce que vous croyez ? Que mon fils l'a tué ? Vous allez le dénoncer pour sauver Minerva ?

— Je ne ferai rien de la sorte. J'ai simplement réuni des éléments et étudié les faits.

Elle croisa les bras, l'air fâché.

— Vous vous trompez. Jeremy n'aurait pas fait une chose pareille.

— Dans certaines circonstances, tout le monde est capable d'un tel acte. C'est ainsi, lors d'une guerre.

— Je vous dis qu'il n'a rien fait ! Je le sais.

« Une réaction naturelle de la part d'une mère », songea-t-il.

— Je sais pertinemment qu'il n'a pas tué ce monstre, ajouta-t-elle. Parce que c'est moi qui ai tiré sur Finley.

— Il s'en était pris à lui, une fois de plus, raconta Beth. Je n'ai jamais vu Jeremy aussi furieux. Lorsqu'un garçon devient un homme, il ne supporte plus ce genre de sévices. Il se défend. Vous aviez raison sur ce point. J'ai compris qu'il ne tarderait pas à réagir et serait pendu ou envoyé aux galères, que sais-je, malgré son état de légitime défense.

Chase ne lui demanda aucune précision. Il avait soupçonné Beth avant de rejeter cette hypothèse, car elle était femme à aider, à soigner, non à tuer. Mais dans des circonstances extrêmes…

— Et il y avait ce type qui fouinait partout, reprit la gouvernante. Un type comme vous, que Finley avait engagé pour obtenir des preuves contre Minerva. Je redoutais qu'il ne trouve de quoi convaincre un tribunal ou même qu'il n'invente des preuves. Nous n'étions pas tirées d'affaire, même si elle avait quitté son mari.

— En effet.

Minerva était vulnérable tant qu'elle restait mariée à Finley.

— La situation a basculé quand je l'ai revu, enchaîna-t-elle. Il s'est présenté à la porte, sur son cheval. Minerva était terrifiée. Jeremy est sorti lui dire de s'en aller, qu'il n'avait aucun droit d'être là. Pour toute réponse, il lui a donné des coups de cravache depuis son cheval, encore et encore. Jeremy s'en est emparé pour la jeter sur la route, mais il avait des coupures au visage et dans le cou.

Le cauchemar recommençait. J'ai saisi le pistolet que nous gardions à la maison et j'ai attendu qu'il parte. Il aimait aller dans la forêt voisine, même si ces terres ne lui appartenaient pas. Il se prenait alors pour un lord.

— Il n'a pas été surpris par votre présence ?

— Il a d'abord cru que je lui apportais un message de Minerva. Il semblait même content. Quand je lui ai ordonné de ne plus s'approcher de Minerva ou de mon fils, il a voulu me donner des coups de cravache. J'ai vu rouge. Je tenais le pistolet sous mon châle et j'ai... J'ai essayé de m'en vouloir, mais je savais que Dieu ne me reprocherait pas mon geste. Une mère protège son enfant. Il n'avait que dix-sept ans. Et je ne supportais plus de voir Minerva endurer toutes ces épreuves. Elle n'en pouvait plus. Elle avait beaucoup mûri et se serait défendue, cette fois. Il aurait fini par la tuer, c'est certain.

Elle s'arrêta et croisa les bras, le regard dans le vague. Il en fit autant. Que faire, à présent ?

— J'aurais pu avouer. Si Minerva est arrêtée, je me dénoncerai. Elle ne sera pas pendue. Quand ils ont conclu à un accident de chasse, j'étais soulagée.

— Je ne doute pas une seconde que vous vous livreriez aux autorités en cas de besoin.

Enfin, elle se tourna vers lui, les yeux embués de larmes.

— Vous allez lui dire la vérité ? s'enquit-elle.

Il n'aurait sans doute pas à le faire. Minerva était une excellente détective, et il n'y avait que deux coupables possibles.

— Je vous conseille de le faire vous-même, au cas où elle douterait de Jeremy.

— Je resterai prête à me livrer, au cas où.

— La mort a été jugée accidentelle. En cas de doute, j'attirerai l'attention sur les braconniers qui sévissent dans la région. Venez, je vous ramène à la maison dans ma voiture.

Elle sourit.

— J'avais envie de l'essayer, moi aussi, admit-elle.

— Nous ferons un arrêt, si cela ne vous ennuie pas. Minerva va se demander où vous êtes passée. Nous lui dirons que je vous ai emmenée acheter une robe. Nous ferons une halte chez la couturière.

— Je vous avoue que j'ai tué un homme, et vous m'achetez une robe ? C'est pour le moins étrange, mais je ne m'en plaindrai pas.

Il était prêt à lui donner une garde-robe entière pour avoir effacé tout soupçon à propos de Minerva.

— J'ai réfléchi, dit la jeune femme.

— Tu m'inquiètes.

— À propos de cet héritage… S'il ne me connaissait pas, il en est peut-être de même pour les deux autres mystérieuses héritières. Il a peut-être été touché par leurs malheurs.

— Nous suivons le même raisonnement, chacun de notre côté. Ces femmes seront encore plus difficiles à retrouver, dans ce cas.

— Il les aura peut-être croisées grâce à l'une de ses habitudes, comme pour les promenades nocturnes avec moi.

— Je me suis interrogé sur certaines de ses habitudes, en quête de pistes.

— Me diras-tu quelles habitudes ?

— Non.

— Je pourrais t'aider, tu sais.

— Tu seras bientôt une riche héritière. Tu n'auras plus à enquêter.

Ne plus enquêter ? Mais elle aimait son travail !

— Comment comptes-tu utiliser cet argent ? ajouta-t-il.

— J'en mettrai une partie de côté pour mon agence. Je nous achèterai de nouvelles garde-robes, un appartement pour Jeremy. Une voiture, peut-être. Je lancerai une enquête en Amérique pour retrouver mes cousines. Je veux surtout aider des femmes qui ont besoin d'un lieu sûr.

— Bonne idée. Tu n'as qu'à créer une association. Fais-toi plaisir, aussi... Ah, nous sommes arrivés.

Ils se trouvaient devant la Banque d'Angleterre. Dans un premier temps, Minerva retirerait cinquante livres sur le compte de son argent placé.

Une nouvelle vie allait commencer.

Au moment de mettre pied à terre, elle plongea dans son regard d'azur.

— Tu restes à mes côtés ?

— Oui, et aussi longtemps que tu le voudras, répondit-il.

Comprenait-il ce qu'elle sous-entendait ? Peut-être que oui...

Ensemble, ils rencontrèrent la personne indiquée par le notaire.

Une heure plus tard, elle était officiellement héritière.

Passe me voir à une heure, disait le message de Nicholas.

Nerveux, Chase avait confié Minerva à sa famille de cœur pour célébrer leur bonne fortune. Il ne l'avait pas invitée à venir le voir quand elle le voudrait, mais elle se savait la bienvenue.

Il était soudain d'humeur maussade et nostalgique. Minerva profitait de sa fortune et elle allait changer, c'était inévitable. Elle aurait une vie mondaine, d'élégantes toilettes.

Les hommes flirteraient avec elle, et pas seulement des chasseurs de dot. Un jour, il ne serait plus que l'un de ses amis parmi d'autres.

Chase ne pouvait rien y faire. Mais il deviendrait fou en la voyant s'éloigner de lui.

Il arriva à Whiteford House en avance, prêt à livrer au duc le discours qu'il avait préparé. Il l'informerait de l'enquête qu'il menait pour le Home Office. Il ne pouvait repousser plus longtemps son rapport à rédiger pour Peel. Son cousin l'accuserait de double jeu.

Le duc l'attendait dans la bibliothèque.

— Te voici ! Entre, et prépare-toi.

— À quoi ?

— À un imbroglio familial. Walter et sa femme ne vont pas tarder.

— Pour te demander de l'argent ?

— C'est probable. Mais ce n'est pas tout, à en juger par le message de Walter. Il évoque une information de la plus haute importance.

— J'ai quelque chose à te dire, auparavant, de très important aussi.

— Nous parlerons après leur départ. Une information cruciale à la fois, s'il te plaît.

Dix minutes plus tard, le majordome annonça l'arrivée de Walter.

— Pile à l'heure. Je n'en attendais pas moins de lui, commenta Nicholas.

Walter apparut, accompagné de Felicity. Après les salutations d'usage, ils s'installèrent.

— J'espérais te voir seul, dit Walter en regardant Chase. C'est délicat.

— Chase est là à ma demande. Si tu comptais me dire que la comtesse von Kirchen n'est pas la veuve qu'elle prétend être, je le savais.

Walter rougit.

— Je n'ai que faire de tes maîtresses. C'est à propos de la mort de notre oncle.

— Dans ce cas, Chase a toute sa place ici. Parle !

— Ma femme était en ville, le lendemain de la mort de l'oncle. Elle faisait des courses dans Bond Street quand…

— Laisse-la nous raconter l'histoire elle-même, coupa Chase.

— Tu t'en sens capable, chérie ? ronronna Walter.

— Bien sûr qu'elle l'est ! lança Nicholas. N'est-ce pas, Felicity ?

Celle-ci acquiesça.

— En faisant des courses, j'ai vu Kevin dans Bond Street. Plus tard, quand tout le monde a dit qu'il se trouvait en France, j'ai été troublée, car il n'y était donc pas ce jour-là.

Chase et Nicholas échangèrent un regard.

— Vous êtes sûre ? insista Chase. Le lendemain de la mort de l'oncle ?

— Exactement, et je suis capable de reconnaître un cousin de mon mari ! C'était bien Kevin.

— Il est un peu tard pour se souvenir de ce détail, objecta Nicholas.

Elle rougit. Walter parut sur le point de prendre la parole à sa place.

— Je n'ai rien dit pour ne pas créer de problèmes à Kevin.

— Et maintenant ?

Chase n'avait jamais vu Felicity aussi déterminée.

— Puisque le mystère demeure irrésolu, j'ai décidé d'en parler à mon mari. Il a jugé bon de vous mettre au courant.

— Je vous remercie tous les deux, conclut le duc. J'en parlerai au Home Office, si nécessaire.

Walter se leva.

— Viens, ma chère. Le duc semble très occupé. Ne lui faisons pas perdre plus de temps.

Nicholas ne le contredit pas.

— Il est peut-être vraiment temps de dire à Kevin d'embarquer sur le prochain bateau, commenta-t-il après leur départ.

Telle était en effet l'intention de Chase.

— Tu aurais pu te montrer plus aimable, répliqua-t-il. Tu les as mis à la porte sans ménagement.

— Je ne supporte pas Walter. Il jubilait ! Il calcule sans doute à combien se montera sa part si Kevin est pendu pour meurtre.

— Il est parti furibond.

Nicholas lâcha un juron.

— Je m'excuserai. Qu'avais-tu à me dire ?

— Fais préparer ton cheval et allons faire un tour au bord de l'eau.

Le duc fit la moue.

— Je ne vais pas apprécier ton information plus que celle de Walter, je parie...

— Walter semblait croire que la comtesse est ta maîtresse. C'est le cas ?

Ils longeaient la rive ouest de la Tamise. En apprenant que Chase menait l'enquête pour le Home Office, le duc n'avait pas sauté de joie, mais il ne l'avait pas accusé non plus de l'avoir trahi.

— Je suppose que oui.

— Tu n'en es pas certain ?

— Une maîtresse digne de ce nom est entretenue. Je n'ai rien prévu de tel pour la comtesse. Enfin... au début.

— L'aurais-tu fait ensuite malgré toi, dans un moment de faiblesse ?

Nicholas rit doucement.

— C'est possible. J'ai eu plusieurs moments de faiblesse ces derniers temps.

Chase aurait dû se douter que la comtesse jetterait son dévolu sur son cousin. Tel était le problème des femmes infréquentables d'une certaine classe. Elles avaient des exigences.

— À propos de maîtresses, comme va Mlle Hepplewhite ?

— Elle n'est pas ma maîtresse.

— Pardonne-moi. Comment va ton amante ?

— Plutôt bien. Sanders l'a informée qu'une partie des fonds était disponible. Cette entreprise se révèle très rentable.

— Cela complique les choses pour toi, devina Nicholas.

— Un peu…, soupira Chase.

— La nouvelle va se répandre, et tous les gentlemen sans fortune vont s'intéresser à elle. Sans ton attachement à elle, je le ferais moi-même, d'ailleurs.

— Ils perdront leur temps, car elle ne veut pas se marier.

— Et moi qui comptais organiser un banquet de mariage bientôt ! Elle ne me semble pas infréquentable non plus. Je trouve que cette liaison commence à devenir sérieuse.

— C'est… compliqué.

— Peut-être pas autant que tu le redoutes. Tu n'es pas un chasseur de dot. Elle sait que ton travail est un choix, non une obligation. Et si tu lui demandais sa main, pour voir à quel point c'est simple ?

Non, parce qu'elle m'a dit qu'elle ne se marierait jamais. À cause du calvaire qu'elle avait enduré avec Finley, sans doute. Elle ne changerait pas d'avis, même si d'autres hommes la courtisaient.

— Je réfléchis à d'autres solutions, répondit Chase.

— Ne réfléchis pas trop. Dans quinze jours, les prétendants afflueront. Elle a déjà rencontré plusieurs personnes lors de mon dîner.

Chase soupira, maussade.

— Je m'attendais à t'agacer aujourd'hui, et c'est toi qui m'agaces.

— Oh, tu m'as agacé, rassure-toi ! Je ne fais que me venger. Et je m'amuse beaucoup. Vas-tu enfin me dire pourquoi notre oncle en a fait une héritière ?

— Non.

— Encore un exemple de sa générosité extravagante, je parie. J'ai reçu des lettres de personnes qui me croient aussi illuminé que lui, et espèrent que je vais poursuivre sa tradition de distribuer impulsivement les pièces d'or.

Chase saisit les rênes de la monture du duc.

— Ah bon ? Tu aurais dû me parler de cela.

— Je te croyais au courant. Tu t'es renseigné sur les pièces d'or. Tu avais raison, d'ailleurs : il y en avait une autre réserve à Whiteford House.

— Je parlais de sa manie de distribuer ces pièces !

— Il fallait bien qu'il en fasse quelque chose, non ? Tu pensais qu'il s'amusait à les compter, dans son bureau ?

Nicholas reprit ses rênes.

— Il ne quittait jamais sa maison sans quelques pièces dans ses poches, reprit-il. Dans une lettre, j'ai lu qu'il se rendait parfois dans un orphelinat, la nuit, pour remettre une jolie somme au gardien, sans dire qui il était. Beaucoup espèrent que je maintiendrai cette tradition après sa mort.

— Tu l'as déjà fait ?

— Une fois. Je doute de pouvoir poursuivre. Mes réserves de Whiteford House ne dureront pas longtemps. Je préfère toutefois les donner à un orphelinat qu'à cette crapule de Walter.

C'était exactement le but de l'oncle Frederick.

Chase rédigea les listes qu'il comptait montrer à Minerva. C'était sa meilleure chance d'énumérer des arguments en faveur d'un futur mariage. La liste des avantages était un peu mince, hélas.

Jamais il n'avait vu, couché noir sur blanc, combien l'alliance d'un homme et d'une femme était vulnérable, en dehors des aspects pratiques. Il n'y avait pas grand-chose pour inciter Minerva à renoncer à son indépendance.

Il ne le lui demanderait pas.

En consultant sa montre, il se rendit compte qu'il allait être en retard chez elle. Son cheval était prêt. Il rassembla son courage, mais laissa les listes sur place.

Dans l'entrée, Brigsby était en train de réceptionner une lettre du Home Office. À remettre en mains propres.

Chase maudit l'impatience de Peel, puis il espéra que Kevin avait suivi son conseil et embarqué pour la France. Peel le convoquait à 14 heures dans son bureau.

— Brigsby, veuillez informer Mlle Hepplewhite que je suis retardé. Portez-lui vous-même le message, et immédiatement.

— Est-ce en lien avec une enquête, monsieur ?

— Oui.

Brigsby se rengorgea comme un coq.

— Dans ce cas, je deviens l'un de vos... agents. Très intéressant...

— Appelez ça comme vous voudrez, du moment qu'elle reçoit le message.

À 14 heures, Chase se présenta au Home Office et fut introduit dans le bureau de Peel.

— Voici le rapport préliminaire que vous m'avez demandé, dit Chase en posant son dossier.

— Je vous l'ai demandé il y a un bon moment.

— Je devais vérifier quelques détails.

— La façon dont le duc est mort est le détail le plus important.

— On l'a tué.

Peel encaissa le coup.

— Qui ?

— Je ne le sais pas encore. J'ai plusieurs suspects. Dans ce dossier, vous trouverez une page par suspect, avec les éléments à charge.

Peel parcourut le document.

— Avez-vous identifié la femme qui lui a rendu visite, ce jour-là ?

— Non.

— Serait-ce l'une des deux autres héritières ?

— C'est possible.

— Et Mlle Hepplewhite ? La mort de son mari était accidentelle, d'après le jugement. Peut-être pas... L'a-t-elle tué ? Elle avait de bonnes raisons pour ça.

— Je suis chargé d'enquêter sur la mort de mon oncle, pas sur celle du mari de cette femme. Toutefois, elle n'est pas coupable.

— Comment en être sûr ? Quand on a tué une fois, on peut récidiver.

— Je sais qui a fait le coup.

Peel s'en étonna.

— Il faut avertir le juge de paix.

— J'ai un témoignage verbal, mais aucune preuve.

Peel accepta cet argument et poursuivit sa lecture.

— Vous êtes plus honnête que je ne m'y attendais, en intégrant votre cousin dans la liste.

C'était plus une critique qu'un compliment.

— À quoi bon le cacher ? Il se trouvait en Angleterre et s'est rendu à Melton Park. La veille de la mort, selon lui. Rien ne le prouve.

— Il avait apparemment un mobile, si votre oncle lui a refusé de l'argent pour son entreprise. Le monde des affaires est impitoyable.

Arrivé à la dernière page, Peel demeura impassible un long moment, puis il jaugea Chase.

— Pourquoi avoir inclus mon père dans votre liste ?

— J'ai découvert par hasard que le duc refusait d'élargir le canal de Manchester contre l'avis de ses associés, dont votre père, qui a tenté d'infléchir sa position.

— Ils étaient amis.

— Pas dernièrement.

— Qui vous a informé de ce fait ?

— Une personne de confiance. J'ai tout vérifié.

Peel recula sur son siège et ferma les yeux, puis il se ressaisit.

— Ce dossier n'est pas concluant, décréta-t-il.

— Je le pense aussi. C'est juste une enquête préliminaire, que vous pouvez poursuivre si vous le souhaitez.

— Même votre certitude sur l'aspect criminel de la mort du duc n'est pas concluante, fit Peel, les lèvres pincées. Pas assez étayée par des faits.

— Si vous le dites.

— Je l'affirme. Si vous m'aviez apporté ce document le mois dernier, nous aurions perdu moins de temps. Sans preuves concrètes du contraire, cette mort doit être considérée comme accidentelle.

Il referma le dossier.

— Acceptez-le, Chase. Je ne vais pas perdre des mois à prolonger une enquête qui n'aboutira à rien.

— Ma mission est donc terminée, déclara Chase en se levant. Voulez-vous conserver ces notes, ou dois-je les reprendre ?

— Je vais les conserver.

— Je n'y vois aucun inconvénient, car j'en ai des copies. Bonne journée !

Il tourna les talons.

— Radnor.

— Oui ?

— Vous êtes remarquablement intelligent.

Ce n'était pas un compliment.

Chase prit congé sans répondre, le sourire aux lèvres.

Minerva faisait les cent pas. Chase avait trois heures de retard. Il l'avait prévenue, d'accord, mais elle se rongeait les sangs.

Ils avaient prévu de passer l'après-midi ensemble. Ils devaient acheter une voiture pour elle et commander des vêtements chez Mme Tissot. Elle se préparait quand Brigsby lui avait livré le message de Chase.

— Regardez qui voilà, avait lancé Beth en l'introduisant dans la bibliothèque. Le valet de M. Radnor !

Brigsby avait gonflé les joues.

— Je vous le répète, je ne suis pas un valet. Et je suis ici en tant qu'agent.

Beth s'était esclaffée.

— C'est cela, oui ! Et moi je suis la reine d'Angleterre !

— Mademoiselle Hepplewhite, avait-il dit en ignorant les sarcasmes de Beth, M. Radnor est retardé par une affaire urgente qui lui prendra quelques heures. Une convocation arrivée au moment où il allait partir.

— Vous ne parlez pas comme un agent, avait protesté Beth. Un messager, plutôt.

— Seuls les agents effectuent les missions de la plus haute importance.

— Appelez ça comme vous voulez, avait persisté Beth. Vous êtes ridicule.

Pour éviter une bagarre, Minerva avait renvoyé le majordome chez lui.

Depuis, elle patientait. Il se passait quelque chose de grave...

Chase n'arriva qu'à 17 heures. En voyant l'angoisse de la jeune femme, il lui prit les mains.

— Tout va bien. Je sors du Home Office. Peel conclut à une mort accidentelle.

— C'est impossible ! Nous savons tous les deux...

— C'est la version officielle, et nous n'allons pas la contester.

Si la directrice de l'agence Hepplewhite mourait d'envie de connaître la vérité, la femme autrefois soupçonnée de meurtre saisit l'aubaine. Elle ne risquait plus de figurer sur la liste des suspects.

— Donc, nous faisons comme si c'était un accident ?

— Pour l'heure, oui. En cas d'élément nouveau, je reprendrai l'enquête.

Il s'assit sur le divan et attira la jeune femme sur ses genoux.

— Oublions tout cela. J'ai d'autres préoccupations.

— J'espère que tu conserves tes notes, en cas de besoin.

— Seulement si tu conserves les tiennes.

Ils rirent de bon cœur, car elle ne prenait jamais de notes. Elle déposa un baiser mutin sur le bout de son nez.

— Qu'est-ce qui te préoccupe ? demanda-t-elle.

— Toi. À cause de toi, je n'ai pas donné le meilleur de moi dans cette enquête. Je pensais à toi en permanence. Je te désirais. Sinon, tu n'aurais pas découvert avant moi la présence de Kevin en Angleterre, par exemple.

— Tu veux simplement sauver la face.

— Peut-être, admit-il en l'embrassant. Bon. Il est trop tard pour aller acheter une voiture et des robes.

— Nous irons demain.

— Comment allons-nous passer le temps, en attendant ?

— Qui sait ? minauda-t-elle.

— Il faut que nous ayons une conversation, décréta-t-il.

— Tu me sembles bien sérieux...

— Je le suis. J'ai pensé à nous, à nos enquêtes. Si tu refuses un partenariat formel, optons pour une alliance informelle. Parfois, il te faudra un homme pour interroger quelqu'un, par exemple.

— Interroger un autre homme, peut-être ?

— Certains ne prennent pas les femmes au sérieux, et d'autres refusent carrément de leur parler.

— Tu serais mon employé ?

— Je me disais que nous pourrions partager des enquêtes, en nous consultant sur nos tactiques respectives. Nous serions plus efficaces et bien plus rapides.

— Cela ressemble à un partenariat.

— Pour certaines enquêtes, je ne servirai à rien. Tu les mèneras seule.

Cette idée de partenariat commençait à plaire à la jeune femme, et pas seulement parce qu'elle verrait Chase plus souvent.

— Cela semble un peu compliqué, dit-elle. Réfléchissons à une alliance plus formelle... En revanche, promets-moi de ne pas jouer les commandants.

Soudain, il afficha une mine grave et la serra fort contre lui.

— Si cela ne tenait qu'à moi, je te proposerais la plus formelle des alliances, Minerva. Mais comme je comprends tes réticences...

— J'y ai pensé, moi aussi, admit-elle, un peu triste. Tu n'étais pas le seul à être distrait dans ton travail.

— Si je te disais que je t'aime plus que tout, à la folie, cela ferait-il une différence ? Je ferais n'importe quoi pour que tu poursuives ta réflexion à ce sujet.

Elle sentit des larmes lui piquer les yeux. Autrefois, face à une demande en mariage, elle avait fait le mauvais choix, mais elle était si jeune alors... Chase n'était pas un mystère. Il était limpide. Ce serait un mariage d'amour et non de convenance, avec un homme à qui elle s'était déjà donnée corps et âme.

Hélas, l'ombre du passé planait encore.

— Tu me jures de ne jamais jouer les officiers ?

— Tu as ma parole de gentleman. Et si je dérape, tu me remettras vite dans le droit chemin.

— N'en doute pas. Je tiens à garder une forme d'indépendance.

— Je n'ai aucun droit sur ton héritage. Un mari n'a aucun droit sur l'argent placé, d'ailleurs. Sanders te l'expliquera mieux que moi. Quant à tes revenus, nous établirons une clause dans le contrat de mariage afin que tu en aies l'usage exclusif.

— Tu me laisserais poursuivre mes enquêtes ?

— Nous travaillerons ensemble.

Chercherait-il à l'arrêter si elle recevait un nouveau coup sur la tête ? Il fut assez raisonnable pour ne pas la harceler. Elle aimait sa façon de respecter ses émotions.

— C'est très tentant, déclara-t-elle. Si je tombais enceinte, par exemple...

— Excellent argument.

— Que tu n'as pas cité.

— Je savais que tu en étais consciente.

Elle posa la tête sur son épaule.

— Quoi qu'il arrive, j'aurai des contacts réguliers avec ta famille. Tes tantes vont m'observer, me considérer comme une voleuse d'héritage. Tu devras me protéger.

— Je serai héroïque.

Elle sourit.

— J'ai bien envie de me jeter à l'eau. L'amour est ainsi. Je ne vois qu'un seul problème.

— Lequel ?

— Je ne suis pas sûre de pouvoir vivre avec un homme obsédé par les listes.

— Je te promets de les dresser en secret ! s'esclaffa-t-il.

— Dans ce cas, allons dans ma chambre et demande-moi ma main. Tu verras bien si je dis oui.

Pour la première fois pendant l'acte d'amour, elle lui permit de se coucher sur elle et guetta sa propre réaction, prête à affronter ses démons. Elle découvrit que son amour était désormais plus fort que les blessures du passé.

Elle le serra contre elle tandis qu'il ondulait des hanches en murmurant des mots doux. Dans le feu de la passion, il s'interrompit :

— Me feras-tu l'honneur d'être ma femme, Minerva ?

Bien sûr, mon amour.

— Oui, Chase.

AVENTURES & PASSIONS

2 février

Marsha Canham

Le loup des mers - Où la mer nous emportera

Inédit

Fils cadet du célèbre Simon Dante, Gabriel a été blessé lors de l'attaque de son navire et s'en retourne vers Pigeon Cay, son havre de paix. En chemin, il croise un étrange navire, battant le pavillon de la contagion. La maladie semble avoir décimé tout l'équipage du *Eliza Jane*. Alors que Dante est sur le point de couler le navire, une silhouette vacillante se détache sur le pont. Il décide de venir au secours du survivant. C'est une femme ! Evangeline Chandler, dont la beauté trouble Gabriel plus que de raison... Mais, en mer, les dangers sont nombreux, et Gabriel ne peut se permettre de perdre la tête.

✦

Suzanne Enoch

La famille Griffin - Drôle de chaperon

Inédit

Très attachés au prestige de leur nom, les trois frères Griffin entendent bien que la benjamine, Eleanor, épouse celui qu'ils lui choisiront. Lasse de cette emprise, la jeune fille passe un accord avec son frère aîné, Sebastian, le duc de Melbourne. Il la laisse agir à sa guise et, si elle provoque un scandale, elle consent à se marier avec l'homme qu'il lui imposera. Toutefois, prudent, Sebastian demande à son meilleur ami, le marquis de Deverill, de surveiller discrètement Eleanor. Drôle de choix, car le marquis est l'incarnation du libertin ! Croyant protéger sa sœur, le duc de Melbourne n'aurait-il pas fait entrer le loup dans la bergerie ?

Lorraine Heath

Les Pembrook - Le dernier fils du duc

Inédit

Lord Raphaël Easton est le riche propriétaire du Rakehell Club, un cercle de jeu pour aristocrates fortunés. Secret et solitaire, il cache ses origines. Un jour, pour régler ses dettes, le jeune comte de Worthman lui offre en mariage sa demi-sœur, Evelyne Chamber, fille adultérine de son père. Le soir des présentations, il tombe sous le charme de la jeune femme et accepte l'offre du comte. Pourtant, malgré son attirance pour la douce Evelyne, Raphaël fait une surprenante proposition à la timide jeune femme.

✦

Monica McCarthy

Le chevalier des Highlands - Le chef

Bibliothèque Idéale

Comte de Carrick et seigneur d'Annandale, Robert Bruce revendique le trône d'Écosse. Or, pour vaincre les Anglais, il lui faut des mercenaires d'élite, des Highlanders. À leur tête, il veut le meilleur de tous : Tormod MacLeod. Mais Tor, dévoué à son clan, refuse de s'impliquer dans cette guerre qui n'est pas la sienne. Comment le convaincre ? En le piégeant. C'est ainsi que Christina Fraser se glisse une nuit dans son lit, obligeant le vaillant guerrier à l'épouser. Mais, si celui qui ne se laisse dominer par personne se détourne de sa jeune épouse, Christina est bien décidée à le conquérir...

Mia Vincy

Longhope Abbey- Le destin de Cassandra

Inédit

Cassandra a fait un mariage de raison. Elle a vu son mari, Joshua DeWitt, un homme colérique et blasé, seulement le jour de leur mariage, deux ans auparavant. Alors qu'elle se rend discrètement à Londres pour organiser la saison de sa sœur Lucy, la jeune femme doit vivre sous le même toit que celui dont elle porte le nom. Les circonstances les obligent donc à se côtoyer, et Cassandra découvre que celui qui lui était indifférent cache des trésors de délicatesse qui la troublent chaque jour davantage. Se pourrait-il que ces retrouvailles inopinées soient une nouvelle chance de bonheur ?

Regency

2 février

Evie Dunmore

Les rebelles d'Oxford - La réputation perdue de lord Ballentine

Inédit

Lucie Tedbury est une femme indépendante, impliquée dans le mouvement des suffragettes. Pour diffuser ses idées, elle achète une maison d'édition. Or, elle découvre que la moitié de son bien a un autre propriétaire, Tristan Ballentine, un libertin qu'elle connaît depuis l'enfance et qui représente tout ce qu'elle déteste. Contre toute attente, ce débauché sans scrupules est prêt à renoncer à sa part. « Cette chère Lucy veut la totalité de la maison d'édition ? Voilà ma proposition : une nuit d'amour et tout se à elle ! »

✦

Mary Balogh

Le double pari

Inédit

Par défi, Mlle Henrietta Tallant parie que, dans un mois, elle annoncera ses fiançailles avec l'inaccessible duc d'Eversleigh. L'enjeu : un cabriolet qu'elle désire depuis longtemps. Par hasard, au même moment, le duc a parié, par ennui, qu'il épousera la première jeune fille venue, pour la paire de chevaux gris de sir Wilfred Denning. Le succès des deux parieurs était assuré, et le mariage est bientôt célébré. Mais tout le monde ne voit pas d'un bon œil cette union précipitée et bien des menaces pèsent sur les jeunes mariés et leur joyeux équipage...

13370

Composition
FACOMPO

Achevé d'imprimer en Italie
par GRAFICA VENETA
le 5 décembre 2021

Dépôt légal : janvier 2022
EAN 9782290360453
OTP L21EPSN002393N001

ÉDITIONS J'AI LU
87, quai Panhard-et-Levassor, 75013 Paris

Diffusion France et étranger : Flammarion